Impressum

Sylvia Bergman
c/o Autorenbetreuung / Caroline Minn
(Impressumservice)
Kapellenstraße 3
54451 Irsch

Copyright © 2024 Daisy Moore

Alle Rechte vorbehalten.
Jede Verwertung oder Vervielfältigung dieses Buches – auch auszugsweise – sowie die Übersetzung dieses Werkes ist nur mit schriftlicher Genehmigung der Autorin gestattet. Handlungen und Personen im Roman sind frei erfunden. Ähnlichkeiten mit lebenden oder verstorbenen Personen sind rein zufällig und nicht beabsichtigt.

All rights reserved.
ISBN 9783759213631

Ein großes Dankeschön für ihre unschätzbare Unterstützung geht an:
Meinen Mann
&
Michael Lohmann (worttaten.de) für sein Lektorat und Korrektorat
sowie
Covergestaltung: akbuchcover.de / Alexa Kim - https://www.akbuchcover.de
Bildrechte: boonchuay1970@depositphotos.com
coffeemill@depositphotos.com

Herstellung und Druck über tolino media GmbH & Co. KG,
Albrechtstr. 14, 80636 München. Printed in Germany.
Fragen zu Produktsicherheit an: gpsr@tolino.media.

MAI TAI KÜSSE

DAISY MOORE

Die Autorin:

Was gibt es Schöneres, als mit einem Buch in eine andere Welt abzutauchen? Dich davontragen zu lassen, während Du die Seiten umschlägst? Innerhalb eines Blinzelns bist Du Teil einer fremden Sphäre.

Mich hat diese Reise fasziniert, solange ich denken kann. Ich liebe es, diese Welten von beiden Seiten aus zu erkunden – mit dem Buch in der Hand und als Autorin an der Tastatur.

Und nun wünsche ich Euch viel Spaß beim Eintauchen.

Weitere Informationen unter
www.sylviabergman.com
Auf meiner Website könnt Ihr den kostenlosen Newsletter abonnieren. So werdet Ihr regelmäßig über Neuerscheinungen informiert.
Außerdem findet Ihr mich bei Instagram - @SylviaBergman78 und Facebook - @ SylviaBergmanAutorin.

KAPITEL 1

Heute würde sich das Blatt für Jette endlich wenden. Das musste es. Denn wenn er sich heute nicht in sie verliebte, dann würde er es niemals tun.

Bisher sprach alles dafür: Sein Lächeln, die Tatsache, dass er sie quasi auf ein Date eingeladen hatte, das romantische Ambiente. Jettes Herz hüpfte. Die ganze Energie würde belohnt werden, die es gekostet hatte, hoffnungsvoll zu bleiben. Der Mann, der diese Aufregung wert war, saß achtzig Zentimeter von ihr entfernt, hatte die Hände vor dem Gesicht gefaltet, die Ellbogen aufgestützt und sah ihr so tief in die Augen, dass sie Angst bekam, er würde dahinter jeden ihrer Gedanken lesen.

Und wenn heute nicht dieser bewusste Tag war, der alles veränderte und an dem ihr Leben von der stringenten Linie abwich, die seit ihrer Pubertät mit Enttäuschung gespickt war? Nun, dann würde sich Jette heute Abend die Packung Schokopralinen gönnen, die ihr Heidi geschenkt hatte, und die Jette mit den Worten »Ich mache wieder Diät« in der Schublade neben dem Kühlschrank geparkt hatte. Möglich, dass sie dort überhaupt nicht mehr war. Jette grübelte. Hatte sie die nicht schon vor zwei Wochen verputzt, als sie bis in die Nacht an einem Projekt gearbeitet hatte? Möglich. Sie würde das prüfen, sobald sie heimkam. Schlimmstenfalls musste sie noch mal zur Tankstelle fahren.

Doch zurück zu ihm.

Florian Freitag, ein aufstrebender Autor von sechsunddreißig Jahren, der wie ein Calvin-Klein-Modell undercover wirkte. Den festen, muskulösen Körper konnte sie unter seinem weiten Hemd und der Strickjacke nur erahnen. Eine coole Sonnenbrille steckte in den vollen blonden Locken – und selten auf seiner Nase. Jette beobachtete, wie seine kräftigen Schultern die Wolle dehnten, während er sich zu ihr vorbeugte, das Kinn auf die verschränkten Finger legte und ihr ein Lächeln schickte, als hätte sie den Jackpot geknackt. So langsam erlaubte sie sich, daran zu glauben.

Heute war ihr Glückstag.

Jetzt im Oktober, da die Tage kürzer wurden, die Luft gegen Abend für Gänsehaut unter zarten Sommerkleidern sorgte und der Wind morgens an taubetropften Spinnweben zerrte, zogen sich die Menschen auf Lüneburgs Fußgängerzone in beheizte Cafés und kleine Restaurants zurück, statt wie im Sommer draußen auf der Straße zu sitzen und die Passanten zu beobachten.

Jette spürte den Wunsch nach sonnendurchfluteten Tagen und lauen Nächten. Und damit war sie nicht allein. Sie sah die Sehnsucht im Kleidungsstil der Leute in diesem Lokal. Wie sie sich die fröstelnden Arme rieben, weil sie sich für ein Kleid oder ein T-Shirt entschieden hatten oder im Falle der Teenager am Nachbartisch in kurzen Hosen mit bauchfreien Tops unterwegs waren. All das nahm Jette als Sternschnuppen unter den vielen Eindrücken war. Denn heute stand sie im Zentrum eines Asteroidenschauers. Es fühlte sich an wie ein Traum. Sie saß mit ihm in ihrem Lieblingsrestaurant. Zumindest in ihrer Vorstellung.

Es war ein Restaurant, das sie gern zu ihrer beider Lieblingsrestaurant deklariert hätte: ein französisches, mitten in der Lüneburger Innenstadt, das vor zwei Jahren eröffnet hatte. Mit kleinen Bistrotischen und rot gepolsterten Stühlen. Sie hatte davon geträumt, ein ums andere Mal, wenn sie auf dem Weg zur Drogerie daran vorbeigekommen war. Hinter einem Panoramafenster stand ein einzelner Tisch für zwei Personen. Sie hatte sich dort mit Florian sitzen sehen. Wie er ihre Hand hielt. Eine seiner goldenen Locken fiel ihm in die Stirn, doch er strich sie nicht zurück, weil er nur Augen für sie hatte. Sie fragte ihn nach seinem Tag, hing an seinen Lippen, wenn er von seiner Arbeit erzählte, und er bestellte zwei Gläser Champagner, ohne den Blick von ihr zu wenden. Immer und immer wieder war diese Szene vor ihrem inneren Auge abgelaufen. Wie er ihre Hand nahm und mit seiner tiefen Stimme flüsterte, dass er dumm und blind gewesen sein musste, weil er sie all die Jahre lang nie auf ein Date eingeladen hatte. Immerhin kannten sie sich schon so lange. Was für ein Glückspilz er war, dass sie ihm trotzdem diese Chance einräumte. Dann beugte er sich in ihrem Tagtraum nach vorn und küsste sie. Einfach so. Sie hatte das Kribbeln gespürt, das dabei durch ihren Körper lief. Wenn sie abends das Licht auf ihrem Nachttisch ausschaltete, war das die Szene, die sie abrief, um sanft in den Schlaf zu dämmern.

Und nun waren sie hier. Gut, es war nicht der romantische Tisch am Fenster. Sie hatten nur zwei Plätze mitten im Schankraum ergattern können. Jedes Mal, wenn ein Gast Richtung Toilette ging, riss er Jettes Jacke von der Lehne.

Sie war nervös. Das konnte sie nicht leugnen. Ihre Stimme wollte nicht klar und deutlich klingen. Immer wieder musste sie sich räuspern. Als sie das erste Mal ihr

Wasserglas zum Mund geführt hatte, zitterte ihre Hand. Deshalb spannte sie ihre Muskeln an, was das Zittern nur verstärkte. In ihrem Nacken brauten sich die Vorboten von Kopfschmerzen zusammen. Doch all das ignorierte sie nur zu gern und nahm es in Kauf, wenn es bedeutete, dass sie einen romantischen Abend mit Florian verbringen konnte.

»Ich bin so froh, dass du Zeit für mich gefunden hast. Du bist ein Engel, Biene«, sagte er und schlug die dichten dunklen Wimpern nach oben, sodass sie seine himmelblauen Augen anstrahlten. Jette seufzte innerlich. Biene nannte er sie seit zwei Jahren. Seit sie bei einer Party bei Freunden ins Gespräch gekommen waren und sie ihm von ihrem Job und ihren ehrenamtlichen Aktivitäten erzählt hatte. »Fleißiges Bienchen«, war sein erster Kommentar gewesen und ›Biene‹ hatte sich gehalten. Sie liebte es, auch wenn sie sich selbst nicht so sah. Doch der Gedanke, dass Florian Freitag einen Spitznamen für sie hatte, machte sie schwach.

»Na klar! Du hast gesagt, du brauchst mich«, antwortete sie. Eine Strähne, die sie schon den ganzen Abend nervte, fiel ihr vor die Augen und kitzelte sie an der Nase. Jette pustete sie zur Seite. »Wie läuft es mit deinem Buch?«

Florian sackte ein Stück in sich zusammen.

Die Kellnerin erschien, doch Jette deutete mit einer Handbewegung an, dass sie noch einen Moment benötigten. »Was ist los?«

Auf seiner Stirn bildeten sich Falten. Florian verschränkte die Arme so dicht vor seinem Körper, dass man meinen konnte, ihm wäre kalt. Dann traf sie wieder dieser himmelblaue Blick. Gott! Was gäbe sie dafür, jetzt den Arm um ihn legen zu können. Das war Schicksal. Heute war der

Tag, an dem sich das Blatt zu ihren Gunsten wendete. Heute erhielt sie die Chance, endlich aus der Friendzone herauszutreten und Florian so nahezukommen, wie sie es sich wünschte.

»Wo soll ich anfangen? Der Plot ist Mist! Ich hänge fest. Meine Protagonistin mögen die Testleser nicht. Zu unsympathisch. Dabei habe ich eine starke Frau kreiert, die keinen Mann braucht, um im Leben etwas auf die Beine zu stellen. Aber soll ich dir was sagen? Ich glaube, dafür ist die Welt noch nicht bereit. Nein! Sie wollen das Heimchen hinterm Herd, das alle Probleme meistert, obwohl sie weder die Bildung noch die Mittel dazu hat. Aber wie von Zauberhand ...« Er machte ein Explosionsgeräusch. »findet sie für alles eine Lösung.«

Jette sah ihn verdutzt an.

»Ich habe die ersten sieben Kapitel meiner Lektorin geschickt und die hat sie einer Bekannten gegeben.«

»Verstehe. Und die mögen es nicht?« Jette malte sich aus, wie sie nach seiner Hand griff, die inzwischen auf dem Tisch lag, sie streichelte und fest drückte. ›Mach dir keine Sorgen. Du hast es immer hinbekommen. Warum sollte dieses Buch eine Ausnahme sein?‹, würde sie ihm sagen und darauf einen Blick ernten, als hätte sie ihm soeben einen Oscar verliehen.

»Sie sagte, dass ich das besser könnte. Das waren ihre Worte. Dabei ist dieses Buch ein Meisterwerk. Hat mit meinen vorherigen nichts mehr gemein und ist eine deutliche Weiterentwicklung zu allem, was ich bisher geschrieben habe.« Er lehnte sich zurück und verschränkte erneut die Arme vor der Brust.

Jette fluchte innerlich, weil sie nicht schnell genug die Chance ergriffen hatte, die sich ihr geboten hatte. Aber wen

wollte sie täuschen? Sie hatte noch nie den ersten Schritt gemacht. Deshalb stand sie mit Florian seit zwei Jahren an ein und derselben Stelle. Sie kam keinen Schritt vorwärts, aber glücklicherweise ging es auch keinen Schritt zurück. Florian war Single, seit sie ihn kannte; sie auch. Er wohnte in Lüneburg und war seit der Bundeswehrzeit mit ihrem direkten Nachbarn befreundet. So sahen sie sich regelmäßig auf Geburtstagen oder beim zwanglosen Grillen im Sommer. Es war Liebe auf den ersten Blick gewesen. Dieser Mann hatte alles, was sie sich wünschte. Intellekt, einen interessanten Job, ein gesundes Selbstbewusstsein, ein Lächeln, bei dem sie schwach wurde, weil seine Augen alles zum Schmelzen brachten und diese Schultern ... sie dankte Gott dafür, dass Florian enge Oberteile bevorzugte. Der Mann wirkte ganz und gar nicht so, wie sie sich einen Autor vorstellte. Manchmal sah sie ihn eine Brille tragen. Ganz selten. Das einzige Eingeständnis an seinen intellektuellen Beruf. Doch die trug er mehr wie ein modisches Accessoire als ein Zeichen körperlicher Schwäche.
»Jette?«
Sie schreckte zusammen.
»Hast du gehört, was ich gesagt habe?«
Jette richtete sich auf. Hitze stieg ihr ins Gesicht, bei dem Gedanken, dass sie einen verklärten Blick während ihres Tagtraumes gehabt haben könnte. »Ja. Ich denke, du solltest dich dadurch nicht verunsichern lassen. Geschmäcker sind verschieden und du bist der Profi. Wenn du sagst, es ist ein Meisterwerk, dann ist es das bestimmt auch.«
Sie hatte ein Lächeln in seinem Gesicht erwartet, einen liebevollen Blick, vielleicht sogar, dass er ihre Hand ergriff, die nun bereit auf dem Tisch lag, dicht genug, dass er nur

die eigne Hand danach ausstrecken musste. Stattdessen kniff er die Augen zu Schlitzen zusammen und wog augenscheinlich ihre Worte ab, während er ins Nichts starrte und den Kopf von rechts nach links wiegte. »So leicht, wie du das sagst, ist es nicht. Klara hat eine ausgezeichnete Nase dafür, was sich verkauft und was nicht. Ich bin noch nie schlecht damit gefahren. Ich darf es nicht ignorieren, wenn sie sich meldet und Einspruch erhebt.«

Jette überlegte, in welche Richtung sie gehen sollte. »Hat sie dir konkrete Tipps gegeben?«

»Schon.«

»Und kannst du dir vorstellen, sie umzusetzen? Ich meine, würde das den Charakter deiner Geschichte zu stark verändern, oder könnte es sein, dass sie dadurch sogar noch interessanter wird? Ich meine, es ist ja immer nur ein Impuls, den dir andere Leute von außen geben können. Die tatsächliche kreative Leistung erbringst immer noch du. Und ob nun eine Lektorin oder das Leben im Allgemeinen dir diesen Impuls geben, spielt ja keine Rolle. Du verwandelst es auf deine besondere Art in Kunst.«

Sie war ins Schwärmen geraten. Als sie es merkte, stoppte sie augenblicklich und warf ihm einen Blick zu, der ihre eigene Unsicherheit verriet, wie sie vermutete. Als sie sah, dass er grinste, ließ sie die Schultern sinken.

»Das hast du schön gesagt, Biene. Ich wusste, du würdest mich wieder aufrichten, als ich dich angerufen habe.«

Ohne dass sie in diesem Augenblick damit gerechnet hätte, griff er nach ihrer Hand, zog sie an die Lippen und platzierte einen sanften Kuss darauf. Dann sah er sie an, als hätten sie ein Komplott geschmiedet. Diese Verschwörung löste ein warmes Kribbeln in ihrer Brust aus.

Die Kellnerin kam ein weiteres Mal an ihrem Tisch vorbei und Florian ließ ihre Hand fallen, um ihr ein Zeichen zu geben. Dann bestellte er sich ein Bier und einen Salat. Jette tat es ihm gleich, obwohl sie mit der Kaninchenkeule in Dijonsenfsoße geliebäugelt hatte, die dampfend wenige Minuten zuvor an ihr vorbei zum Nachbartisch getragen worden war. Doch die Zeiten der Völlerei waren vorbei. Seit sie die dreißig vor wenigen Jahren überschritten hatte, reagierte ihr Körper schon beim bloßen Anblick von Speisen mit leichter Gewichtszunahme. Sie hatte mit regelmäßigen Besuchen im Fitnessstudio gegensteuern wollen, besaß jedoch nicht das Durchhaltevermögen, sodass sie als zahlendes Mitglied geendet war, das man nur im Januar im Studio antreffen konnte. Sie bewunderte Florian für seine eiserne Diät. Irgendwoher musste dieser Traumbody ja kommen. Er würde sie motivieren, ebenfalls das Beste aus sich herauszuholen. Und was für ein kleiner Preis war ein langweiliger Salat, wenn man für seine große Liebe attraktiv aussehen konnte.

Er hatte ihr zugenickt, als sie die Bestellung aufgegeben hatte, was sie einen Moment verunsicherte, da sie zwar um ihre Problemzonen wusste, aber immer hoffte, dass sie ihrer Umwelt nicht so offensichtlich ins Auge fielen. Insbesondere Florian.

»Hast du schon jemanden für das Cover?«, fragte sie, um das Thema zu wechseln und sich auf ein Terrain zu begeben, auf dem sie sich sicher fühlte.

Er beugte sich weit nach vorn. »Ich bin froh, dass du das ansprichst. Nein. Noch nicht. Ich hatte tatsächlich gehofft, dich um einen Gefallen bitten zu können. Das ist für mich ein Vorstoß in ein vollkommen neues Genre. Niemand kennt mich auf dem Markt, zumindest nicht unter dieser Leserzielgruppe. Klara glaubt nicht, dass wir so schnell einen Verlag dafür finden. Sie sagt, ich soll es selbst rausbringen und das nächste Werk einer Agentur vorstellen. Das bedeutet, dass ich die Kosten fürs Cover erst einmal selbst stemmen muss. Es kommt aber nicht infrage, dass ich mir ein billiges Cover irgendwo im Netz kaufe. Du weißt selbst, wie das ist. Schlechte Grafiken, stümperhafte Übergänge, die Formatierung passt nicht zu den Vorgaben des Publishers ... außerdem ist es unwahrscheinlich, dass ich ein fertiges finde, das zu meinem Thema passt. Ich will einen Profi. Nur dann verkauft sich das Buch gut.«

»Völlig richtig«, sagte Jette. »Dein Cover wird darüber entscheiden, ob es einen Kaufimpuls gibt oder nicht.« Sie lächelte ihn an. Es tat gut, über ihren Job zu sprechen, auch wenn es nur indirekt war. Sie liebte die Arbeit als Grafikdesignerin und fühlte sich in ihrem Metier goldrichtig aufgehoben. Es machte sie glücklich, ihre Visionen in Bilder zu verwandeln, die Gefühle in anderen Menschen auslösen würden, viel besser, als Worte es konnten.

»Ich hatte gehofft, dass ich dich als Profi dafür gewinnen könnte. Leider ist mein Budget eher klein. Ich weiß, dass du ganz oben mitspielst, aber vielleicht können wir uns auf eine Zahlung nach Veröffentlichung verständigen, damit ich nicht zu tief in die roten Zahlen ...«

»Ich mach es«, platzte sie heraus.

Er sah aus, als habe er nicht mit ihrer Zusage gerechnet. Innerlich feierte sie. Was hatte er geglaubt? Dass sie sich zieren würde? Seit einer Ewigkeit träumte sie davon, mit diesem Mann zusammenzuarbeiten. Sie würde es auch umsonst tun, wenn ihr das ermöglichte, ihn einfach so anzurufen und mit ihm über sein Buch zu sprechen.

»Über den Preis werden wir uns schon einig. Das ist ein Freundschaftsdienst«, sagte sie. Endlich konnte sie etwas zurückgeben. Sie hatten schon das ein oder andere Mal über ihre Arbeit geredet, doch nun erhielt sie die Chance, ihm zu zeigen, was sie draufhatte. Das würde sie sich nicht entgehen lassen. Sie würden sprichwörtlich näher zusammenrücken. Der Gedanke löste ein Feuerwerk der Vorfreude in Jette aus. Jetzt konnte sie sogar dem Salat fröhlich entgegensehen, der soeben serviert wurde. In diesem Augenblick existierte sie durch Luft und Liebe. Alles andere war nebensächlich. Es gab einige Aufträge, an denen sie gerade arbeitete, doch Florian würde sie niemals absagen, egal, wie eng ihr Zeitplan getaktet war. »Bis wann brauchst du es?«

»Anfang November«, sagte er.

»Oh. Das hätte ich nicht gedacht. Sagtest du nicht, du bist erst bei den ersten Kapiteln?«

»Schon, aber je früher ich das Cover zur Vorbestellung hochlade und mit dem Marketing beginne, desto erfolgreicher wird der Markteintritt verlaufen. Das Buch soll im Juni erscheinen.«

Jette hoffte, dass er ihr den Schrecken nicht ansah.

»Schaffst du das nicht?« Er hatte es gesehen.

»Doch, doch. Ich habe nur kurz überlegt. Da ist die Katzenfutterkampagne, die bis Anfang nächste Woche fertig sein muss, und ich fahre nächste Woche für knapp zwei Wochen in den Urlaub. Aber ich krieg das schon hin. Notfalls nehm ich den Laptop mit.«

Sie schickte ihm ein, wie sie hoffte, souveränes Lächeln, obwohl sie im Kopf bereits den Plan für die kommenden

Tage durchging. Heute war der 16. Oktober. Sie benötigte noch die komplette Woche für die Kampagne. Die Abende waren bereits geblockt für die Website eines neuen Kunden. Den durfte sie nicht enttäuschen. Er war schwierig, hatte jedoch einen großen Bekanntenkreis in seinem Business und war ein Garant für neue Aufträge durch Mund-zu-Mund-Propaganda. Sie hatte bereits drei Mal mit einem neuen Design begonnen, da er das alte mit neuen Ideen immer wieder über den Haufen geworfen hatte. Trotz ausgetüftelten Briefings - und Jette war eine Königin umfangreicher Checklisten – war es ihr nicht gelungen, ihn auf eine Richtung festzunageln. Das lag zum einen daran, dass er selbst nicht so genau wusste, was er wollte. Zum anderen ließ er sich von seiner zwanzigjährigen Tochter beeinflussen, die immer wieder an Jettes Design rumnörgelte. Von ihrem Standpunkt aus verständlich, wenn seine Zielgruppe ein Haufen Teenager wäre. Doch der Mann war Coach und beriet die Menschen zu Lebensfragen. Seine Kundschaft war nach eigener Aussage forty-up. Menschen, die einem konservativen Beruf nachgingen, sich einen Coach leisten konnten und nach Seriosität suchten. Es war Jette bisher immer wieder gelungen, ihn einzufangen und die Ideen seiner Tochter abzuschmettern, dennoch hielt es den Prozess gehörig und unnötig auf.

»Wo fährst du hin?« Florian holte sie aus den Gedanken zurück.

»Ich?« Jette starrte ihn mit offenem Mund an.

»Du sagtest, du fährst in den Urlaub.«

»Ach so, ja. Emma heiratet doch.« Ihre Freundin Emma und Florian gehörten nicht zum selben Freundeskreis, weswegen er keine Einladung zu dieser Hochzeit erhalten hatte.

»Ist das die Freundin, die sich letztes Jahr in diesen Ami verliebt hat?«

Jette dachte daran, wie Emma sich damals in diesen Urlaub geflüchtet hatte, um ihren Ex-Mann Anton und die deprimierende Scheidung zu verdrängen, und den Mann ihrer Träume gefunden hatte. Sie wünschte sich auch so eine Hollywood-Liebesgeschichte. Doch die Realität sah anders aus.

»Genau die. Sie feiert in der Karibik. Auf einer kleinen Insel«, sagte sie und nahm einen großen Schluck von ihrem Bier.

Florian beugte sich zu ihr, streckte die Hand aus und wischte mit einem Finger über ihre Nase. Sie zuckte unter der Berührung zusammen. »Nur Schaum«, sagte er und lächelte.

Jettes Herzschlag beschleunigte sich. Vielleicht hatte sie doch eine Chance auf Hollywood. Vielleicht war alles eine Frage der Zeit und irgendwann erlebte jeder sein Happy End. Dieser Mann musste merken, was er mit den Schmetterlingen in ihrem Bauch anstellte. Sie glaubte, ein Glitzern in seinen Augen gesehen zu haben, und hielt die Luft an.

»Das klingt ja traumhaft«, sagte Florian. Er hielt ihrem Blick stand. »Darfst du eine Begleitung mitbringen?« Er zwinkerte. Jetzt galoppierte Jettes Herz. Lippen und Mund wurden trocken. Gerade als sie zu einer Antwort ansetzen wollte, kam die Kellnerin vorbei und fragte Florian, ob er noch ein Bier bestellen wollte.

KAPITEL 2

»Nein, danke«, sagte er und verlangte die Rechnung.

»Du willst schon gehen?«, fragte Jette und konnte nicht umhin, auf ihren halb aufgegessenen Salat zu schauen.

»Bitte sei nicht böse. Ich warte natürlich hier, bis du aufgegessen hast, aber ich habe noch ein Zoom-Meeting heute Abend. Dient der Recherche. Ein Astronomieprofessor, der sich bereiterklärt hat, mit mir nach der Arbeit zu sprechen. Das kann ich leider nicht verschieben, so gern ich wollte. Aber du als fleißiges Bienchen hast sicher Verständnis dafür. Vielen lieben Dank für das inspirierende Gespräch. Ich weiß nicht, was ich ohne dich täte.«

Er beugte sich vor und küsste sie auf die Wange. Seine Berührung löste Hitze und Enttäuschung in Jette aus. Sie wusste, dass sie diesen Abend keinen Schritt weiterkommen würden in ihrer Beziehung.

»Das macht zwölf Euro fünfzig«, sagte die Kellnerin.

»Ziehen Sie dreizehn ab«, sagte er, setzte sich zurück auf seinen Platz und sah Jette an.

Sie spürte seine Aufbruchstimmung. Er war mit den Gedanken längst bei dem Telefonat. »Du kannst schon los. Kein Problem. Ich bin auch gleich fertig«, sagte sie und nickte.

»Wirklich? Ach, du bist ein Schatz! Tausend Dank. Ich ruf dich morgen an und dann sprechen wir über meine Ideen. Diese Woche passt es mir am besten. Danach habe ich viele Termine. Ich kann dir gar nicht sagen, wie dankbar ich dir bin. Tschüss, Süße, und arbeite heute nicht mehr so lange.«

Jette rang sich ein Lächeln ab.»Werde ich nicht.«

»Ich kenn dich doch. Na ja. So sind wir beide eben. Echte Workaholics. Zieh durch! Bis dann.«

Sie bemerkte jetzt erst, dass er schon seine Jacke übergeworfen hatte. Florian drehte ihr früher den Rücken zu, als die Kellnerin sie verlassen konnte. Die legte ihr ihre eigene Rechnung neben den Teller und ging zum Nachbartisch. Jette strich das Thermopapier glatt und starrte auf die Buchstaben. Der Name des französischen Restaurants stand fett gedruckt ganz oben. Sie fuhr mit den Fingern darüber. Heute aß sie zum ersten Mal hier. Oft hatte sie sich ausgemalt, wie ein Abend in diesem Lokal verlaufen würde. In ihrer Vorstellung hatte es Champagner gegeben oder zumindest Wein. Sie hatte mutig ein unbekanntes Gericht ausprobiert und ihr Abend war mit Lachen und endlosen Gesprächen angereichert gewesen. Florian und sie hätten Händchen gehalten oder zumindest hätte diese Spannung zwischen ihnen geherrscht, die man vor dem ersten richtigen Kuss spürt. Das Gefühl, wenn du weißt, dass du und dein Gegenüber auf derselben Welle schwingen. Wenn kein Zweifel mehr im Raum steht, dass es an diesem Abend geschehen wird. Dass ihr euch endlich eure Gefühle gegenüber offenbart.

Salat hatte keine Rolle in diesem Szenario gespielt. Jette suchte nach der Kellnerin. Als sie sie entdeckt hatte, gab sie ein Zeichen. Die Frau kam zu ihrem Tisch zurück und zückte das Portemonnaie, das sie an einem Gürtel trug.

»Noch nicht«, sagte Jette. »Ich hätte gern die Kaninchenkeule, ein Glas Cabernet Sauvignon und danach die Dessertkarte. Vielen Dank.« Sie schickte der Frau ein strahlendes Lächeln und erhielt ein Zwinkern als Antwort. Schwestern im Geiste, dachte sie.

Als Jette an diesem Abend die Tür zu ihrem Häuschen aufschloss, machten sie die Dunkelheit im Flur und die Stille traurig.

Überlege dir gut, ob du in deinem Alter schon in ein Dorf ziehen willst, hatte ihre Mutter gesagt, als sie beschlossen hatte, in Tante Fines Haus zu wohnen. Ein gut gemeinter Rat. Doch das Haus zu verkaufen, nachdem sie es geerbt hatte und all die schönen Erinnerungen daran einfach aufgeben? Jette hatte es nicht übers Herz gebracht und das hatte sie auch ihrer Mutter erklärt. Sie wollte ein Stück Familiengeschichte bewahren und wenn möglich auch weitergeben. So die offizielle Version.

Wenn sie ganz tief in sich hineinhörte, dann gab es da diese winzige Stimme, die von Jahr zu Jahr lauter wurde und sie drängte, den nächsten Schritt zu gehen. Ja, Jette hatte das Gefühl, eine Uhr ticken zu hören. Nicht unbedingt in Bezug auf ihre Zeugungsfähigkeit. Eher darauf, dass sie sich wünschte, in ihren Dreißigern einen Mann zu haben, sesshaft mit ihm zu werden, Kinder zu bekommen und gemeinsam in ihr Häuschen im Grünen zu ziehen. Weg aus Hamburg. Der Mann und die dazugehörigen Kinder waren in weiter Ferne, doch das Schicksal hatte dafür gesorgt, dass Tante Fine ihr ein schnuckeliges Haus im Grünen vermacht hatte. Das musste ein Zeichen sein. Wieso sollte sie die Chance nicht ergreifen, auch wenn es bedeutete, den Karren vors Pferd zu spannen? Sie konnte einen Haken hinter diesem Thema machen, und es gab ihr das Gefühl, ihren Vorstellungen ein Stück nähergekommen zu sein und damit auch ihrer großen Liebe. So sparte sie Zeit im Gesamtplan und erhielt etwas Puffer für die Etappenziele.

Als sie dann auf einer Party der Nachbarn Florian kennengelernt hatte, wusste sie, dass sie die richtige Entscheidung getroffen hatte. Alles fügte sich. Dieser Mann besaß Charme, Intelligenz und sah zu gut aus, um wahr zu sein. Sie hatte sich von Beginn an als nicht in seiner Liga spielend eingestuft. Würde er nicht immer wieder eine Gelegenheit suchen, um mit ihr in Kontakt zu treten, hätte sie sich nicht den kleinsten Gedanken an eine mögliche gemeinsame Zukunft erlaubt. Doch so ... er mochte sie. Das war klar. Einmal im Monat telefonierten sie miteinander, dann der Spitzname ...

In diesem Augenblick schrillte ihr Mobiltelefon. Jette drückte die Tür mit dem Fuß zu, ließ die Handtasche auf die Bank neben dem Eingang sinken und kramte nach ihrem Handy. Ihr flotter Herzschlag verriet, dass sie auf einen bestimmten Anrufer hoffte.

Es war Heidi, ihre Freundin.

»Hey«, meldete sie sich. Sie kniff die Augen zusammen, als ihr klar wurde, dass Heidi die Enttäuschung in ihrer Stimme nicht entgangen sein konnte.

»Oh. Soll ich später anrufen?«, fragte sie.

»Nein, nein. Bin gerade rein.«

»Du klingst nicht danach, als wäre es ein voller Erfolg gewesen.« Sie steckten schon mitten in der Auswertung. Etwas, das Jette normalerweise genoss, doch nicht heute.

»Wie kommst du darauf? Es lief gut. War ein schöner Abend«, sagte sie und hörte selbst den fehlenden Enthusiasmus.

»Warum bist du dann allein zu Hause?«, fragte Heidi mit einem belustigten Unterton.

»Woher willst du wissen, dass ich allein bin?«

»Bist du es nicht?«

»Doch«, sagte Jette und ließ sich neben die Handtasche sinken. Heidi war eine von den Freundinnen, denen Jette ihr Leben anvertraut hatte. Was so viel bedeutete, dass sie ihr alles erzählte, auch wenn sie dabei schlecht wegkam. Die Art Freundin, die ihr aufbauende Ratschläge gab, obwohl sie selbst gerade mit einem eigenen mentalen Zusammenbruch zu kämpfen hatte.

»Hätte mich auch gewundert. Ich habe dich aus dem Auto aussteigen sehen.« Heidi wohnte schräg gegenüber in der Nähe ihres Elternhauses. Als Kinder hatten sie sich vor drei Jahrzehnten kennengelernt, wenn Jette ihre Tante in den Sommerferien besucht hatte; seitdem waren sie dicke Freunde. Heidi war ein weiterer Grund, weshalb Jette nur zu gern in die Nähe von Lüneburg gezogen war.

»Du hast mir nachspioniert? Schäm dich!«

»Ehrlich gesagt, wollte ich fragen, wie es dir geht und hören, ob du Lust auf einen Feierabendcocktail hast.«

Jette lauschte in die Stille, die am anderen Ende der Leitung eingetreten war.

»Du bist davon ausgegangen, dass nichts passiert, und willst mich trösten?«

»Jette ...«

»Du glaubst, dass ich nicht sein Typ bin, richtig?« Jette kickte die Mary Janes von ihren Füßen und ließ sie dort liegen, wo sie aufkamen.

»Aber nicht so, wie du denkst. Ich denke, du bist zu gut für den Kerl. Er weiß nicht, was er an dir hat.«

»Das ist doch Quatsch! Erst vorhin hat er mir wieder gesagt, ich wäre ein Schatz und er glücklich, mich zu haben.« Jette erhob sich und schlurfte in die Küche, wo sie sich ein Glas aus dem alten Bauernschrank nahm. Sie füllte es mit Wasser aus dem Hahn und setzte sich an den kleinen weißlackierten Esstisch, der am Fenster stand.

»Dann wollte er was von dir. Habe ich recht?«

Mist! Verdammte Heidi!

»Er hat mich gebeten, mit ihm zusammenzuarbeiten. Ich halte das für ein Kompliment und für einen enormen Vertrauensvorschuss«, sagte sie und trank einen weiteren Schluck.

»Kunststück, du bist die Beste in deinem Job. Er kann sich glücklich schätzen, wenn du Zeit für ihn findest.«

Jette antwortete nicht. Die Worte ihrer Freundin machten sie traurig. Das bedeutete, dass es an diesem Abend nicht um sie gegangen war, sondern um das, was er brauchte.

»Soll ich rumkommen? Wir quatschen ein bisschen.«

»Was ist mit deinen Kids?«

»Sind schon im Bett. Der Große hat ein Handy und kann mich anrufen, wenn was ist. Außerdem bin ich ja nur über die Straße.«

»Von mir aus. Aber du musst dir was zu trinken mitbringen. Ich war die letzten Tage so im Stress, ich habe es noch nicht geschafft, einzukaufen.«

»Ich habe was, um dich aufzumuntern«, sagte Heidi. »Bis gleich«, flötete sie ins Telefon und legte auf. Jette merkte erst jetzt, dass sie noch ihren Mantel trug. Er fühlte sich schwer auf ihren Schultern an. Wenn sie mit Heidi den Abend verbrachte, konnte sie nichts für die Arbeit tun. Das würde sie zurückwerfen. Andererseits war sie so müde – sie könnte sich hinlegen und würde auf der Stelle einschlafen. Auch nicht die beste Voraussetzung für einen Abend mit einer Freundin.

Sie drückte sich vom Küchentisch ab und schlich zurück in den Flur, um ihren Mantel aufzuhängen. Die Leere des Hauses spürte sie in ihrem Rücken. Heidi wusste als beste Freundin, dass Jette in Selbstmitleid ertrinken würde, wenn sie jetzt allein blieb.

Sie holte ein wenig Knabberkram aus dem Vorratsschrank in der Küche, Weingläser und zwei Untersetzer und ging ins Wohnzimmer. Die Abende waren frisch in diesem Oktober, und so fackelte sie nicht lang, öffnete die Tür zum Kamin und legte zwei Scheite Buche hinein. Ein wenig Anmachholz und vier verrauchte Versuche später loderte ein heimeliges Feuer. Sie hatte eben noch die Zeit, einmal stoßzulüften, um den unerwünschten Qualm rauszulassen, als es schon an der Tür klingelte.

»Wow! Was hast du denn da bei dir?« Jette ließ Heidi eintreten, die zwei tropisch bedruckte Flaschen in den Händen hielt. Ihr dickes karamellfarbenes Haar wellte sich über der Schulter und glänzte wie gelacktes Rosenholz in dem gedimmten Licht des Flures.

»Ich will dich auf andere Gedanken bringen.« Sie grinste. »Das ist ein Mai-Tai-Mix. Alles, was wir noch brauchen, ist Eis. Hat zehn Umdrehungen, also musst du mich vielleicht nach Hause tragen.« Sie streckte die Zunge raus und trat an Jette vorbei.

»Du willst, dass ich meinen Frust in Alkohol ertränke?«

»Ich will mich mit dir auf Emmas Hochzeit einstimmen. Was wäre das für eine Verschwendung, wenn wir uns erst in einer Woche in karibische Laune versetzen? Ich bin dafür, dass wir sofort damit anfangen. Ich kann's brauchen. Wie oft passiert es, dass die beste Freundin auf einer Insel unter Palmen heiratet?«

»Niemals. Ich sag's ganz offen. Ich freu mich für sie, aber ich bin neidisch.« Jette ging hinter Heidi, die den Couchtisch angesteuert hatte, und konnte ihren Gesichtsausdruck nicht sehen.

»Das ist verständlich. Wer wünscht sich nicht, dass ein bisschen Hollywood in sein Leben einzieht? Denk nur mal daran, wie es ihr vor einem Jahr ging. Anton hatte sie betrogen und mit uns hatte sie sich verkracht, weil sie drauf und dran war, aus Frust ihr ganzes altes Leben abzuschütteln.«

»Ich konnte es ihr nicht verübeln.«

Heidi setzte sich und stellte die Flaschen vor sich ab. »Ich auch nicht – rückblickend. Aber damals war ich sauer.«

»Ich erinnere mich.« Jette wusste, dass sie noch einmal aufstehen musste, um Gläser zu holen, doch sie hatte das Gefühl, dass ihre Freundin reden wollte. Sie war nicht stumm, aber für ihre Verhältnisse doch recht ernst und wortkarg. Trotz des Alkohols und des guten Vorsatzes, den Abend feuchtfröhlich zu beenden, schwebte eine dunkle Wolke über Heidi.

»Ja. Ich war damals unfair in unserem letzten Gespräch. Ich habe sie kaum zu Wort kommen lassen und ihr

Vorhaltungen gemacht, weil sie plante, aus dem Dorf wegzuziehen.«

»Was sie ja gemacht hat …«, ergänzte Jette.

»Schon. Aber aus anderen Gründen. Sie hat die Liebe ihres Lebens gefunden. Zuvor wollte sie neu anfangen und ihren Alltag zum Teufel jagen.«

»Ist doch klar, dass dich das gekränkt hat.«

Heidi schüttelte den Kopf. »Da steckte mehr dahinter. Ich glaube, ich hatte Angst.«

»Wovor?«

»Davor, dass alles auseinanderbricht. Du weißt, wie sehr ich Veränderungen hasse.«

»Das ist wahr!« Jette lachte.

»Ich habe damals schon gespürt, dass etwas vor sich geht.« Heidi flüsterte den letzten Satz.

Jette zog die Augenbrauen zusammen. Sie suchte den Blick ihrer Freundin, die ins Kaminfeuer starrte und gedanklich weit weg schien.

»Ich denke, ich habe bemerkt, dass es zwischen mir und Tom schwierig wurde. Emma hatte sich gerade scheiden lassen und es fühlte sich an, als würde sie schlechte Vibes in die Clique bringen.« Sie zog die Luft zwischen den Zähnen ein und blickte Jette an.

»Ui. Das klingt aber böse.«

»Ich weiß. Ich will nur ehrlich sein. Ich habe mich total daneben verhalten, weil ich dachte, dass jede Veränderung in meinem Freundeskreis etwas Schlechtes bedeutet. Es fühlte sich an, als würde sie sich von mir abwenden. Mein Mann hatte das bereits getan. Auch wenn er mich nicht betrog, so war er doch nicht mehr mit dem Herzen dabei. Dann erfahre ich, dass Emma ihr Haus zum Verkauf angeboten hat, ohne mit mir, ihrer Freundin, zu sprechen – ich fühlte mich verraten.«

»Kann ich verstehen. Sie hat's nicht böse gemeint.«

»Das weiß ich doch. Wir haben das geklärt und ich bin froh darüber. Ich freue mich für ihr Glück und weiß, dass mein Unglück nicht daran hängt.«

»Wahre Worte«, sagte Jette. »Wie läuft die Eheberatung?«

»Pfff!« Heidi machte eine wegwerfende Handbewegung und machte sich dann daran, die erste Flasche aufzuschrauben. »Tom hat sich in unsere Therapeutin verknallt.«

»Was?«

»Jep! Endlich eine Frau, die ihn versteht.«

»Das ist nicht dein Ernst! Warte. Ich hol Gläser. Die Geschichte sollst du nicht nüchtern erzählen müssen.«

Jette stand auf und ging in ihre Küche. Was sorgte sie sich um ihr nicht existentes Liebesleben? Ihre Freundin hatte echte Probleme. Sie sollte aufhören, über Florian zu jammern und das tun, wozu dieser Abend gedacht war: Heidi trösten. Bei Heidi ging es nicht um irgendwelche Schulmädchenträume wie bei ihr. Ihre Freundin war seit fünfzehn Jahren verheiratet, sie hatte mit Tom zwei Kinder, ein Haus und einen Kredit. Seit einigen Monaten kriselte es zwischen den beiden und Freunde hatten ihnen eine Eheberatung ans Herz gelegt. Was offensichtlich nicht den gewünschten Effekt brachte, wenn Jette an die Wendung dachte, von der sie soeben erfahren hatte.

Sie kam mit zwei Longdrinkgläsern ins Wohnzimmer zurück. Heidi saß mit hochgezogenen Beinen auf der Couch und hatte den Kopf schwer auf einen Arm gestützt. Jette goss ihnen beiden ein und reichte Heidi ein Glas. »Ach, Mist! Ich habe das Eis vergessen.«

»Macht nichts. Der Drink kommt aus dem Kühlschrank. Das geht schon«, sagte Heidi.

»Dann schieß los!«

Ihre Freundin richtete sich auf, strich sich die dicken Haare aus dem Gesicht und stieß mit Jette an. »Cheers! Erst ein Schluck zur Beruhigung.«

Sie tranken. Als Heidi das Glas abgestellt hatte, lehnte sie sich in die weichen Kissen zurück und ließ die Schultern sinken. »Ich merke es daran, wie er aufdreht.«

»Also hat er nichts gesagt.« Jette biss die Zähne zusammen. Doch die Tatsache, dass es möglicherweise nur eine Fehlinterpretation ihrer durch und durch emotionalen Freundin sein konnte, stimmte sie hoffnungsvoll. »Sorry. Ich wollte dich nicht unterbrechen. Erzähl!«

»Er wirkt frisch verliebt. Weißt du, was ich meine? Er ist voller Energie, summt im Badezimmer, in den Sitzungen ist er so redselig. So kenne ich meinen Mann überhaupt nicht. Immer wieder lässt er ihren Namen in einem Gespräch fallen. ›Aurelie hat das schon richtig erkannt‹. So was ...«

Heidi verzog das Gesicht und bekam Ähnlichkeit mit einer Spitzmaus, wie Jette fand, während sie in hohem Ton ihren Mann nachäffte.

»Aurelie?«

»Ja. So heißt sie. Obwohl ich sie immer noch Frau Le Coz nenne.«

»Sie ist Französin?«

»Und sie hat diesen schamlos erotischen Akzent.« Heidis Blick spiegelte pure Wut über die Ungerechtigkeiten in dieser Welt.

Jette suchte nach einem Strohhalm. »Und wenn schon. Ihr habt so eine lange gemeinsame Geschichte. Das ist wie

Äpfel mit Birnen vergleichen. Er wird dich schon nicht für einen sexy Akzent eintauschen. Vielleicht will er sich nur begehrt fühlen und mehr steckt nicht dahinter.«

Heidi nahm einen großen Schluck. »Mag sein. Das kann ich auch irgendwie verstehen. So lange nichts weiter geschieht, doch ich befürchte, er ist verknallt und ob es dann bei der Schwärmerei bleibt ... ich weiß nicht.«

»Hast du ihn mal darauf angesprochen?«

»Nein.« Heidi verschränkte die Arme vor der Brust.

»Du könntest ihm zumindest sagen, dass diese Schwärmerei geschmacklos ist. Immerhin sollen diese Sitzungen eure Ehe retten und nicht alles noch schlimmer machen.«

»Ich habe ihm angeboten, zur nächsten Stunde allein zu gehen. Die verstehen sich ohne mich viel besser. Ich bin da nur der Störenfried.«

»Was? Ist nicht dein Ernst! Heidi!«

»Was? Ich finde, das ist eindeutig genug. Direkter muss man ja wohl nicht werden.« Sie schenkte sich ein neues Glas des Cocktails ein.

»Was hat er erwidert?«

Heidis Worte gingen in einem kräftigen Schluck unter.

»Was?«

Sie stellte das Glas auf den Tisch. »Er hat gemeint, das wäre kein Problem. Ich soll mich mal ausruhen.«

»O Shit!«

»Ja, genau.«

»Das tut mir leid«, sagte Jette. Sie stand auf, ging um den Tisch herum und ließ sich neben ihre Freundin sinken. Die hatte die Arme schon ausgestreckt und nahm die Umarmung nur dankbar an.

»Lass uns nicht den ganzen Abend von Tom reden. Das verdirbt die schöne Karibikstimmung, in die ich dich eigentlich bringen wollte.« Nach einem Seitenblick von Jette ergänzte sie: »Ehrlich, mein Ziel war kein Scheidungsgequatsche, sondern die Freude auf eine Hochzeit zu hypen. Vorfreude ist die schönste Freude. Lass uns auf Emma und Terry anstoßen.«

»Das ist ein guter Plan. Warte!« Jette angelte nach ihrem Glas. »Ich kann es kaum erwarten, in die Karibik zu kommen. Sobald meine nackten Füße weißen Sand berühren, bedeutet das nämlich, dass ich das Projekt für das Katzenfutter abgeschlossen habe, der Lebensberater glücklich ist mit seiner Website und ich ein Cover für Florian fertiggestellt habe, damit er sein Buch zur Vorbestellung hochladen kann.« Sie rutschte tiefer in die Kissen und schloss einen Moment die Augen.

»Oh. Das klingt nach einem ambitionierten Programm.«

»Das ist es.«

»Sag Florian, dass er warten muss. Du kümmerst dich um sein Cover, wenn du wieder da bist.«

Jette warf Heidi einen Blick zu, der Verständnis einforderte und sie an all die Gespräche erinnern sollte, die sie bereits zu dem Thema ›Florian‹ geführt hatten.

»Ja, ich weiß, dass du dem Kerl verfallen bist, aber ein bisschen Selbstbewusstsein und entsprechendes Auftreten machen dich interessanter für ihn.«

»Heidi, ich habe doch schon, was ich wollte. Wir arbeiten beide an einem gemeinsamen Projekt. Nun muss ich es auch durchziehen. Kneifen geht nicht, bloß weil es mir gerade zufällig nicht reinpasst. So eine Chance kommt vielleicht nie wieder.«

Heidi schnaufte. »Hast recht. Vielleicht bin ich zu negativ und sehe überall nur betrügerische Männer.«

Jette verdrehte die Augen und wiegte den Kopf von links nach rechts, als müsste sie den Wahrheitsgehalt von Heidis Worten prüfen. »Weißt du, ich will nicht mit großen Erwartungen an die nächsten Tage rangehen. Ich kann das Schicksal eh nicht beeinflussen. Und ob er mich mag, auch nicht.«

»Er mag dich schon. Da bin ich sicher«, sagte Heidi.

»Wenn wir zusammenkommen, ist das gut. Wenn nicht, ist es auch fein.«

»Das ist so ziemlich die schamloseste Lüge an diesem Abend, meine Liebe. Darauf trinken wir«, sagte Heidi und stieß ein weiteres Mal mit ihrer Freundin an.

KAPITEL 3

»Es ist ein Frauenroman, aber nichts Schnulziges. Ich will, dass man das auf dem Cover erkennt. Es soll die Intellektuellen ansprechen, aber nicht auf eine überhebliche Art, eher ernster, aber mit Leichtigkeit. Weißt du, was ich meine?«, fragte Florian.

Jette und er telefonierten seit einer Stunde. Drei Tage waren seit ihrem Treffen beim Franzosen vergangen und Jette hatte nach einem schriftlichen Briefing von ihm sofort mit der Umsetzung seiner Vorstellungen angefangen. Leider traf sie nicht seinen Geschmack. Das wurde ihr von Minute zu Minute klarer.

»Florian, ich hatte gedacht, dass ich weiß, was du dir vorstellst, aber ich fürchte, ich komme nicht weiter. Vielleicht solltest du eine zweite Meinung einholen«, sagte sie und gähnte, während sie die Augen schloss und sich mit der Hand übers Gesicht rieb. Moment! Hatte sie tatsächlich gerade vorgeschlagen, er solle sich einen anderen Designer suchen? Das musste die Erschöpfung der letzten Tage sein, die da aus ihr sprach.

»Was meinst du?«, fragte er. Sein Tonfall hatte sich geändert. Das entging ihr nicht.

»Ich meine, dass ein anderer Designer, jemand, der sich mit Frauenromanen etwas besser auskennt, dir mehr helfen kann als ich.« Jetzt hatte sie es ausgesprochen.

»Du willst den Auftrag abgeben?«

»Ich glaube nicht, dass du, so wie es ist, zum gewünschten Ergebnis kommst, und schließlich willst du das Beste für dein Buch. Das Cover ist entscheidend, da solltest du keine Kompromisse machen.« Mit dem Zeigefinger folgte sie einer imaginären Linie auf ihrer Schreibunterlage. Die Sonne schien durch ihr Fenster und reflektierte einen kleinen Regenbogen auf den Bildschirm, der Florians Cover zeigte. Ihr gefiel es richtig gut, doch darauf kam es nicht an. Der Kunde musste glücklich sein und in diesem Fall war er es nicht. Das hatte sie an seinem gereizten Tonfall herausgehört.

»Nein! Jette. Bitte entschuldige. Ich bin ein Nörgler. Ich weiß, dass ich schwierig bin, wenn es um meine Bücher geht, und mir ist klar, dass ich als Autor immer andere Bilder im Kopf haben werde als der Designer. Biene ... ich wollte dir nicht das Gefühl geben, dass ich mit deiner Arbeit nicht zufrieden bin. Du hast so viel für mich getan. Warst so freundlich, mich einfach dazwischenzuquetschen, und jetzt stehe ich hier und mache dir noch mehr Arbeit.«

Sie blieb stumm – einen Moment –, dann spürte sie, wie das Kribbeln zurückkehrte. Während der letzten Tage war es verschwunden, weil sie so hoffnungslos überarbeitet gewesen war und keine Zeit gehabt hatte, über sich und Florian nachzudenken.

»Was hältst du davon, noch einmal im Netz zu suchen und mir ein paar Cover von Büchern zu schicken, die dich ansprechen würden. Das macht es sicher leichter, zu verstehen, in welche Richtung ich muss. Immerhin kennst du das Buch und ich nicht.« Sie hörte ihn am anderen Ende der Leitung ausatmen.

»Du bist ein Engel. Weißt du das? Ich habe so ein Glück, dich zu kennen. Das mein ich ernst.«

Jettes Gesichtsfarbe musste gewechselt haben, was Florian glücklicherweise nicht sehen konnte. Sie spürte die Hitze im Kopf und das Bedürfnis, das Thema zu wechseln, wurde übermächtig.

Doch bevor sie etwas sagen konnte, meldete sich Florian. »Und du hast die besten Ideen. Ich mach das normalerweise nicht, weil ich ein paranoider Mensch bin, aber dir vertraue ich blind.«

Sie spürte, wie die Schmetterlinge in ihrem Bauch mit zarten Flügeln schlugen.

»Ich schicke dir mein Manuskript. Na ja. Die Kapitel, die ich bisher habe. Du liest es, und ich wette, dein kreativer Geist zaubert sofort etwas daraus! Ich bin so froh, dass du diese Idee gehabt hast, sonst würden wir womöglich noch in zwei Wochen hier sitzen und aneinander vorbeireden.«

Jette spürte, wie ihr Herz einen Schlag aussetzte. »In zwei Wochen bin ich im Urlaub«, war das Erste, das ihr über die Lippen kam. Sie wusste selbst nicht wieso, da ein viel größerer Elefant im Raum stand. Wie sollte sie es in den nächsten Tagen schaffen, sein Manuskript zu lesen? Bis Freitag musste die Katzenfutterkampagne stehen. Dafür hatte sie die letzten drei Tage nichts getan.

»Richtig! Die Karibik! Das hast du dir wirklich verdient, Biene. Dann sollten wir uns beeilen. Am Ende muss ich dich noch begleiten, um mit dir am Cover zu arbeiten.« Er feixte.

Sie malte sich einen Augenblick aus, wie schön es wäre, wenn er das ernst gemeint hätte. Sie beide, fernab der

Arbeit, an einem einsamen Sandstrand, türkisblauer Ozean ... Sie seufzte.

»Alles in Ordnung?«

»Was? Ja. Natürlich. Du, ich sehe es nicht, dass ich dein Buch diese Woche lese.«

»Aber es sind doch nur ein paar Seiten. Ich habe gerade mal ein Drittel geschrieben.«

»Aber ich bin eine langsame Leserin und weiß nicht, wann ich schlafen soll, wenn ich das auch noch auf dem Zettel hab.« Schon tat ihr diese Abfuhr leid.

»Wer weiß, vielleicht willst du gar nicht mehr schlafen, wenn du es gelesen hast«, sagte er.

Jette hatte dasselbe Gefühl, als wenn sie auf der Straße in ein Loch getreten wäre.

»Äh.«

»Es ist ziemlich ... spicy.«

»Das wusste ich nicht.« Sie schlug sich mit der Hand gegen die Stirn. Was für ein dämlicher Spruch! Fiel ihr nichts Anzügliches ein? Etwas, um den Fehdehandschuh angemessen aufzuheben, den er ihr eben hingeworfen hatte.

»Ich sagte ja, du solltest mal reinschauen. Es lohnt sich.« Der Rauch in seiner Stimme schien ihre Wange zu streicheln. War es möglich, dass er nur nach einer Gelegenheit gesucht hatte, dass sie sein Buch las? Und das nicht, weil er ihre Hilfe brauchte, sondern weil es als Brücke diente, um sie beide aufs nächste Level zu bringen?

»Was werde ich da finden?« Sie war froh, dass er nicht sah, wie sie die Zähne zusammenbiss, die Stirn kraus zog und die Luft anhielt.

In der Stille war zu hören, wie seine Atmung ein Lächeln begleitete. »Es wird ziemlich heiß zwischen den Protagonisten.«

»Ja?«

»Ja«, sagte er mit tiefer Stimme.

»Dann habe ich womöglich wirklich die falsche Idee weiterentwickelt«, flüsterte sie. »Ein deutlich erwachseneres Cover wäre angemessener.«

»Es klingt gut, wie du das nennst.«

»Was meinst du?«, fragte sie.

»Erwachsener.« Die Art, wie er das Wort aussprach, brachte sie um den Verstand. »Ich hätte dir viel eher von meinem Manuskript erzählen sollen.«

»Warum hast du es nicht getan?«, fragte sie und gab sich Mühe, ihre Stimme locker und leicht klingen zu lassen.

»Ich war mir nicht sicher, ob ... es dir gefallen würde.«

Jette atmete hörbar aus. Das konnte nur doppeldeutig gemeint sein! Sie war eine Königin darin, wenn es darum ging, Florians Äußerungen zu analysieren und zu untersuchen auf ›Zuneigungsbekundungen für Jette‹, wie Heidi das nannte. Vorzugsweise mit ihr gemeinsam. Aber das musste man nicht hinterfragen, oder? Er wollte wissen, ob sie Interesse an ihm hatte. Daran bestand kein Zweifel.

»Da kennst du mich offensichtlich nicht so gut, wie ich gedacht habe, sonst würdest du dir diese Frage nicht stellen.«

»Sehr gut«, sagte er. »Ich bin froh, dass wir auf derselben Welle schwimmen. Wie sieht es aus, hast du Samstag schon was vor?« Die Frage kam so unschuldig spontan, dass Jette fest davon ausgehen musste, dass er darauf hingearbeitet hatte. Ein dickes Grinsen erschien auf ihrem Gesicht.

»Nein. Bis zu meinem Urlaub hab ich mir alles freigehalten, um ganz sicher mit meinen Projekten fertig werden zu können.«

»Genau. Du, knapp bekleidet, im Sand ... ich habe ein Bild.«

Sie leckte sich über die Lippen.

»Wollen wir uns bei dir treffen?«

»Bei mir?« Endlich tat ihr Herz das, was längst überfällig war: losgaloppieren. »Natürlich. Gern.«

»Großartig. Ich bin gegen sieben da. Soll ich Sushi mitbringen?«

»Äh. Ja. Mach das. Ich freu mich.«

»Ich mich auch. Ich schick dir gleich die Datei zu. Ist nicht mehr viel Zeit, aber wenn du es schaffst, reinzugucken, könntest du mir deine Meinung zu ein paar Abschnitten sagen. Die würde mich wirklich interessieren.« Bei den letzten Wörtern war sein Tonfall verbindlich und seine Stimme dunkel geworden.

Jette lief ein angenehmer Schauer über den Rücken. »In Ordnung. Ich kann es mir heute Abend im Bett angucken.« Schon stand ihr Kopf wieder in Flammen. »Ich meine nicht, dass ...«

Er lachte am anderen Ende.

»Ich meinte, ich weiß nicht, wie viel ich schaffe, aber vor dem Schlafengehen ist ja immer noch ein bisschen Zeit.«

»Ich hab dich schon verstanden. Mach dir keinen Kopf.« Er sagte, dass er noch ein bisschen arbeiten müsse, und legte auf.

Jette wechselte das Fenster und versuchte, sich auf die Kampagne zu konzentrieren. Nach einer halben Stunde musste sie sich eingestehen, dass sie mit den Gedanken nicht bei der Sache war. Pausenlos schweifte sie ab und überlegte, was in zwei Tagen geschehen könnte, wenn Florian sie zu Hause aufsuchte. Trotz des Zeitdrucks, den sie unterschwellig im Nacken spürte, verlor sie sich in Tagträumen, die plötzlich eine völlig neue Qualität besaßen. Er hatte mit ihr geflirtet. Zum ersten Mal. Sie schmunzelte. Jetzt musste sie es nur irgendwie schaffen, ihre Aufträge zu erledigen und abzuschließen und sie konnte sich ganz auf ihr Privatleben konzentrieren. Gott! War das schön! Die Idee von ihm und sich an einem einsamen Strand blitzte auf und ein Hoffnungsstreif am Horizont erschien. Es war gar nicht abwegig. Überhaupt nicht! Emma hatte ihr angeboten, eine Begleitung mitzubringen. Egal! Das war zu viel Tagträumerei! Sie musste sich am Riemen reißen und die Arbeit erledigen. Sonst war ihr Kunde enttäuscht und das konnte sie sich nicht leisten. Also schloss sie im Geiste einen Pakt mit sich, dass sie Florians Manuskript erst lesen dürfte, wenn sie mit der Kampagne fertig war.

Und sie verbat sich jeden Gedanken an ihn.

Drei Stunden später machte sie einen Haken an das Projekt. Noch vor der Zeit. Großartig! Jette öffnete ihr E-Mail-Postfach und war überrascht, keine Nachricht darin zu finden. Keine Nachricht von Florian. Sie rief das Postfach erneut ab. Da leuchtete eine ungelesene Nachricht auf. Sie kam von Emma. Ein Zeitplan für die Hochzeit. Als Hintergrund hatte sie ein kitschiges Foto einer tropischen Insel gewählt. Ganz wie die Fototapete, die Jettes Eltern in den Achtzigern gehabt hatten. Neben dem Scherenschnitt eines sich küssenden Paares stand die Abfolge der drei Tage, an denen die Hochzeit offiziell gefeiert wurde. Enge Freunde wie Heidi und Jette reisten schon früher an. Sie machte einen Screenshot und schickte ihn an Heidi mit einem Emoji mit Herzchen in den Augen dazu. Heidi antwortete prompt, dass sie vorhätte, niemals wieder heimzukehren. Sie starrte noch eine Weile auf ihr Postfach und als nichts weiter kam, schloss sie das Programm. Florian hatte es sich anders überlegt. Vielleicht war ihm die Flirterei von eben unangenehm.

Jette machte den Computer aus und stand auf. Sie hatte noch zwei Stunden, bevor sie der Life Coach anrufen würde. Ihr Projekt neigte sich ebenfalls dem Ende zu und wenn sie Glück hatte, gefielen ihm ihre Ideen. Bestenfalls war seine Tochter beschäftigt. Womit könnte sie sich die Zeit vertreiben? Heute fühlte sie sich motiviert, ein wenig Sport zu machen. Keine Ahnung, wo das auf einmal herkam. Wahrscheinlich war es der Gedanke an ein paar Tage, je nach Konstitution, im Badeanzug Schrägstrich Bikini, die ihr bevorstanden. Es könnte nicht schaden, ihre Figur die nächste Zeit ein wenig im Blick zu haben.

Um ins Fitnessstudio zu gehen, blieb ihr nicht genug Zeit, doch sie beschloss, nach einer DVD zu trainieren, die sie sich vor ein paar Jahren gekauft hatte. Jette zog sich ihre Sportsachen an und rollte die Yogamatte vor den Fernseher.

Fünfzehn Minuten später massierte sie ihre Wade, die von einem Krampf heimgesucht wurde. Vielleicht reichte ja ein tägliches Workout von zehn Minuten. Beim Scrollen durch Instagram wurde ihr so was versprochen. Mit dem richtigen Programm natürlich, aber sie hat ja nach Vorlage trainiert. Es war bestimmt nicht umsonst gewesen.

Als die Schmerzen im linken Bein nachließen, trottete sie in die Küche für ein Glas Wasser und wenige Salzbrezeln, die sie aus dem Vorratsschrank stibitzte. Obwohl sie allein lebte, hatte sie immer noch das Bedürfnis, heimlich nach Süßkram zu greifen, statt ihn offen in eine Schale zu schütten. Ehemaliges traumatisiertes dickes Kind, dachte sie und ging ins Badezimmer.

Als sie am Spiegel beim Waschbecken vorbeikam, stoppte sie. Flecken im Gesicht! Die Anstrengung! Jette mochte ihre helle Haut nicht, die sofort krank aussah, sobald sie aus dem Gleichgewicht geriet. Ein bisschen Sonne und sie wurde rot. Sie war emotional – man sah es ihr sofort im Gesicht an. Nicht, dass sie einfach nur errötete, wie ein normaler Mensch. Nein, sie glich einem Feuermelder, wenn ihr die Hitze ins Gesicht stieg. Ihre Hausärztin hatte einmal gesagt, sie solle eher an ihren Emotionen arbeiten und versuchen, die Dinge nicht zu nah an sich herankommen zu lassen. Damit konnte Jette nichts anfangen. Sie war noch nie in der Lage gewesen, ihre Gefühle zu verbergen. Gelassenheit wollte sie üben, nur fehlte ihr bisher der Zugang zu diesem Skill. Als wäre das nicht alles schon schlimm genug, besaß sie kräftiges rotes Haar, das jede Hautunreinheit, jede noch so kleine rote Stelle auf ihrer Stirn oder den Wangen optisch herauskitzelte. Sie hatte Heidi immer um ihre glatten Haare beneidet und Emma für das zauberhafte Blond. Ihre Locken verhinderten jede ausgeklügelte Frisur. Oft fehlten ihr die Nerven, um gegen sie zu kämpfen, also trug sie die meiste Zeit einen Zopf, was wiederum ihr Gesicht freilegte.

Jette starrte auf ihr Ebenbild und fragte sich, ob er wirklich mit ihr geflirtet hatte.

»Du wirst noch wahnsinnig, wenn du dir keine Beschäftigung suchst«, sagte sie laut, spritzte sich Wasser ins Gesicht und entschied, unter die Dusche zu gehen. Das warme Wasser verjagte die letzten Schmerzen aus ihrer Wade. Weitere zehn Minuten später griff sie zu einem flauschigen Handtuch und da stand er – an den Türrahmen zum Schlafzimmer gelehnt und schaute sie verliebt an.

Jette blinzelte. Diese Tagträume mussten aufhören! Wenn das so weiterging, würde man sie in die Geschlossene einliefern, bevor Emma unter einem Bogen tropischer Blumen Ja sagen konnte.

Aus dem Schlafzimmer hörte sie, wie eine E-Mail eintrudelte. Eingewickelt in Frottee tappte sie mit nassen Füssen zu ihrem Bett. Die Nachricht war von Florian: das Manuskript. Die Datei war recht groß. Jette vermutete, dass es eine Zeit gedauert hatte, bis sie rausging. Sie wusste, dass er immer wieder Probleme mit der Geschwindigkeit seines Netzes hatte. Dennoch. Für ein Word-Dokument war eine derartige Größe ungewöhnlich. Der Gedanke, sich für ein paar Minuten in ihr Bett zu kuscheln und sein Buch zu lesen, gefiel ihr. Und so las sie die wenigen Zeilen, die er in die Mail geschrieben hatte, gar nicht erst, sondern öffnete sofort die Datei von ihrem Handy aus.

KAPITEL 4

Aha. Er hatte sich selbst an einem Cover versucht. Deshalb die ungewöhnlich große Datei. Sie überblätterte die erste Seite und legte sich dabei einige wohlwollende Worte zurecht, die sie ihm bei ihrem nächsten Treffen dazu sagen würde. Sie wusste, dass er nachhaken würde.

Jette flog durch die Seiten. Sie wusste, dass sie nur einen Teil würde lesen können. Für mehr reichte die Zeit nicht bis zu ihrem Termin. Irgendwann stand sie auf, zog sich ihre Alltagskleidung wieder an und ging ins Arbeitszimmer zurück. Sie vermutete, dass der schlüpfrige Teil, von dem Florian gesprochen hatte, in einem der folgenden Kapitel kam. Bisher fehlte dem Buch eher etwas Würze, als dass es als ›nicht jugendfrei‹ deklariert werden konnte. Vor dem Schlafengehen würde sie an der Stelle weiterlesen. Und Klara, seine Lektorin, hatte recht. Die Protagonistin war ihr unsympathisch. Sie präsentierte zu jedem Problem eine Lösung, besaß offenbar keinerlei Schwächen und sah zudem fabelhaft aus: wie eine unerreichbare Göttin. Wenn das der Typ Frau war, den Florian mit einer Heldin identifizierte, dann sollte sie keine Energie auf ein Zusammenkommen verschwenden.

Jette raffte sich auf. Es wurde Zeit für ihr Zoom-Meeting. Sie wählte sich ein und wartete im Chatraum darauf, dass ihr Kunde beitrat. Herr Krüger neigte dazu, eher früher als pünktlich vor dem Rechner zu sitzen, weshalb sie dazu übergegangen war, fünf Minuten eher als üblich bereit zu sein.

Und da war er schon. Er hatte das Haar nach hinten gegelt und wirkte wie frisch geduscht und nicht wie sechs Uhr abends. Sein einziges Zugeständnis an die fortgeschrittene Stunde war ein offener oberer Hemdknopf.

»Guten Abend, Frau Jürgens«, begrüßte er sie mit einem strahlenden Lächeln. Strahlender als sonst, wie sie fand. Geradezu schelmisch.

»Hallo, Herr Krüger. Geht's Ihnen gut?«

»Unbedingt. Und bei Ihnen? Alles in Ordnung? Die letzte Zeit war sicherlich stressig. All die Termine, die wir zu später Stunde anberaumt haben. Es wird Zeit, dass wir einen Haken unter das Projekt machen, habe ich recht?«

»Ähm. Ich habe viel Spaß an unserer Zusammenarbeit« Jette spürte, dass etwas in der Luft lag, das ihr nicht gefiel. Sie zerbrach sich den Kopf, konnte aber keinerlei Fehlverhalten von ihrer Seite entdecken. Hatte sie den Kunden verärgert?

»Ich auch. Ich auch, meine Liebe. Allerdings hat mich Ihre letzte Mail nachdenklich gemacht.«

Jette konnte förmlich spüren, wie sich die Flecken in ihrem Gesicht ausbreiteten. Bevor sie nachhakte und womöglich wie eine Vollidiotin dastand, ging sie in das Mail-Programm und rief die letzte Nachricht ab.

»Fuck! Oh! Entschuldigen Sie bitte!« Sie hatte ihm die Unterlagen für die Katzenfutterkampagne geschickt. Wie unangenehm! Nicht nur, dass er die letzten Entwürfe von ihr noch nicht kannte, sie hatte dem anderen Kunden überhaupt nichts geschickt. Das hätte schiefgehen können. Morgen früh war die Abgabe vereinbart worden und Jette hatte nur einmal in ihrer Karriere bei einem Projekt um Aufschub gebeten. Die Firma hatte sich danach kein weiteres Mal an sie gewandt.

»Es tut mir sehr leid! Sie kriegen sofort den letzten Stand.« Sie hatte die Website noch nicht hochgeladen. Alles, was er bisher zu sehen bekam, waren Screenshots. Das machte sie gewöhnlich so lange, wie sie sich nicht auf ein Grundkonzept und Design geeinigt hatten.

Sie drückte auf Senden und kehrte zurück in den Videochat. »Verzeihung. Das waren sensible Daten. Die hätte ich Ihnen gar nicht schicken dürfen. Das war unprofessionell. Das ist mir das erste Mal passiert.« Sie hoffte, er würde das gegenseitige Vertrauen nicht infrage stellen, das sie in der letzten Zeit aufgebaut hatten.

»Ich halte dicht. Machen Sie sich keine Sorgen. Sie erinnern mich an mich selbst vor einigen Jahren. Wenn der Terminkalender nicht mehr ausreicht, um alles zu vermerken, hat man ein Problem, richtig? Ich wette, Sie arbeiten mehr als zehn Stunden am Tag.«

»Das kommt vor«, gab sie zu.

»Ich kenne das. Selbst und ständig, richtig?«

Sie nickte.

»Nehmen Sie sich regelmäßig ein paar Tage frei. Nicht nur ein oder zwei Mal im Jahr. Die Abstände sind entscheidend, nicht die Länge des Urlaubs. Das ist mein Tipp.«

»Das ist ungewöhnlich. Meine Freunde raten mir dazu, weniger zu arbeiten«, sagte sie.

»Ein unrealistischer Rat, oder?« Er lachte und steckte sie damit an. Was für eine Erleichterung, dass der Mann Humor hatte.

Gegen acht hatten sie alles geklärt und Jette wusste, an welchen Stellschrauben sie noch drehen musste. Irgendwie war dieses Gespräch entspannter gelaufen als üblich. Sie hatte sich von ihrer unprofessionellsten Seite gezeigt, weil sie die Gedanken nicht von Florian und seinem vermaledeiten Buch lassen konnte. Dennoch war ihr der Fehler nicht auf die Füße gefallen. Stattdessen bekam sie mehr und mehr das Gefühl, dass Herr Krüger einen Kompromiss gesucht hatte, um sie nicht noch mehr zu belasten. Im ersten Augenblick wurmte sie diese offenkundige Schwäche, doch wenn sie genau darüber nachdachte, hatte es ihr Arbeit gespart.

Also was soll's? Morgen würde sie seine Seite fertigstellen und dann entspannt ins Wochenende gehen. Sie hatte sogar noch genügend Zeit, um Florians Manuskript zu lesen. Im Grunde spielte es keine Rolle, ob er damit ihren Geschmack traf. Alles, was zählte, war ihr Date am Samstag. Es war ein Date. Ganz klar. Er hatte sich mit ihr am Wochenende verabredet, am Abend. Sie musste Heidi anrufen und es ihr erzählen.

»Ehrlich?«, war ihre erste Reaktion, als Jette sie wenige Minuten später an der Strippe hatte.

»Ja! Er hat sich quasi bei mir eingeladen. Das Essen bringt er mit.« Je euphorischer Jette auf der einen Seite wurde, desto wortkarger wurde Heidi. »Alles in Ordnung?«, fragte sie schließlich.

»Ja. Natürlich. Tut mir leid. Ich freu mich für dich. Es wurde auch mal Zeit, dass er den nächsten Schritt macht.«

»Meinst du, er sieht es so?«

»Wie sollte er es sonst sehen? Das ist ein Date. Eindeutig.«

Jette hätte platzen können vor Freude. »Ich seh das auch so. Ich hatte nur nicht den Mut, richtig dran zu glauben.«

»Doch. Den darfst du haben. Er hat definitiv was vor. Wie kommt es denn plötzlich zu dieser Wendung?«

Jette dachte an ihr Telefonat mit Florian und die Dynamik, die entstanden war, als sie über pikante Szenen in seinem Buch gesprochen hatten. »Keine Ahnung.« Und wieder glühten ihre Wangen. Ihre Hausärztin hatte gut reden. Ihr Körper war schneller als ihr Kopf. Sie würde ihn niemals überlisten können.

»Dann hat er sich entschieden. Ich wünsche euch ganz viel Spaß.«

»Was meinst du mit ›entschieden‹?«, fragte Jette.

»Das habe ich blöd ausgedrückt. Ich find's gut, dass er endlich auf dich zugeht. Dieses Hingehalte war nicht in Ordnung.«

»Ich denke, er ist sehr schüchtern.«

»Florian? Nie und nimmer!«

»Na gut. Ich werde berichten, wie es läuft. Hast du Emmas Einladung gesehen? Ist das nicht wunderbar kitschig?«

»Süße, ich zähle die Minuten, bis wir in wenigen Tagen unsere Füße in warmen Sand stecken und uns mit Cocktails abkühlen.«

»Was macht ihr mit den Kids?«, wollte Jette wissen.

Es entstand eine kleine Pause, bevor Heidi antwortete. »Es sind dann Ferien. Sie bleiben bei den Großeltern. Allerdings kann ich noch nicht sagen, ob Tom überhaupt mitkommt.«

»Was? So schlimm?« Jette ließ sich auf ihre Couch sinken, nachdem sie bis eben durchs Haus gewandert war und zog das Handy ganz dicht ans Ohr.

»Wir schauen mal. Ich habe deinen Rat befolgt und ihn auf die Therapeutin angesprochen.« Heidis Stimme klang müde. »Er hat es nicht abgestritten. Ich denke, mein Mann ist in seinem zweiten Frühling angekommen. Nur dass ich mit meinem Wabbelbauch, der Cellulite und schlaffen Oberarmen wie der Herbst neben unserer Französin aussehe.«

»Ach, Heidi. Das tut mir so leid. Ich und mein Plappermaul.«

»Du kannst doch nichts dafür. Der Rat war goldrichtig. Wir können nicht einfach nur nebeneinanderher leben und beide den Kopf in den Sand stecken. Irgendwann ist diese Ehe nicht mehr zu retten.«

»Das klingt danach, als würdet ihr euch noch eine Chance geben.«

Jette konnte Heidi scharf ausatmen hören. »Ich weiß es noch nicht. Da liegt mehr unter der Oberfläche als eine Schwärmerei meines Mannes. Die Wunden sind tief. Ich habe mir Bedenkzeit erbeten.«

»Das verstehe ich. Melde dich, wenn du reden willst. Ich bin immer da.«

»Das weiß ich«, sagte Heidi. »Ich will nicht, dass uns das die Vorfreude auf Emmas Fest verdirbt. Sie heiratet nur einmal und ich will es genießen. Wir alle haben uns ein paar Tage Auszeit verdient und wir haben Emma so lange nicht mehr gesehen.«

Erst in diesem Augenblick dämmerte es Jette, dass sie danach endgültig aus ihrem Leben verschwinden würde.

Emma war in die Staaten gezogen. Sie lebte bei Terry in New York City. Sie hatten alle die letzten Monate darauf gewartet, dass sie sich an ihrer Hochzeit wiedertreffen würden, doch was geschah danach?

»Was hast du? Du bist auf einmal so still. Ich zieh dich runter, oder? Sorry.«

»Nein. Quatsch. Du sprichst bitte immer mit mir, egal, was los ist. Ich habe gerade daran gedacht, dass wir Emma verloren haben. Sie wird zu einer dieser Bekannten werden, deren Leben man auf Facebook verfolgt und die einem zum Geburtstag und den Feiertagen eine Nachricht über Social Media schreibt. Wir waren mal so eng miteinander. Doch das ist inzwischen ein Jahr her. Ich habe ihr nicht einmal von meiner Schwärmerei für Florian erzählt.«

Sie hatte gehofft, dass Heidi widersprechen würde. ›Nein! Wir telefonieren regelmäßig und bleiben ewig befreundet‹, hätte sie sagen können. Doch sie tat es nicht. Sie hatte im letzten Jahr ebenfalls bemerkt, wie beschäftigt Emma war. Jette ging es selbst nicht anders. Die Tatsache, dass sie früher im selben Dorf gewohnt hatten, war sehr angenehm, um abends mal schnell auf eine Flasche Wein zusammenzukommen und den Tag auszuwerten. Die Zeiten waren vorbei. Jetzt saßen sie und Heidi allein zusammen, vermissten die Dritte, die Spritzige im Bunde und das gab ihr das Gefühl, abgehängt worden zu sein.

»Alles verändert sich. Ich hab dir ja gesagt, dass ich damit nicht gut umgehen kann. Deshalb bin ich umso mehr gewillt, die zehn Tage in der Karibik aus den Vollen zu schöpfen. Wir werden eine tolle Zeit haben. So wie früher. Nur wir drei. Emma wird durchgeplant sein, aber wir schaffen es schon, sie immer mal wieder aus dem Hamsterrad rauszuholen und sie daran zu erinnern, was für eine tolle Clique wir sind.«

Jette brachte diese euphorische Rede zum Schmunzeln.

»Du hast recht. Das machen wir. Weißt du, was ich mich gefragt habe? Ich kriege nur ein schlechtes Gewissen, wenn ich den Gedanken weiterspinne, nachdem, was du gerade eröffnet hast.«

»Schieß los!«, sagte Heidi.

»Na ja. Ich hatte mit dem Gedanken gespielt, Florian mitzunehmen, wenn sich alles so entwickelt wie ... also, falls wir bis dahin zusammenkommen. Wenn du mir sagst, dass Tom vielleicht zu Hause bleibt, habe ich ein schlechtes Gewissen.«

»Nicht wegen mir. Das brauchst du nicht. Aber bist du dir sicher, dass du es nicht ein bisschen überstürzt?«

»Wieso?«

»Na ja, er hat dich zwei Jahren zappeln lassen und du lädst ihn bei der ersten Sympathiebekundung auf einen Trip in die Karibik ein?«

»So ist das nicht. Erstens sind wir seit zwei Jahren Freunde. Er ist kein Fremder.« Jette richtete sich auf und drückte den Rücken durch.

»Außerdem muss er seinen Flug selbst bezahlen und das Zimmer ist ohnehin ein Doppelzimmer.«

»Stimmt. Eigentlich lädt Terry ihn ein.« Jette hörte Heidi geräuschvoll grinsen.

»Sie haben von Anfang an gesagt, ich kann eine Begleitung mitbringen.« Jette funkelte ihr Handy an.

»Sei nicht böse. So habe ich das nicht gemeint. Ich verstehe dich. Du hast so lange gewartet und jetzt willst du keine Zeit mehr verschwenden.«

»Ja«, flüsterte Jette.
»Ich finde trotzdem, du solltest ein paar Tage über dieses Bedürfnis nachdenken. Florian ist es gewohnt, dass du immer zur Stelle bist. Ehrlich gesagt, hat mich das immer ein bisschen wütend gemacht, weil ich denke, dass er schon länger weiß, was du für ihn empfindest. Es kann nicht schaden, allein in so einen Urlaub zu fahren und ihn zu Hause zu lassen. Er darf gern wissen, dass du noch andere Optionen hast.«

»Heidi, ich habe keine anderen Optionen.«

»Da sind wir verschiedener Meinung. Ich sag ja nicht, dass du auf der Hochzeit nach Männern Ausschau halten sollst. Er muss nur nicht denken, dass du immer verfügbar bist. Geh raus, hab Spaß und fahr mit deiner Freundin in die Karibik. Lass ihn über die Fotos in deinem WhatsApp-Status daran teilhaben und spüren, dass du ihn nicht brauchst, um glücklich zu sein. Ich wette, er liegt dir danach zu Füßen.«

Jette dachte über Heidis Worte nach. Sie konnte sich schwer in ihre Gedankenwelt hineinversetzen. Im Fokus stand momentan ein erster Kuss mit Florian und alles, was darauf folgte, war von rosa Wölkchen begleitet. Sie sollte ihn von der Bettkante stoßen, noch bevor er in die Nähe ihres Bettes gekommen war. Für diese Spielchen war sie nicht die Richtige. Doch sie versprach Heidi, darüber nachzudenken, weil jegliche Überlegungen vor Samstag einfach nur müßig waren.

Es war Donnerstagabend und sie stellte beim Blick durch ihr Wohnzimmer fest, dass noch einiges zu tun war, um ihr Haus bis Samstag in ein gepflegtes Liebesnest zu verwandeln.

KAPITEL 5

Samstag Abend. Jette stand vor dem Spiegel und legte die fünfte Schicht Puder auf. Das Ergebnis befriedigte sie nicht. Im Gegenteil. Ihre Haut reagierte offensichtlich verärgert auf alle Versuche, mit Make-up gegen die roten Flecken vorzugehen. Nein! Nein! Nein! Es wurde immer schlimmer. Aber er würde ihre inneren Werte mögen. Richtig?
Mist!
Wem wollte sie etwas vormachen? Seine breiten Schultern waren ihr auch vor seinem Intellekt aufgefallen. Dennoch. Das war kein Blind Date. Doch Jette wollte um jeden Preis cool wirken und ihn nicht merken lassen, wie es in ihrem Inneren aussah.
Es klingelte. O nein! Sie blickte auf ihren Bademantel. Er war zu früh! Sie hatte erst in dreißig Minuten mit ihm gerechnet. Was jetzt? Jette schlich zum Fenster und spähte hinaus. Sie konnte nicht so weit um die Ecke gucken, dass sie die Eingangstür sah, doch vor ihrer Einfahrt stand ein weißer Sprinter. Hm. Dann kam die Erleuchtung. Ein Amazon-Bote! Sie hatte Waschmittel online bestellt. Sie hüpfte die Stufen hinunter und öffnete die Tür. Mit Schwung. Sie wollte ihm noch ein Danke hinterherrufen. Diese Leute waren immer so schnell verschwunden. Und tatsächlich. Als die Tür aufschwang, sah sie gerade noch ...
Bumm.

Jette zitterte. Sie hatte die schwere Eichentür gegen die Stirn bekommen. Einen Moment schwankte sie und konnte gerade noch nach der Klinke fassen bevor ... nein. Es reichte nicht. Sie glitt mit der Schulter am Türblatt herunter und wurde von Schwärze umfangen, noch bevor sie die Fliesen berührte.

»Jette?«
Von weit her hörte sie die Stimme.
Patsch! Kurz darauf brannte ihre Wange. Jette öffnete die Augen. »Heidi?«
»Wie geht's dir? Was ist passiert?« Ihre Freundin verschwamm immer wieder vor ihren Augen. Plötzlich hörte sie auf zu wackeln und wurde scharf.
»Uff.« Sie spürte die kalten Fliesen unter ihrem Po. »Kannst du ...?«
»Warte. Ich helf dir. Kannst du aufstehen?«
Jette nickte. »Autsch!« Sofort griff sie sich an die Stirn.
»Du hast dich gestoßen.«
»An der Tür«, sagte Jette und warf einen finsteren Blick auf die Tatwaffe.
»Die meisten Unfälle passieren im Haushalt, richtig?« Heidi zog sie nach oben und machte dabei ein Geräusch, als hätte sie eines ihrer Kinder bei einer Dummheit erwischt. »Willst du dir noch was überziehen, bevor wir ins Krankenhaus fahren?«
»Was?«
»Du kannst auch im Bademantel bleiben. Das unterstreicht bestimmt die Dringlichkeit an der Anmeldung. Aber wenn es nur irgendwie geht, würde ich dir zu wärmeren Sachen raten. Man kann da Stunden sitzen, bevor sie

dich drannehmen. Ich habe mit Timmy letztens fünf Stunden gewartet, bis sie ihm diesen riesigen Splitter rausgeholt haben, den er sich unter den Nagel gezogen hatte.«

Der Boden unter ihren Füßen wackelte, doch das war nicht der Grund, weshalb Jettes Alarmglocken schrillten. »Das geht nicht. Nicht heute.«

Heidi warf ihr einen Blick zu, der auf verminderte Zurechnungsfähigkeit schließen ließ. »Du warst ohnmächtig und wir wissen nicht, wie lange.«

Jette schüttelte sich. »Autsch! Ich muss damit aufhören.« Sie biss die Zähne aufeinander und wankte zur Bank. »Können wir die Tür zumachen? Ich friere.« Als müsste sie Heidi überzeugen, rieb sie sich die Arme und den Oberkörper.

»Klar, warte.«

»Was machst du überhaupt hier?« Sie massierte sich die Schläfen. Ihr Kopf pochte.

»Ich bin gerade vorbeigegangen und habe gesehen, dass deine Tür offen stand. Vom Tor aus konnte ich dich im Bademantel auf den Fliesen liegen sehen. Ich hab laut aufgeschrien. Es sah aus, als hätte man dich erschossen. Ein Wagen fuhr in diesem Moment mit quietschenden Reifen vor deinem Haus weg. Da hab ich überreagiert und ...«

»Und?«

»Ich hab die Polizei gerufen, während ich zu dir rannte.«

»Wissen die, dass ich nicht angeschossen wurde?«

Heidi spannte ihre Gesichtsmuskeln an. »Mir ist das Handy runtergerutscht, als du dich bewegt hast und ich mich daraufhin runterbeugte. Ich muss irgendwie auf den Knopf dabei gekommen sein und habe aufgelegt.«

»Sie sind auf dem Weg?« Jettes Stimme überschlug sich.

»Es gab keine Chance, ihnen die Adresse zu geben.«
Heidi errötete und ihre Stimme zitterte ein wenig.
»Aber die haben doch deine Handynummer!« Jette wurde übel.
»Ach, glaubst du, die machen sich die Mühe, das zurückzuverfolgen? Dafür fehlen bestimmt Zeit und Budget.«
Jette lehnte sich gegen die Wand und schloss die Augen.
»Hey! Kipp mir nicht weg.« Heidi streckte die Hand nach ihr aus.
»Alles gut. Wahrscheinlich hatte jemand Dienst, der dich kannte, dann hören wir in zwei Minuten Sirenen.« Sie seufzte.
»Übertreib nicht. Geh, dir was anziehen, ich hole den Wagen.« Heidi klang nach Aufbruch, bewegte sich aber keinen Meter vom Fleck.
»Keine Chance. Ich zieh mich um, aber nicht für die Klinik. Florian ist jede Sekunde hier. Wie spät ist es?«
»Zehn vor sieben.«
»Dann muss ich mich beeilen.« Sie raffte den Bademantel vor sich zusammen und ging zur Treppe. Jeder Schritt glich einer Erschütterung.
»Das machst du nicht.«
»Ich bin schon groß, Heidi.«
»Und was tust du, wenn er kommt? Wälzt ihr euch hemmungslos vor dem Kamin und du übergibst dich, wenn du auf ihm liegst?«
»Jetzt übertreibst du.«
»Du hast eine Gehirnerschütterung. Jette, ich verstehe deinen Kummer, aber heute wirst du keine heiße Beziehung zu Florian mehr beginnen. So oder so. Lass mich dich in die

Klinik fahren. Die machen ein paar Untersuchungen und du hast Sicherheit, dass nichts Schlimmes passiert ist.«

»Mir geht's gut!« Jette dehnte den letzten Vokal in die Länge. Heidi rollte mit den Augen, doch sie ging nicht. Jettes Verzweiflung wuchs. Nur noch wenige Minuten. Was, wenn er zu früh dran war und sie hier im Flur mit Heidi und im Bademantel überraschte? Sie spürte Hitze in sich aufsteigen. Die Flecken! Das erinnerte sie an ihre Schminkversuche. Sie drehte sich um und warf einen Blick in den Spiegel neben der Garderobe. Na, großartig! Sie sah aus wie ein Bettlaken. Was fünf Lagen Puder so anrichten konnten! Moment, da braute sich etwas in ihrem Magen zusammen.

»Jette?«

Sie hörte Heidis Stimme in der Entfernung und dann verließ sie jegliche Kontrolle über ihren Körper. Sie übergab sich im Strahl gegen den Spiegel.

»Ach, du Schande! Du bleibst im Bademantel. Wo sind deine Autoschlüssel?«

Jette zeigte auf den kleinen Tisch neben der Bank.

»Also dann, Frau Jürgens. Da stehen deine Sneaker.« Heidi ging in das Gäste-WC und kam mit einem nassen Handtuch heraus. »Für dein Gesicht.« Sie streckte Jette das Handtuch entgegen.

»Danke.« Jette war an einem Punkt angekommen, an dem ihr alles egal war. Ihr Gesicht, die Verabredung. Sie fühlte sich innerhalb weniger Minuten richtig krank und der Widerstand gegen Heidis Vorschlag war geschmolzen. Schließlich hatte sie sich eben übergeben.

Fünfzehn Minuten später hob sich die Schranke an der Auffahrt zum Klinikum Lüneburg vor ihnen und Jette begann zu zittern. Ihr gesamter Körper schüttelte sich. Heidi fuhr so weit vor die Glastür wie möglich.

»Warte hier! Ich hole jemanden, der uns hilft.«

Jette widersprach nicht. Sie starrte durch die Windschutzscheibe auf das Hauptgebäude. Tief in den Sitz gerutscht, hatte sie das Bedürfnis, sich auszuruhen. Sie hörte die Autotür schlagen, als ihr auffiel, dass sie Heidi nichts erwidert hatte. Sie hatte nicht einmal ihr Handy dabei. Florian musste in diesem Augenblick vor ihrer Tür stehen und sich fragen, warum sie nicht öffnete. Es fiel ihr schwer, ein passendes Gefühl dazu abzurufen. Er kam klar. Sie würde es ihm morgen erklären. Jetzt machte sie sich mehr Gedanken darum, wie stark ihr Schädel beschädigt war. Hoffentlich konnten sie ihr helfen.

Die Beifahrertür wurde aufgerissen und Heidi streckte ihre Hände nach Jette aus. Hinter ihr stand ein Mann mit einem Rollstuhl. Er trug einen blauen Kittel. Eindeutig jemand vom Krankenhaus. Sobald sie Jette in den Rollstuhl gehievt hatten, positionierte er sich vor ihr und nahm ihr komplettes Sichtfeld ein. Sie starrte durch ihn hindurch, weil alles andere sie anstrengte.

»Schauen Sie bitte mal nach links. Jetzt hierüber. Danke. Bitte meinem Finger folgen. Frau ...?«

»Jürgens«, ergänzte Heidi.

»Frau Jürgens. Wie geht es Ihnen?«

»Ich bin müde.« Jette atmete geräuschvoll aus.

»Das kann ich sehen. Wir sollten ein paar Untersuchungen machen. Kommen Sie! Ich bringe Sie rein und wir schauen uns Ihren Kopf einmal genauer an.«

»Danke.« Das kam von Heidi. Den Arzt konnte Jette nicht mehr sehen. Doch ihr Rollstuhl hatte sich in Bewegung gesetzt.

»Wollen Sie warten oder soll ich Sie anrufen, wenn wir fertig sind? Es könnte eine Weile dauern«, hörte Jette ihn sagen.

»Ich bleibe. Ich setz mich hier vorn in den Wartebereich. Würden Sie mir Bescheid sagen, wenn Sie etwas wissen?« Heidis Stimme hatte einen weichen Klang angenommen. Großartig! Ihre Freundin kam einem Date näher, als sie es heute tun würde. Jette schloss die Augen. Sie hörte den Arzt noch antworten, doch das Rütteln unter ihrem Sitz lullte sie ein und zog sie ins Traumland rüber, ohne dass sie sich wehren wollte.

Drei Stunden später kam der Arzt zu ihrem Bett. Jette hatte einige Untersuchungen über sich ergehen lassen. Ihr Körper fühlte sich zerschlagen an, doch die Übelkeit war verschwunden und sie konnte die Augen wieder offen halten. Den Arzt hatte sie erst nicht erkannt. In der Aufregung bei ihrer Ankunft fiel sein Erscheinungsbild in einen großen Topf an Eindrücken, die sie kurz nach dem Schlag auf den Kopf überforderten. Sie hatte sein Gesicht gelöscht, sobald er durch die Tür getreten war und eine Schwester sich um sie kümmerte.

»Ich habe Ihre Freundin mitgebracht, wenn es Ihnen recht ist«, sagte der große dunkelhaarige Mann beim Eintreten.

»Natürlich«, erwiderte Jette.

»Also, wie schlimm ist es?« Heidi stellte sich neben Jettes Bett, sodass sie dem Arzt in die Augen schauen konnte und griff nach Jettes Hand, wie nach einem Rettungsring.

»Es geht ihr gut.«

Heidi klang, als hätte jemand die Luft aus ihr gelassen. »Da bin ich erleichtert.«

»Sie ist ordentlich durchgeschüttelt worden, keine Frage, doch auf dem CT konnten wir keine Blutung erkennen. Alles in Ordnung.«

Bei seinen Worten entstand in Jette sofort der Reflex, auf die Uhr zu schauen. Heidi warf ihr einen warnenden Blick zu, als sie den Arm drehte. »Es ist zu spät!«, zischte sie. An den Arzt gewandt sagte sie: »Kann sie nach Hause?«

»Ich denke schon. Es wäre gut, wenn sie sofort einen Arzt aufsucht, wenn die Symptome zurückkehren oder neue hinzukommen, aber ich rechne nicht damit. Allerdings würde ich Ihnen, Frau Jürgens, raten, sich ein paar Tage freizunehmen.«

»Ich habe weniger Arbeit die nächste Woche. Das geht schon«, sagte Jette.

»Sie sollten vollkommen zur Ruhe kommen.« Er trat dichter an das Bett.

»Mit einer Gehirnerschütterung ist nicht zu spaßen. Timmy ist mal am Hinterkopf von der Schaukel getroffen worden. Er hat sich erst am nächsten Tag übergeben. Manchmal merkt man es nicht sofort«, sagte Heidi. »Danach musste ich ihn für einige Tage aus der Schule nehmen. Kein Fernsehen, nicht lesen, kein seelischer oder körperlicher Stress.«

»Das ist schon richtig«, grätschte der Arzt dazwischen, dessen Name Jette nicht einfallen wollte. Sie hatte den

Faden verloren und grübelte darüber nach, ob er ihn überhaupt genannt hatte.

»... ich glaube nicht, dass Ihre Symptome von der Gehirnerschütterung kommen, wenn es denn überhaupt eine war. Ja. Sie ist zu Boden gegangen.«

Jette sah die beiden an. Worum ging es?

»Was glauben Sie, was sie hat? Ist sie schwanger?«

Jette klappte die Kinnlade herunter. Der Arzt konnte nicht verhindern, auf ihren Bauch zu schauen. »Das haben wir nicht getestet.«

»Ich bin nicht schwanger«, sagte sie und bemühte sich, Nachdruck in die Stimme zu legen.

»In meinen Augen hat sie irgendwas maßlos überfordert. Seit Sie hier drin liegen, haben sich ihre Werte stabilisiert. Puls, Blutdruck. Wie gesagt, wir können keinen Anhaltspunkt für eine Blutung erkennen. Natürlich kann so etwas noch kommen. Doch aus Erfahrung würde ich sagen, Sie wirkten auf mich, als hätten sie einen Nervenzusammenbruch gehabt.«

Jette fand, dass der Arzt Ähnlichkeit mit einem Habicht hatte. Ein Habicht, der eine Brille trug.

»Sie standen komplett neben sich, als sie ankamen. Das kann auch ein Zeichen für einen Burn-out sein.«

»Oder für eine Tür, die ihr ins Gesicht geschlagen ist«, sagte Heidi. Jette sah, dass sie grinste. Wüsste sie es nicht besser, würde sie denken, ihre Freundin flirtete, statt den Arzt auf einen ernsthaften medizinischen Irrtum hinzuweisen.

»Wir haben auch einige neurologische Tests gemacht, und meine Kollegin, die Psychologin ist, hat sich vorhin mit Ihrer Freundin unterhalten. Sie sagte, dass Sie enorm unter

Strom stünde und es sie nicht wundern würde, wenn die Tür nur den Anstoß zu einer seelischen Kettenreaktion gegeben hätte. Das ist gar nicht so ungewöhnlich. Manchmal genügt ein Ereignis, das uns mechanisch beeinflusst und der ganze emotionale Stress entlädt sich. Es ist eine Vermutung und ich kann Ihr nur raten. Aber unabhängig davon, welche Diagnose zutrifft, Sie benötigen in beiden Fällen Ruhe«, sagte er zu Heidi.

Jette suchte Heidis Blick.

»Bettruhe?«, fragte diese. »Wie lange?«

»Nein. Aber ein paar Wochen wären nicht schlecht. Lassen Sie sich vierzehn Tage von Ihrem Hausarzt krankschreiben. Mit einem Burn-out ist nicht zu spaßen. Er kann Ihnen raten, wie Sie weiter behandeln können. Fahren Sie einmal alles runter und lenken Sie sich mit schönen Dingen ab.«

»Darf sie verreisen? Am Mittwoch?«, fragte Heidi. Jette konnte ihre Mimik nicht ganz deuten. Wollte sie von ihr, dass sie sich am Gespräch beteiligte?

»Das wäre großartig, solange es keine Geschäftsreise ist.« Der Arzt schlug beide Hände zusammen und schickte Jette ein breites Lächeln. Die Art, wie seine Muskeln sich verspannten, ließen darauf schließen, dass er unter Zeitdruck war.

»Eine Hochzeit in der Karibik«, sagte Heidi und blinzelte. Jette rollte mit den Augen.

»Perfekt. Sprechen Sie mit Ihrem Hausarzt. Vielleicht kann er einen guten Therapeuten empfehlen. Es gibt bestimmt ein paar Themen, die Sie bearbeiten sollten.« Jetzt redete er nur noch mit Jette. Sie nickte. Er reichte ihr die Hand. Er musste los. Das bedeutete, dass sie hier fertig war und gehen konnte. Sofort klopfte ihr Herz lauter. Was war das denn?

»Sie kriegen von meiner Kollegin gleich noch den Arztbrief und dann sind Sie entlassen. Alles Gute!«

Sie schüttelte seine Hand.

Heidi drückte ihre. »Das ergibt plötzlich alles Sinn, findest du nicht? Ich habe mich nie gefragt, wie du das alles schaffst, weil ich dich schon so kennengelernt habe, aber du arbeitest wie eine Hafennutte auf St. Pauli.«

Jette machte dicke Backen.

»Entschuldige den Vergleich. Du schuftest wie ein Tier und privat hast du keinen Ausgleich. Da ist nur Florian und der ist nicht mal wirklich da. Der bedeutet nur Stress.«

»Hast du ihm eigentlich eine Nachricht geschickt?«, fragte Jette. Sie spürte ihr Herz rumpeln, aber nicht angenehm.

»Ich habe seine Nummer gar nicht.« Heidis Tonfall klang viel zu beiläufig.

»Ich hatte dich doch gebeten, ihm Bescheid zu sagen.«

»Wie hätte ich das machen sollen?«

»Mit meinem Handy«, sagte Jette. Ihr Mund war pelzig.

»Hast du das denn dabei? Ich habe nichts gesehen. Dann gib her.«

Jette tastete ihren Bademantel ab.

»Jette! Es gab vorhin Wichtigeres. Ich hätte Florian auch nicht informiert, wenn er an der Straße an uns vorbeigegangen wäre. Ich hab mir Sorgen um dich gemacht und das solltest du auch langsam.«

Jette schwieg.

»Lass mich dich nach Hause bringen. Ich rufe bei mir an und melde mich für heute Nacht ab, damit ich bei dir bleiben kann. Nur für den Fall, dass der Arzt sich irrt.« Bei den letzten Worten blickte sie zur Tür, als hätte sie Angst, überrascht zu werden.

»Das musst du nicht.« Jette rappelte sich auf. Sie war dankbar, dass sie die Einzige war, die man in dieses Zimmer in der Notaufnahme geschoben hatte. Sie trug ja nicht einmal Schuhe. Auf der Pritsche hatten sie ihr eine Decke gegeben. Die musste sie nun ablegen. »Wo steht dein Auto?«

»Deines. Ich habe es ins Parkhaus gebracht. Gib mir eine Minute. Ich hole es her und dann komme ich dich holen. Du sollst in diesem Aufzug nicht im Wartebereich stehen müssen.« Heidi richtete einen aufmerksamen Blick auf sie, sprach mit sanfter Stimme und hatte die Hand auf ihren Arm gelegt, sodass sie sie ein wenig schieben konnte.

»Ich habe keinen Burn-out. Du musst mich nicht wie ein rohes Ei behandeln«, sagte Jette.

»Ich mach mir Sorgen. Das war ein Warnschuss heute.«

»Ach was.«

»Du solltest das ernst nehmen. Na gut. Ich bin gleich wieder da. Du musst sowieso auf den Brief warten.« Heidi ging aus dem Raum, nicht ohne sich noch einmal umgedreht zu haben. Als sie weg war, atmete Jette tief ein und aus. Sie führte die Hand zum Kopf und ertastete eine dicke Beule. Na also! Da war der Übeltäter. Die Tür war schuld. Ganz simple Diagnose. Dafür brauchte sie kein Medizinstudium. Ein weiteres Mal raffte sie den Bademantel vor sich zusammen. Sie hüpfte zurück auf die Liege und zog die Füße an. Warum sollte sie frieren, bis Heidi kam?

In der Tür erschien die Schwester, die sie vor ein paar Stunden kennengelernt hatte. Sie drückte ihr ein Kuvert in die Hand und wünschte ihr alles Gute. Jette war ihr dankbar, dass sie sie nicht ein einziges Mal von oben bis unten gemustert hatte. Keiner hatte das. Dabei musste sie ein Anblick des Schreckens sein mit ihrem üppig geschminkten Gesicht, der Beule und dem Bademantel ohne Unterwäsche darunter. Was hatte ihre Oma immer gesagt? Ach ja. Zieh dir immer saubere, ordentliche Unterwäsche an, die im Notfall auch der Rettungssanitäter sehen könnte. Oma hatte recht behalten. Nur das die Betonung auf dem Wort ›anziehen‹ hätte liegen sollen und nicht auf ›ordentlich‹.

Als sie zwanzig Minuten später mit Heidi in ihre Einfahrt einbog, war es dunkel. Sie spähte zur Haustür, noch bevor sie aussteigen konnte. Da stand ein Paket von Amazon. Sonst nichts. Kein Zettel, keine Blumen, kein Florian. Natürlich saß er nicht davor. Das wäre ja albern. Aber er hatte nichts hinterlassen.

Sie schlüpfte aus dem Wagen und folgte Heidi, die die Tür aufschloss. Wo hatte sie ihr Handy gelassen? Auf der Zeit, bevor sie das Amazon-Paket hereinnehmen wollte, bis zu ihrem Schlag gegen den Kopf lag ein dumpfer Schleier. Es musste im Badezimmer sein.

»Ich hole mir schnell ein paar Sachen. Kommst du zurecht?«, fragte Heidi. Sie legte Jettes Autoschlüssel auf den Tisch neben der Tür.

»Ja. Geh nur!«, sagte Jette.

Heidi rührte sich nicht vom Fleck. Jette überlegte, was sie verpasst hatte. Dann ging ihr ein Licht auf. »Bitte verzeih mir. Ich danke dir, dass du dich so rührend um mich kümmerst. Entschuldige! Ich bin eine schreckliche Patientin.« Sie ging auf ihre Freundin zu und drückte sie.

»Ach, du Süße. Ich mach mir nur Sorgen. Was der Arzt gesagt hat, leuchtet ein, wenn ich so darüber nachdenke. Ich hätte als deine Freundin früher merken müssen, dass du am Limit bist. Stattdessen war ich von meinem eigenen Alltagsstress so abgelenkt, dass ich nicht aufgepasst habe. Das tut mir leid.«

»Ist alles nicht so schlimm, wie es aussieht. Ich komm klar. Versprochen.«

Jette hatte nicht vor, mit ihrer Freundin eine Diskussion zu starten. Sie sah es anders. Sie war schon immer glücklich gewesen, wenn sie viel um die Ohren hatte. Das war ihr Naturell. So ging es ihr gut. Auch Florian hatte das erkannt und nannte sie deshalb immer sein Bienchen. Es war ihr Markenzeichen, ihre Superpower. Das konnte natürlich ein Arzt, der sie zuvor noch nie gesehen hatte, nicht einschätzen.

Der Schlag gegen die Stirn hatte sie aus der Bahn geworfen. Eindeutig. Doch heute Abend fehlte ihr die Kraft, mit Heidi darüber zu streiten. Das war auch nicht angebracht. Sie schuldete ihr, sich bemuttern zu lassen und folgsam gepflegt zu werden. Ihre Freundin machte sich Sorgen. Sie würde nicht ruhen und ihr die nächsten Tage auf den Keks gehen, wenn Jette ihr nicht bewies, dass sie seelisch ausgeglichen und gesund war. Also spielte sie das Theater mit.

Während Heidi zu ihrem Haus eilte, um sich frische Kleidung und alles Nötige für die Nacht zu holen, schlurfte Jette ins Badezimmer. Schließlich fand sie ihr Handy auf ihrem Nachttisch im Schlafzimmer.

Mist! Der Akku war leer. Das Ding blieb so tot wie der Goldfisch ihrer Freundin, den sie als Kind vergessen hatte zu füttern. Jette stöpselte es ans bereitliegende Kabel und wartete daneben. Es dauerte fünf Minuten, doch dann erschien der weiße Apfel auf schwarzem Display, der ihr signalisierte, dass sie gleich wieder Zugriff zu ihrem Leben hatte. Sie spürte, wie sie zitterte und nahm sich vor, ein heißes Bad zu nehmen – direkt nachdem sie mit Florian gesprochen hatte. Eine Erkältung war das Letzte, das sie jetzt benötigte. Nachdem sie ihren Code eingegeben hatte, öffnete sie das Nachrichtenprogramm. Sie wartete, doch an dem Bild änderte sich nichts. Keine Nachricht von Florian. Sie rief ihre Mobilbox ab. Es gab keine verpassten Anrufe und keine Nachrichten für sie. Sie starrte eine Weile ins Nichts. Dann auf die Uhr. Es war kurz vor elf. Ob er einen Unfall hatte? Ohne länger darüber nachzudenken, schickte sie ihm eine Nachricht.

Geht's dir gut?

Es dauerte, doch dann bekam sie eine Sprachnachricht zurück.

Hey, Biene. Mir geht's großartig. Lass uns Montag telefonieren. Bin auf dein Feedback gespannt. Küsschen.

Im Hintergrund hörte sie Stimmen und Musik. Bargeräusche, wenn sie nicht alles täuschte. Er klang beschwipst. Also passte das. Minuten vergingen, in denen sie mit zusammengepressten Lippen aufs Display starrte. Selbst das Klingeln unten an der Tür schreckte sie nicht gleich hoch. Sie unterdrückte den Impuls, eine wütende Nachricht zu schreiben. Irgendwas war schiefgegangen und sie würde erst herausbekommen, was es war.

KAPITEL 6

»Du solltest was essen«, sagte Heidi. Ihre Freundin saß ihr gegenüber und blätterte mit einer Hand durch die Sonntagszeitung. In der anderen hielt sie ein Croissant, das sie dick mit Nutella bestrichen hatte. Jette drehte sich der Magen um bei dem Gedanken, den Tag mit einem Füllhorn an Kohlenhydraten zu beginnen. Sie rieb sich die Hände an der heißen Kaffeetasse und pustete gelegentlich hinein. »Ich frühstücke nicht.«
»Das solltest du aber. Frühstück ist die wichtigste Mahlzeit des Tages. Hat meine Mutter schon immer gesagt.«
»Deine Familie besitzt einen Bauernhof in vierter Generation. Deine Mutter erledigt schwere körperliche Arbeit, schon vor dem Frühstück. Das ist etwas anderes.«
Jette stellte die Tasse ab und lehnte sich zurück. Draußen zogen dunkle Wolken auf. Die ersten braunen Blätter hingen an ihrer Eiche. Es ging früh los in diesem Jahr. Der Sommer war trocken gewesen und hatte ihren Garten ausgedörrt. Sie fühlte mit ihm. Schwere Zeiten laugten aus und man neigte dazu, aufgeben zu wollen. Doch das würde ihr nicht passieren.
»Das gilt auch in deinem Job. Du arbeitest geistig und bist am Ende des Tages genauso erledigt wie meine Eltern. Unterschätz das nicht!«
»Diesen Satz habe ich in den letzten Stunden oft von dir gehört. Ich werde ihn nicht vergessen.«

Heidi sah sie an. Die hochgezogenen Brauen zeigten, dass Jette sie nicht überzeugt hatte. Sie hatte aber auch keine Lust mehr dazu. Sie war müde und musste mit ihrer Energie haushalten. Lag sicher am Wetter.

»Sieh mal, ich habe sogar Schokobrötchen beim Bäcker bekommen.«

»Ich danke dir. Aber das kriege ich morgens einfach nicht runter. Mein Körper ist darauf trainiert, bis elf ohne Nahrung auszukommen.«

»Du brauchst ein bisschen Basis, Jette. Tu dir etwas Gutes. Ich weiß, dass du nur nicht frühstückst, weil du auf deine Figur achten willst. Das hat nichts mit Appetitlosigkeit zu tun.«

Jette presste die Lippen aufeinander. Wenn sie von einer Person keine Beziehungsratschläge wollte, dann war das Heidi. Sie war ihre beste Freundin, doch sie konnte sich null in ihre Lage versetzen. Jette war allein. Obwohl etwa im selben Alter wie Heidi, hatte sie weder Mann noch Kinder. Und es wurde nicht leichter mit den Jahren. ›Du musst auf die zweite Welle warten‹, hatte ihr der Chef vom Fitnessstudio einmal an einem ruhigen Abend geraten. Das klang nach secondhand, egal, wie sie es wendete.

»Bist du noch traurig wegen Florian?« Heidi wusste, wie sie den Finger in die Wunde legen musste.

Jette griff wieder nach ihrer Tasse und klammerte sich daran fest. »Es ist alles gut. Es war ein Versehen von mir. Hätte ich seine letzte Mail richtig gelesen, wäre das alles nicht passiert.« Sie hätte nicht einmal die Tür gegen den Kopf bekommen, wenn sie genau darüber nachdachte. Karma. Florian hatte in seiner Mail mit dem Manuskript ihr Date abgesagt, weil er eine kleine persönliche Feier mit

Freunden vergessen hatte. Sie würden es schnellstmöglich nachholen, hatte er geschrieben.

»Er hat dich versetzt, nachdem er dich um einen Riesengefallen gebeten hat.« Heidi würde in einem anderen Leben einen guten Wachhund abgeben, dachte Jette. Nicht nur ihre imposante Erscheinung würde Eindringlinge abschrecken. Ihre Worte konnten messerscharf sein. Sie redete nie um den heißen Brei herum. Das liebte Jette normalerweise an ihr. Doch heute störte es sie.

»Er ist ein Kunde ...«

»Ich bitte dich! Er nutzt dich aus!«

Heidis Blick ließ keinen Einspruch zu. Sie schien sich fest vorgenommen zu haben, Florian bei Jette madigzumachen. Dabei war es, wie gesagt, ihre Schuld gewesen.

Jette sehnte sich nach Freiraum. Heute war ihr einziger Tag, an dem keine Arbeit anstand. Sie musste das Haus putzen, im Garten nach dem Rechten sehen und sie hatte sich vorgenommen, ihren Kleiderschrank zu entrümpeln. Bei dieser Gelegenheit hatte sie sich einen Überblick verschaffen wollen, um entscheiden zu können, ob sie noch neue Garderobe für die Hochzeit benötigte. Das Brautjungfernkleid hatte Emma ihr schon geschickt, doch um alles andere musste sie sich noch kümmern. Zehn Tage in den Tropen – sie war optimistisch, dass der Koffer nur Sommerkleider und Bademode enthalten würde. Doch war ihre Kleidung schick genug für den Anlass? Sie vermutete, dass Terry jede Menge wohlhabender Freunde hatte. Natürlich hatte er die. Es war eine Hochzeit in der Karibik!

Jette beobachtete Heidi, die sich in den gepolsterten Stuhl fläzte, und verabschiedete sich von der Idee, all das am heutigen Tag zu schaffen. Die kommenden Abende waren frei, allzu früh dunkel wurde es auch noch nicht, da konnte sie ihre Gartenarbeit erledigen ... sie sah zum Himmel ... vorausgesetzt, es regnete nicht. Sie wollte sich im Edeka noch eine Wäscheleine besorgen. Ihre Mutter und ihre Großmutter hatten Wäsche immer an einer langen Leine im Wind getrocknet. Wenn sie an wehende weiße Bettlaken dachte, stieg ihr sofort der Duft von gestärktem Leinen in die Nase. Dieser Anblick, schon der Gedanke daran, löste bei ihr ein Gefühl von Heimat aus. Sie brauchte so eine altmodische Wäscheleine.

»Jette?«

Sie hob das Kinn.

»Du bist ganz woanders, oder?« Der gesenkte Kopf ihrer Freundin weckte sofort ein schlechtes Gewissen.

»Entschuldige. Ich habe nur noch so viel zu tun. Können wir ein anderes Mal sprechen?«

Heidi seufzte, doch sie erhob sich, ohne Jettes Äußerung zu kommentieren. Jette hatte mit Widerstand gerechnet, doch augenscheinlich hatte Heidi erkannt, dass es nichts nutzte. Da kam es wieder, das schlechte Gewissen. Doch Jette blieb eisern und ließ sich nicht dazu hinreißen, sich zu verteidigen.

»Ruf an, wenn du Hilfe brauchst«, sagte Heidi, als sie sich an der Tür voneinander verabschiedeten.

Jette versprach es und küsste sie auf die Wange. »Tausend Dank.« Sie schloss die Tür hinter ihrer Freundin und beobachtete, wie sie von ihrem Grundstück schlenderte. Sie schien es nicht eilig zu haben.

In der Küche fand sie ihr Handy. Kurzerhand machte sie ein Foto von ihrer Stirn – eigentlich waren es zehn Versuche und ein richtiges Foto –, auf dem sie süß und tapsig wirkte und schickte es an Florian. Unterschrift: *Ich bin so ein Tollpatsch. Du glaubst gar nicht, was mir gestern passiert ist.*

Sie spülte das Geschirr vom Frühstück – eine Angewohnheit von ihr, weil sie fand, dass es sich nicht lohnte, die Spülmaschine für zwei Teller und zwei Tassen zu benutzen - und ging in ihr Schlafzimmer. Das Handy steckte in ihrer Hosentasche. Sie holte als Erstes das Brautjungfernkleid aus dem Schrank. Bestickte champagnerfarbene Seide mit Spaghettiträgern. Jette glitt mit der Hand über das weiche Material. Sie war erstaunt gewesen, dass Emma sich für fast weiße Brautjungfernkleider entschieden hatte. Sie zog es vom Bügel und probierte es an. Nachdem sie es übergestreift hatte, stellte sie sich vor dem großen Spiegel in ihrem Schlafzimmer auf die Zehenspitzen und drehte sich. Sie genoss, wie leicht es sich anfühlte. Ein Hauch Sommerfeeling aus einer anderen Welt. Die Beule auf der Stirn musste bis dahin verblasst sein oder zumindest abgeschwollen. Für den Rest gab es Make-up. Sie schmunzelte bei dem Gedanken an ihren letzten Schminkversuch, bei dem sie einen Makel hatte überdecken wollen. Sofort tastete sie auf dem Bett nach ihrer Hose und suchte das Handy heraus. Nichts Neues. Sie konnte im Messenger nicht sehen, ob Florian schon online gewesen war und ob er ihre Nachricht bereits gelesen hatte. Diese Funktion hatte er ausgeschaltet. Sie hatte nie verstanden, warum Leute so etwas taten.

Sie starrte eine Weile auf ihren Chat und plötzlich stand da das kleine Wort *online*. Er las es. Jettes Herz schlug höher. Gleich würde er antworten. Sie sank auf die Bettkante und grinste das elektronische Gerät in ihrer Hand an. Dann ging er offline und ihre Schultern sackten synchron mit ihren Mundwinkeln nach unten. Er hatte es höchstwahrscheinlich gesehen, aber nicht kommentiert. Hatte sie eben noch das Bedürfnis verspürt, ein wenig Make-up aufzulegen und sich die Haare zu frisieren, passend zum Kleid, zog sie es sich jetzt über den Kopf und warf es aufs Bett. Sie brauchte bequeme Klamotten, wenn sie das Haus putzen wollte. Der Kleiderschrank musste warten. Die Karibikstimmung war vorerst verflogen, obwohl sie das Bedürfnis verspürte, sich einen Cocktail zu mixen. Nicht, weil es etwas zu feiern gegeben hätte, sondern weil sie Lust auf Alkohol und seine betäubende Wirkung verspürte.

Den Rest des Tages verbrachte sie mit einem Lappen oder dem Staubsauger in der Hand. Sie hatte sogar die Fenster geputzt, obwohl es seit einer Stunde draußen regnete, nur, um sich beschäftigt zu halten. Das Handy hatte sie wie einen Feind aus ihrer Hosentasche verbannt und im Flur auf die Bank gelegt. Immer, wenn sie einen Raum beendet hatte, strich sie mit dem Finger über das Display, um nach Neuigkeiten Ausschau zu halten.

Einmal hörte sie ein Piepen, doch es war eine Nachricht von Heidi, die sie fragte, wie es ihr ginge. Wie sollte es ihr schon gehen? Sie steuerte auf die vierzig zu, mit Haus und Garten, aber ohne Mann. Blendend ging es ihr! Das schrieb sie auch. Sie konnte sich nicht bei ihr ausheulen, weil sie Heidis Meinung zu dem Thema schon kannte. Die würde ihr nur die Leviten lesen, wenn sie erfuhr, dass sie Florian wieder kontaktiert hatte. Emma würde sie vielleicht verstehen. Die war ähnlich chaotisch wie Jette gewesen, als sie noch Single war. Doch Emma steckte mitten in den Hochzeitsvorbereitungen. Das traute sie sich nicht. Ihre Eltern? Ganz sicher nicht. Zwei praktisch veranlagte Menschen, die sich seit dem Kindergarten kannten. Welchen Tipp würden die ihr schon geben? Gott sei Dank war morgen Montag. Sie konnte sich auf die Arbeit stürzen. Es gab jede Menge zu tun. Ablenkung war das Beste, um sich selbst aus einem Loch zu ziehen. Sie würde mit Florian ein neues Cover besprechen, am Dienstag ausarbeiten und Mittwoch in die Karibik fliegen. Alles machbar. Es wäre nicht verkehrt, gleich noch ihre Garderobe durchzugehen. Falls sie doch noch mal in die Stadt musste, morgen. Um etwas zu bestellen, war es zu spät. Andererseits gab es in solchen Resorts sicher Boutiquen, die sommerliche Garderobe verkauften. Dennoch war das riskant. Sie sollte lieber auf Nummer sicher gehen. Sie würde gleich mal den Koffer packen. Besser jetzt erledigen als am Abend zuvor.

Jette kam an dem Spiegel im Flur vorbei, sah ihr fleckiges Gesicht, drehte den Kopf zur Eingangstür und plötzlich spürte sie einen Druck auf der Brust. Was zum Teufel ...?

KAPITEL 7

»Hier ist der Tee.« Heidi stellte eine dampfende Tasse vor Jette ab und setzte sich neben sie auf die Couch.
»Danke dir.« Jette schlug die Augen nieder.
Nach einer Weile brach Heidi das Schweigen. »Kannst du dich so langsam damit anfreunden, über das nachzudenken, was der Arzt dir geraten hat?«
Jette starrte in die Tasse. »Vielleicht habe ich einen Virus. Letzte Woche war ich essen. Es werden wieder viele Leute krank, je kälter es wird.« Jette suchte in Heidis Gesicht nach einem Fünkchen der Zustimmung. Sie fand nichts.
»Jette! Du hast hyperventiliert, als ich ankam.«
»Es könnte auch mein Herz sein.«
Jette sah, wie Heidi sich verspannte. Sie schluckte einmal kräftig und holte tief Luft. »Möglich«, sagte sie langsam. »Und dann wäre es auch eine gute Idee, sich auszuruhen. Was ich allerdings glaube, ist, dass dieser Auftrag von Florian dir den Gnadenschuss versetzt hat. Du kämpfst immer am Limit, wie ich die letzten Tage feststellen musste. Wäre Florian ein normaler Kunde gewesen, hättest du ihn auf die Zeit nach deinem Urlaub vertröstet. Du kannst nämlich normalerweise gut einschätzen, wie viel schaffbar ist. Aber hier liegen die Dinge anders. Du wolltest ihn unbedingt beeindrucken.«
»Nicht enttäuschen, trifft es wohl eher«, sagte Jette und schob die Unterlippe nach vorn.

»Von mir aus. Das Ergebnis ist dasselbe. Ich weiß, das ist jetzt viel verlangt, aber du solltest ihm mitteilen, dass du es vor dem Urlaub nicht mehr schaffst. Ihr sprecht wieder, wenn du zurück und erholt bist.«

Jette starrte sie an. »Es ist nur ein Telefonat.«

»Mit Florian! Und nur ein Cover und ein weiteres Telefonat mit Feedback und die nächste Version. Er wird einen Weg finden, damit du tatsächlich noch einmal in die Notaufnahme musst.«

»Und du glaubst nicht, dass ...«

»Nein. Ich denke nicht, dass ich dich dahin bringen muss. Du bist überfordert. Das merkt man daran, dass du dich sofort entspannt hast, als ich kam. Ein echter Herzinfarkt hätte darauf keine Rücksicht genommen. Glaub mir! Ich bin mit Tom oft in der Klinik gewesen, wegen genau dieses Themas.«

»Das hast du mir nie erzählt.«

»Das ist auch nichts, was man beim Cocktail bespricht. Er hatte vor ein paar Jahren eine sehr stressige Phase in der Firma. Ist lange her. Doch da haben wir Bekanntschaft mit dem Thema gemacht und ich glaube, mittlerweile gut sehen zu können, ob jemand gestresst ist oder nicht. Dennoch würde ich an deiner Stelle morgen zu deinem Hausarzt gehen.«

»In Ordnung.« Jette griff nach der Tasse und zog sie zu sich auf die Couch.

»Du wirst ihm schreiben?«

Jette dachte an die Nachricht, die sie ihm geschickt hatte. Sie griff nach ihrem Handy und öffnete den Chat. Er hatte noch nicht geantwortet. In diesem Moment fühlte sie sich zu müde, um eine neue Ausrede zu finden, weshalb er unglücklicherweise davon abgehalten worden war, Anteilnahme zu zeigen. Alles, was sie verspürte, waren Schwäche und Verletzlichkeit. Diese Eigenschaften waren ihr zuwider. Und in diesem Augenblick machte sie ihn das erste Mal dafür verantwortlich, dass sie so fühlte. Sie tippte eine Absage und verwies auf November.

»Was hast du geschrieben?« Dieser Ton in Heidis Stimme war neu. Hatte sie sie überrascht?

»Ich habe nicht gesagt, dass ich krank sei. Hab geschrieben, dass ich die nächsten Tage für die Vorbereitung meiner Reise brauche und ihm gesagt, ich stünde in der nächsten Woche nicht mehr zur Verfügung, so wie es eigentlich besprochen gewesen war.«

»Hallo, Frau Jürgens! Das gefällt mir.«

»Dachte ich mir.« Ein Lächeln spielte um Jettes Mundwinkel.

»Dann lass uns diesen Mann vergessen und an die nächste Woche denken. Wie kann ich dir helfen?« Man hätte meinen können, Heidi wäre ein arbeitsloser Single und langweilte sich zu Hause den ganzen Tag. Doch Jette wusste, dass dem nicht so war.

»Du hast genug um die Ohren. Ich sollte dich unterstützen.«

»Mach dir mal um mich keine Sorgen. Meine Koffer sind gepackt.«

»Was?«

»Natürlich. Ich habe zwei Kinder. Wenn ich die wichtigen Dinge bis zuletzt aufschiebe, kommt etwas dazwischen. Ich habe die ganze letzte Woche immer ein bisschen erledigt.«

»Du bist mein Vorbild.«

»Ach was! Reine Überlebensstrategie als Mutter.«

»Ich muss noch schauen, ob ich alles habe.«

»Was dir fehlt, kaufst du dort. Ich habe die Anlage gegoogelt. Die haben alles.«

»Gott sei Dank.«

»Wir werden uns zwei Wochen verwöhnen lassen. Nur Mädels-Talk, Palmen, Strand und Cocktails.« Heidi schloss die Augen und sog die Luft ein, als könnte sie die Kokosnusssonnencreme riechen. Jette dachte an salzige Luft, warme Winde und heißen Sand unter ihren Füßen. »Das brauche ich jetzt. Du hattest recht. Am liebsten würde ich schon morgen fahren.«

»Mittwoch hole ich dich ab.« Ein Satz, der in Jettes Ohren mehr als ein Versprechen beinhaltete. Er klang nach einem Anfang.

Jette lächelte.

»Weißt du, manchmal ist eine Romanze nicht die Antwort, nicht die Lösung für ein Problem.« Heidis leise, aber ernsten Worte ließen Jette aufhorchen. Sie verstand die Doppeldeutigkeit. Sie wusste nur nicht, von wem Heidi redete. Von ihr, sich selbst oder ihrem Mann.

»Ich schlage ihn mir aus dem Kopf«, sagte Jette. »Ich kann nicht mehr.«

Beide schwiegen sie.

»Es wird Zeit, dass wir wieder im Trio zusammenkommen.« Heidi drückte Jettes Arm. »Und jetzt lass uns deinen Kleiderschrank auf den Kopf stellen und ein bisschen Modenschau machen. Wirst du High Heels mitnehmen? Also ich habe mir vorgenommen, nur Flipflops zu tragen oder barfuß zu gehen. Den ganzen Ballast lasse ich zu Hause.

Vielleicht verfahre ich auch so mit meinen BHs. Endlich mal nichts, das mich den ganzen Tag einengt.«

Jette dachte an Tom, Heidis Mann, und machte sich Sorgen um ihre Freundin.

KAPITEL 8

Sie saßen in einem Auto, das sie vom Flughafen zum Hotel bringen sollte. Die lange Reise klebte wie eine Patina an ihrer Haut. Jette sehnte sich nach einer Dusche. Sie hatte es geschafft, auf der Flugzeugtoilette Zähne zu putzen. Für das Wechseln der Klamotten war der Raum zu eng gewesen.

Doch was beschwerte sie sich? Ihr ging es besser als Heidi. Der hatte das kleine Mädchen vom Nachbarsitz den Orangensaft über das T-Shirt geschüttet – kurz bevor die Anschnallzeichen für den Landeanflug aufgeleuchtet waren. An Heidis Reaktion hatte sie die Erschöpfung ihrer Freundin abgelesen – ein müdes Lächeln, bevor sie die Augen schloss, um sich auf die Landung einzustellen. Sie waren auf den Kleinen Antillen gelandet, in Saint Vincent, genau genommen.

Der geräumige weiße Van hatte das himmelblaue Flughafengebäude schon eine Weile hinter sich gelassen und fuhr durch staubige Straßen an weiß getünchten Gebäuden vorbei, deren Baufälligkeit beim Näherkommen immer deutlicher wurde. Jette registrierte es, doch die finanziellen Missstände verschwammen vor einem strahlend blauen Himmel im gleißenden Sonnenlicht. Die ersten Palmen kamen in ihr Blickfeld, und sie suchte den Horizont nach Fetzen des azurfarbenen Meeres ab, das sich verstecken musste hinter den Betonbauwerken, die sich wie Schnüre in einem gewebten Teppich am Straßenrand aufreihten. Als der

Wagen eine leichte Anhöhe erreichte, sah sie es. Es strahlte wie ein Edelstein: ein kostbares Versprechen, dass das Paradies existierte, dass es einen Ort gab, an dem sie alle Farben auf einmal sah, das Klima ihre Seele streichelte und Energie von der Sonne durch die Luft zu fließen schien. Ein Ort, an dem man nicht kämpfen musste, der Ruhe versprach, Frieden und Entspannung. Hier konnte sie ihre Batterien aufladen und ihre Wunden lecken.

»Ich weiß nicht, wie es dir geht, doch ich springe in meinen Bikini und wasche mir im Meer den O-Saft von der Haut«, sagte Heidi. Sie zog mit spitzen Fingern an dem gestreiften Stoff an ihrer Brust und hielt ihn mit angewidertem Gesicht fest.

»Ich bin dabei. Lass mich nur kurz vorher meine Mails checken. Ich hoffe, die haben vernünftiges WLAN im Hotel.« Und wieder warf Jette einen Blick auf ihr Handy, nur um feststellen zu müssen, dass sie nach wie vor keinen Empfang hatte.

»Pack das Ding beiseite.«

Heidis Ton ließ sie zusammenzucken, hatte sie doch so viel Energie von ihrer Freundin nicht mehr erwartet. »Er wird sich nicht melden. Und wenn du glaubst, ich lasse zu, dass du dir diesen Traumtrip von dem Heini verderben lässt, dann hast du mich unterschätzt. Der Arzt in der Notaufnahme hat dir Abstand verordnet. Dein Hausarzt hat dasselbe gesagt. Sträub dich nicht gegen so viel medizinische Fachkompetenz! Außerdem ist das eine einmalige Chance.«

Heidi griff nach Jettes Arm. »Weißt du, wann wir Emma wiedersehen? Ich nicht. Vielleicht ist das das letzte Mal, dass unser Trio zusammenkommt. Ich will jede Sekunde genießen. Und das mit euch beiden. Wie kannst du nicht erkennen, was für ein besonderer Moment im Leben das ist? Und wie kostbar! Du verschwendest ihn, wenn du dich mit einem Mann beschäftigst, der nicht in der Lage ist, dich zur Priorität zu machen.«

Jette schob ihr Handy in die Handtasche. »Ich wollte nur sehen, ob es neue Projekte gibt«, flüsterte sie.

Heidi wandte den Blick von ihr ab und rutschte tief in ihren Sitz. »Hast du einen Abwesenheitsassistenten eingerichtet?«, fragte sie und Jette konnte an der Tonlage hören, dass sie verärgert war.

»Ja.«

»Steht da drin, dass du dich in zwei Wochen meldest?«

»Ja.«

Heidi hob die Schultern und verharrte mit aufgerissenen Augen in dieser Position.

»Hast ja recht«, gab Jette zu. Sie schloss die Augen, drückte sich gegen die harte Rückenlehne und spürte ein weiteres Mal das Gurtschloss an ihrer Hüfte. Es war defekt, sodass sie sich nicht anschnallen konnte. Doch da sie von Heidi eingezwängt wurde, die dicht an sie rangerückt war, um einem großen Mann – ebenfalls Gast in diesem Resort – Platz zu machen, ignorierte sie ihre Sicherheitsbedenken. »Ich will versuchen, zur Ruhe zu kommen. Das hab ich mir vorgenommen. Und natürlich Zeit mit meinen besten Freundinnen verbringen. Vermutlich ...«

»O mein Gott!« Heidi klappte neben ihr die Kinnlade herunter.

»Was ist?«

Ihre Freundin drückte ihre Hand. »Jackpot. Wenn du ihn an diesem Ort nicht vergisst, dann bist du ein hoffnungsloser Fall. Sieh dir das an!«

Jette folgte Heidis Blick durch die Windschutzscheibe.

»You like it? It's all brand new«, sagte der Fahrer in breitem karibischem Akzent und zeigte zwei kräftige Reihen blitzweißer Zähne.

Heidi nickte heftig. Sie passierten das Tor, und Jette vergaß das Leben auf der anderen Seite. Vor ihr lag das Paradies. Als wäre es direkt der Fantasie einer überarbeiteten Mutter von drei Kindern mit Fulltime-Job, einem Haus und tausend Quadratmetern Garten entsprungen, deren Freizeitbeschäftigung darin bestand, vor dem Fernseher in Ruhe zu bügeln. Zwischen üppig grünen Hügeln, eingerahmt vom kobaltblauen Meer schmiegte sich das Resort mit kleinen weißen Villen und unzähligen türkisfarbenen Pools in die Landschaft. Selbst hier im Wagen, mit der Klimaanlage auf Anschlag gedreht, spürte sie die Wärme der Sonne, warf vorbeischlendernden Frauen in Badekleidung mit Tüchern um die Hüften sehnsuchtsvolle Blicke zu und vergaß den Drang, ihre E-Mails zu checken. Sie wollte nichts dringlicher, als sich der muffigen Kleidung zu entledigen und in kristallklares Wasser tauchen. Das Salz würde auf ihrer Haut kribbeln, und sie würde sich immer wieder mit Sonnencreme pflegen, nur weil sie die Geschmeidigkeit ihres Körpers dabei genoss.

»Himmlisch!«, sagte sie und strahlte Heidi an.

»Das haben wir uns verdient«, antwortete ihre Freundin.

Der Wagen hielt; die beiden Frauen und die anderen Gäste stiegen aus, nach wie vor mit ehrfürchtigen Blicken.

»Soll ich Emma Bescheid sagen, dass wir da sind?«, fragte Jette.

»Lass uns erst umziehen«, sagte Heidi, während sie ihre Koffer ins Gebäude zogen. Sobald sie den Marmor im Innenraum betreten hatten, schlug ihnen kalte Luft entgegen.
»Du wolltest davor baden gehen«, erinnerte sie Jette.
»Exakt.« Heidi grinste. »Guck dir das an. Ich glaube, die Lobby liegt da hinten unter freiem Himmel. Ich werd nicht mehr.« Ein weiteres Mal griff Heidi nach dem Arm ihrer Freundin.

Nachdem sie eingecheckt hatten, folgten beide mit einem tropischen Willkommens-Cocktail in der Hand einem Mann vom Hotel, der sie zu ihrem Zimmer bringen sollte.
»Emma muss verrückt geworden sein! Ich kann nicht fassen, dass sie hier feiert.« Heidi zwickte Jette in den Arm, die aufschrie und Heidi einen verstörten Blick zuwarf.
»Ich bin so aufgeregt!«, flötete die.
»Ich merk das schon.« Jette und Heidi waren vor ihrem Zimmer im Erdgeschoss eines der Hauptgebäude angekommen, das man direkt von außen betreten konnte. Jette verließ die Kraft und der Griff ihres Trolleys rutschte ihr aus der Hand. Sie hatte darauf bestanden, ihn selbst zu ziehen. Sie hörte, wie er scheppernd auf dem Weg aufschlug, noch bevor sie sich umdrehen konnte. Die Anstrengung machte sie müde und Erschöpfung brach augenblicklich über sie herein, als hätte jemand einen Schalter umgelegt. Jemand fluchte und als sie sich schließlich umsah, lag ein Mann auf der Erde und hielt sich den Knöchel. Ein anderer griff bereits nach seiner Hand, um ihn wieder nach oben zu ziehen.
»O Gott! Das tut mir leid!«, sagte sie auf Englisch. Sie beugte sich zu ihm herunter und streckte eine Hand aus. Sein Freund zog an ihm, sodass er ihre Hilfe nicht benötigte

und nur mit dem Kopf schüttelte. Eines seiner Hosenbeine war leicht nach oben gerutscht und so sah Jette, dass sein rechter Fuß und das Stück vom Bein eine Prothese waren. Der Stahl, an der Stelle, wo sie seinen Knöchel erwartet hatte, glänzte im Sonnenlicht und sie schrak unweigerlich zurück. Der Anblick hatte sie überrascht.

Er musste ihren Blick gesehen haben. Seine Augen waren blankes Eis und der Zug um seinen Mund herum verhärtete sich.

»Haben Sie sich verletzt?«, fragte Jette.

Er klopfte sich den Staub von der Chino und zog sie zurecht. »Mir geht's blendend. Danke«, sagte er und wandte sich ab. Sein Freund reagierte netter und schickte den beiden Frauen ein Lächeln. »Haben Sie einen schönen Aufenthalt. Alles gut«, sagte er und hob die Hand zum Abschied, um dann seinem zügig gehenden Kumpel zu folgen.

»Wow! Den hast du ja gefällt wie einen Baum«, sagte Heidi und dann explodierte ihre Freundin in schallendes Gelächter.

»Heidi!«, zischte Jette und warf einen Blick den Weg hinauf, um zu prüfen, ob man ihre Freundin gehört hatte. Tatsächlich blickte sie ihm direkt in die Augen. Er musste taub sein, um Heidis Lachen nicht zu hören. »Der Mann hatte ...«

»Eine Prothese. Hab's gesehen. Ich glaube aber nicht, dass er mehr gelitten hat, als ein Mann mit zwei gesunden Beinen es getan hätte.«

»Psst!«

»Entspann dich. Ihm ging's gut. Außerdem war er jung und sah sehr gesund aus. Von dem Wildwuchs in seinem Gesicht mal abgesehen. Dein Gehabe ist unnötig. Jetzt sieh dir das an!«

Der Concierge hatte die Tür geöffnet und drückte den beiden nun zwei Karten in die Hand. »Sie finden Erfrischungen in der Minibar«, sagte er und erklärte ihnen alles, was sie sonst noch wissen mussten. Als Jette die Tür schloss, hatte Heidi schon ihren Trolley aufs Bett geworfen und wühlte darin. Mit einem Blick, als hätte sie im Lotto gewonnen, zog sie einen Bikini heraus und hielt ihn wie eine Trophäe nach oben. »Tadaa! Wer zuletzt im Wasser ist, zahlt die Drinks!«, quiekte sie und begann damit, sich die Klamotten vom Leib zu reißen und sie liegen zu lassen, wo sie den Boden berührten.

»Ich hatte dich immer für so ordentlich gehalten.« Jette schmunzelte, während sie ihren eigenen Koffer aufklappte.

»Ich mache Urlaub von meinem alten Ich«, sagte Heidi. »So in etwa müssen sich meine Kinder jeden Tag fühlen. Ich weiß jetzt, warum sie so eisern darum kämpfen, dass sich nichts ändert, wenn ich sie auffordere, ihr Zeug wegzuräumen.«

»Es wird dich in wenigen Minuten nerven«, sagte Jette und griff nach einem Badeanzug.

»Abwarten!« Heidi zog die Tür nach draußen auf. Jette beobachtete, wie sie in wenigen Schritten den Pool erreicht hatte, der nahtlos an ihre Terrasse und die der benachbarten Zimmer grenzte. »Ist das warm!«, hörte sie ihre Freundin noch rufen, bevor sie einen Kopfsprung machte und in den Fluten verschwand. Kurz darauf tauchte sie ein paar Meter entfernt wieder auf, schüttelte den Kopf wie ein Labrador und jauchzte.

Jette konnte spüren, wie noch mehr Ballast von ihr abfiel.

In dieser Sekunde klopfte es. Sie ging zur Tür und zog sie auf. Davor stand Emma – ihre wunderschöne Freundin, die sie so lange nicht gesehen hatte. Sie fielen sich augenblicklich in die Arme.

»Gott, hab ich dich vermisst!«, sagte Emma, eng an Jette gedrückt. Sie nahm ihr damit die Worte aus dem Mund. Das Bedürfnis, loszusprudeln, die Ereignisse der letzten Monate wiederzugeben, ihre Freundin um Rat zu fragen, ihr zu sagen, wie glücklich sie wirkte und sie nie wieder loszulassen – all diese Emotionen übermannten sie. Übrig blieb das Gefühl, diesen Moment nur zu einem Bruchteil auskosten zu können. So widersprüchlich wie es war, Jette spürte Trauer in sich aufwallen. Ihre Augen füllten sich mit Wasser, unter dem festen Druck von Emmas Armen. Eine Umarmung, die sie herbeigesehnt hatte und aus der sie sich sofort befreien wollte, da sie nicht von Dauer sein würde. Sie spürte einen Kloß in ihrem Hals und musste darum kämpfen, nicht augenblicklich loszuheulen.

»Ich hab dich auch vermisst«, flüsterte sie.

»Ich glaube, ich heule gleich los. Ist das schön.« Emma hielt sie an den Schultern ein Stück von sich ab. »Wir werden so viel Spaß haben! Ich kann es nicht abwarten, bis ihr Terry kennenlernt.« Nun glitzerte es in Emmas Augen.

»Du bist hier im Paradies. Weißt du das?« Jette streckte die Arme aus. Die waren schwer und glitten sofort nach unten. Wo kam diese plötzliche Leere in ihrem Inneren her?

»Terrys Idee. Wir haben uns in der Karibik kennengelernt, und er fand es romantisch.«

»Das ist es. Du hast so ein Glück!« Ein Stich, direkt neben dem Herzen. Hatten Heidi und die Ärzte sich geirrt?

Emmas Züge veränderten sich. Ihre Mundwinkel, die Augen, die Jette zu durchbohren schienen.
»Was ist los?«
Bei Jette öffnete das alle Schleusen. Mit glühendem Kopf und brennenden Augen zog sie ihre Freundin ein weiteres Mal in die Arme und ließ die Tränen laufen. Sie konnte nichts sagen. Ihre Stimmbänder folgten ihr nicht mehr. Sie schmerzten sogar bei dem Versuch, sie zum Schwingen zu bringen.
»So schlimm?« Emma streichelte ihr den Rücken.
Jette schniefte. Sie wischte sich mit dem Handrücken über die Nasenspitze und nickte.
»Was ist denn hier los? Wiedervereinigung ohne mich?« Heidis Schritte wurden von platschenden Geräuschen begleitet. Das Wasser lief über ihre Haut, ausgehend von den schulterlangen Haaren und bildete eine Pfütze auf den Fliesen. »Jette! Alles gut?«
Jette löste sich aus Emmas Armen und nickte ein weiteres Mal. Sie rieb sich die geröteten Augen und lächelte, ganz entgegen ihren Gefühlen. »Ich hab mich gehenlassen.«
Emma und Heidi umarmten sich und Heidi hinterließ einen großen Wasserfleck auf Emmas pinkfarbenem Sommerkleid. »Du siehst wie ein Beachgirl aus. Ich glaube, deine Haare sind noch heller geworden.«
»Wir sind schon eine Woche hier.«
»Das glaube ich nicht!«
»Terry fand die Idee toll, dass die Zeremonie den krönenden Abschluss darstellt. So sind wir erholt, wenn es so weit ist und kommen nicht völlig gestresst von der Arbeit und den Hochzeitsvorbereitungen.«

»Wie gesagt, du hast unglaubliches Glück«, sagte Jette erneut.

Emma setzte sich auf einen der Stühle. »Willst du erzählen?«, fragte sie. Heidi warf Jette einen Blick zu, der ihre Erwartungen offenließ.

»Es war alles ein bisschen viel die letzte Zeit.« Sie schwieg. Ihre Kiefermuskeln verspannten sich.

»Der Arzt meinte, sie hätte einen Nervenzusammenbruch gehabt«, sagte Heidi.

Emmas Blick zuckte zu ihr. »Was machst du denn für Sachen?«

Sie zuckte ganz automatisch mit den Schultern. »Nichts Außergewöhnliches eigentlich. Ich habe versucht, meine Arbeit zu erledigen, alles im Haushalt zu schaffen ...« Sie hatte den Blick gesehen, den Heidi Emma zuwarf, als sie sprach. Das brachte sie durcheinander.

»Florian ist wieder ein Thema«, sagte Heidi.

»Ich dachte, den hattest du schon vor über einem Jahr aufgegeben, weil nichts passiert ist.«

Jette presste die Lippen zusammen. Emma war zu beschäftigt gewesen und sie selbst von Schamgefühlen beherrscht, sodass sie ihr seit einem knappen Jahr kein Update mehr gegeben hatte. Sie sah zu Heidi, doch die verhielt sich still. »Ich kann ihn nicht aufgeben«, sagte sie.

»So schlimm?«, fragte Emma.

Jette nickte. »Wir waren verabredet. Letzten Samstag. Ich war tierisch aufgeregt, hab mich zurechtgemacht und mit meinem Make-up gekämpft. Dann schlug mir die Tür gegen die Stirn und ...«

»Was?«

»Lange Geschichte. Ich bin umgefallen, in die Notaufnahme, der Arzt faselte etwas von Burn-out und ... ich hab Florian ein Bild von meiner Beule geschickt, doch es hat ihn nicht interessiert, er hat nicht einmal geantwortet.« Jette konnte ihr Herz bis zum Hals pochen fühlen. Sie atmete kräftig ein und aus. An Emmas Gesichtsausdruck erkannte sie, dass die noch auf der Strecke hing. »Wo hab ich dich verloren?«, fragte sie.

»Er ist nicht zu eurem Date erschienen?«

»Nein.«

»Und er hat sich nicht für deine Verletzung interessiert?«

Jette schüttelte den Kopf.

»Dann schieß ihn ab!«

»So einfach ist das nicht«, sagte Jette.

Emmas Blick wanderte zu Heidi. Die nickte. »Doch ist es«, sagten beide im Chor.

»Ich kann nicht.«

»Wir werden dich schon auf andere Gedanken bringen«, sagte Emma und legte ihr einen schlanken Arm um die Schulter. »Wollen wir uns in einer Stunde am Strand treffen? Kommt erst einmal an und dann stelle ich euch meinen Verlobten vor.«

Jette fühlte sich schon leichter. »Sehr gern.«

»Sie musste mir versprechen, den Typen wenigstens für diesen Urlaub zu vergessen«, sagte Heidi.

»Das mache ich«, sagte Jette und spürte die Kraft, die ihr die Wiedervereinigung gab. Sie musste ihrem Kummer nicht mehr allein gegenübertreten. Hier waren zwei Menschen, die ihr näher standen als ihre eigene Familie. Sie ließen nicht zu, dass sie mit ihren Gedanken allein blieb und sich von ihnen zermürben ließ. Sie zogen sie aus dem Sumpf. Das hatten sie immer getan. In diesem Augenblick war es ihr egal, ob sie auf einer der schönsten Inseln der Welt war oder in einem kleinen Vorort von Lüneburg. Sie war daheim. Hier, bei den liebsten Menschen, die man sich wünschen konnte. Was spielte es für eine Rolle, ob sie in zwei Wochen wieder nach Hause fahren würde? Allein. Sie schluckte die Wehmut hinunter. Die Vergänglichkeit dieses Augenblicks drückte ihr auf die Brust wie ein Elefant, der sich soeben gesetzt hatte.

KAPITEL 9

Als sie eine Stunde später zum Strand kamen, wurde es langsam dunkler. Die glühende Sonne stand knapp über dem Meer bereit in die Fluten zu tauchen. Von der Müdigkeit eines langen Tages überwältigt, fand Jette Energie im Farbspiel am Himmel und dem unbeschreiblichen Genuss, den sie spürte, während Sandkörner zwischen ihren Zehen entlangstrichen. Schon von Weitem sah sie Emma und Terry zwischen anderen Strandgängern. Ihre Freundin hatte sich auf die Zehenspitzen gestellt, ihre Arme um den Hals des großen Mannes geschlungen und küsste ihn. Jette blinzelte.

»Hey!« Emma winkte aufgeregt und kam mit Terry an der Hand auf sie zu gerannt. »Das ist er«, sagte sie und zog ihn ein Stück nach vorn, als sie die beiden erreicht hatte.

»Hi! Jette? Richtig?«, fragte er auf Englisch und streckte ihr die Hand entgegen.

Sie nickte. »Freut mich, dich kennenzulernen.« Sie drückte seine Pranke und war fasziniert von dem Blau in seinen Augen. Als würde sich darin das gesamte Leben der türkisblauen Fluten abspielen, die sich hinter ihm bis zum Horizont erstreckten. Emma hatte ihr vor vielen Monaten Fotos von Terry und sich geschickt, doch die waren ihm augenscheinlich nicht gerecht geworden. Sie hatte ihn vorhin nicht als Emmas Verlobten erkannt.

»Ich bin euch so dankbar, dass ihr gekommen seid, um mit uns zu feiern. Was wäre das für eine Hochzeit ohne

Emmas beste Freundinnen? Hallo, Heidi. Schön, dass ich dich auch kennenlernen darf.« Er zwinkerte ihr zu.

»Du hast also von uns gehört«, sagte Heidi. Sie hatte es nicht als Frage formuliert.

Er lachte. »Von Anfang an«, sagte er und legte den Arm um Heidi. »Dank eurem Streit sind Emma und ich erst richtig ins Gespräch gekommen. Ich schätze, ich muss mich bei euch bedanken.«

»Gern geschehen«, sagte Heidi. Sie strich sich eine dicke Strähne aus dem Gesicht, die der warme Wind immer wieder hinter ihrem Ohr hervorholte. Ihre Augen hingen auf einem entfernten Punkt am Strand.

»Ach, wie passend«, sagte Terry und richtete seinen Blick in dieselbe Richtung. Er winkte und Jette schluckte, als sie sah, wem seine Aufmerksamkeit galt. Sie hätte es sich denken können. Immerhin hatte sie Terry heute schon einmal gesehen, ohne zu wissen, wer er war: Der Mann, der vor Kurzen erst seinem Freund geholfen hatte, nachdem Jette ihn über den Haufen gefahren hatte mit ihrem Koffer.

»Jack! Hier drüben.«

Der Mann kam auf sie zu. Jetzt sah Jette, dass seine Bewegungen nicht hundertprozentig flüssig waren. Die Prothese konnte sie erahnen, auch wenn er eine lange sandfarbene Hose trug. Die Hose und sein grünes Polo saßen perfekt und wirkten wie ein beißender Kontrast zu seinem verwilderten Gesicht. Als hätte man einen Obdachlosen in einer dieser Transformations-Reality-Shows in teure Kleidung gesteckt und vergessen, ihm einen Friseurtermin zu buchen. Er erreichte die vier mit einem Lächeln, das gefror, sobald er dicht genug war, um Jette zu erkennen. So vermutete sie zumindest. Sie schämte sich nach wie vor, dass sie ihn so niedergestreckt hatte. Doch womöglich war es besser, das Gespräch nicht erneut darauf zu lenken. Er hatte vorhin schon bissig reagiert.

»Darf ich euch meinen besten Freund und Trauzeugen vorstellen? Jack Foster. Wenn es einen Menschen gibt, neben meiner Frau, ohne den ich nicht würde heiraten wollen, dann ist das Jack.« Terry klopfte ihm herzhaft auf die Schulter und schickte ihm ein so offenes Lächeln, wie sie es selten bei einem Mann gesehen hatte. In seiner Stimme hatten weder eine witzelnde Note noch Scham über das Geständnis gelegen.

»Komm schon, Mann. Ich werde rot.« Jette hörte einen kräftigen Unterschied im Akzent der beiden Männer, konnte aber keinen davon zuordnen. Sie wich seinem Blick aus, was dazu führte, dass sie immer unsicherer wurde.

»Er macht mich wahnsinnig. Seit er Emma getroffen hat, ist er so emotional.« Jack verdrehte die Augen. Jette lächelte ihn an, doch sein Blick streifte sie nicht mal. Er streckte Heidi seine Hand entgegen. »Freut mich.«

»Mich auch. Wo kommst du her?«

»New York City. Geboren und aufgewachsen.«

»Klingt aufregend.«

»Es ist ein Betondschungel, aber wunderschön. Gerade zu dieser Jahreszeit, wenn du die kräftigen Farben des Herbstes magst. Dann verbringe ich meine Mittagspause meist im Central Park. Das kräftige Rot der Ahornbäume ist atemberaubend.«

»Ein Naturmensch«, bemerkte Heidi. Jette sah, dass sie immer noch seine Hand hielt.

»Der Bursche hier ist ganz selten im Central Park. Lass dir nichts erzählen. Wenn ich ihn in der City überhaupt mal zu Gesicht bekomme, dann kommt das einem Lottogewinn gleich. Die meiste Zeit findest du ihn an irgendeinem gottverlassenen Fluss, in der Wüste oder in einem Nationalpark an einer Felswand hängend.«

Jette sah Terry verdutzt an.

»Jack ist immer unterwegs.«

»Sehr sympathisch«, sagte Heidi und ließ seine Hand los.

»Ich sitze ungern rum«, erwiderte Jack und schenkte ihr ein Lächeln. Jette fiel auf, dass er sie noch nicht einmal begrüßt hatte.

»Was haltet ihr davon, wenn wir alle zum Essen gehen. Fisch?«, fragte Terry.

»Bin dabei«, sagte Heidi. Jetzt sahen alle Jette an.

»Seid mir nicht böse.« Sie gähnte. »Ich muss ins Bett. Es war ein langer Tag. Morgen stehe ich euch zur Verfügung«, sagte sie.

»Na gut. Wenn du ins Bett gehst, komme ich mit«, sagte Heidi und stellte sich näher an Jette.

»Ach, sei nicht albern. Geh essen! Ich weiß, dass du ohne Abendbrot nicht schlafen kannst. Ich komm klar. Wirklich. Morgen bin ich wieder fit. Versprochen.«

Sie nickte und setzte ein strahlendes Lächeln auf. Sie merkte selbst, dass es nicht bis zu den Augen reichte, doch sie hoffte, dass es niemandem auffiel. Alle mochten sich so gern leiden, genossen die Szenerie und waren glücklich. Sie war das auch – irgendwie. Doch da lag noch ein Schatten über ihr und sie konnte ihn nicht vollständig beiseiteschieben. Sie wollte den anderen nicht diesen unbeschwerten Abend verderben und so nahm sie sich lieber selbst aus der Gleichung heraus.

»Na gut. Ich nehm mein Handy mit. Sag Bescheid, wenn du es dir anders überlegst«, sagte Heidi. Jette drückte ihre Hand. Sie wusste, dass Heidi etwas anderes gemeint hatte, was sie vor den Männern nicht hatte aussprechen wollen: Melde dich, wenn es dir schlecht geht.

»Mach ich. Euch noch einen schönen Abend«, sagte sie und drehte sich um. Sie wusste, dass dies etwas zu abrupt war und für Verwunderung in der Gruppe sorgen würde. Vielleicht auch für Rückfragen. Hoffentlich war sie nicht das Thema dieses Abends. Sie und ihr missglücktes Liebesleben. Funken von Wut wallten in ihr nach oben …

Florian.

Ohne ihn und ihre Gefühle für ihn könnte sie diese Reise ganz anders genießen. Sie hatte Heidi versprochen, ihn für die Dauer des Trips zu vergessen. Leichter gesagt als getan! Er war in den letzten zwei Jahren immer in ihrem Fokus gewesen, und sie hatte gelernt, mit den Enttäuschungen zu leben, die sie seinetwegen erlitt. Wie sollte sie sich davon befreien? Sie hatte sich an diese traurige Stimmung gewöhnt, in der sie meist festhing. Der Drang, zu gefallen, war immer stärker gewesen als der Selbsterhaltungstrieb.

Jette blieb stehen und sah sich um. Die Gruppe war weitergegangen und betrat gerade einen Weg, der in die Gartenanlage hineinführte. Sie rieb sich kräftig mit beiden Händen übers Gesicht. Die Erkenntnis traf sie wie ein Blitz. Sie war die Einzige, die diese Fake-Beziehung am Leben erhielt. Für alle anderen existierte sie überhaupt nicht. Nicht für Emma, Heidi und ganz gewiss nicht für Florian. Als würde sie selbst in einem Paralleluniversum leben. Daran musste sie dringend etwas ändern. Sie würde sich ihr ganzes Leben ruinieren, wenn sie so weitermachte. Die Gesundheit hatte schon den ersten Knacks erhalten. Und das ganz ohne echten beruflichen Stress. Zumindest, bis Florian sich eingemischt hatte. Dieser Kerl! Sie sollte seine Nummer löschen. Na, vielleicht war das ein bisschen zu rigoros. Immerhin ging er davon aus, dass sie befreundet waren, und konnte im Grunde nicht wissen, wie sehr sie litt. Sie hatte es ihm nie gesagt. Moment! Was würde passieren, wenn sie es ihm sagte? Sollte sie ihm diese letzte Chance einräumen? Kaum war dieser Gedanke in ihrem Kopf entstanden, schob ein anderer ihn beiseite. Der besaß die Klangfarbe von Heidis Stimme: Er weiß, was du für ihn empfindest. Alle wissen es.

Das konnte stimmen. Sie würde sich zum Narren machen, wenn sie nach diesem Strohhalm griff. Außerdem hatte er so viele Chancen gehabt, ihr seine Liebe zu gestehen. Er hatte nie eine ergriffen. Es war irrelevant, ob sie ihm die Liebe zuerst gestand. Von ihm hätte jederzeit etwas kommen können. Doch nichts war geschehen. Sie musste den Tatsachen ins Auge sehen. Er sendete keine gegensätzlichen Signale. Seine Signale waren eindeutig: kein Interesse.

Sie schluckte die Enttäuschung hinunter und öffnete die Augen. Vor ihr lag ein halbmondförmiger Pool. Sie war die letzten Minuten mit offenen Augen und dennoch blind gelaufen. Nein. Eher die letzten Jahre. Paradies war noch untertrieben. Es war alles da. Sie musste sich nur frei machen. Ein Kribbeln durchfuhr ihren Körper, als ihr Blick eine majestätische Palme nach oben wanderte, bis hin zu den Wedeln, die unter Rascheln vor einem indigofarbenen Abendhimmel hin- und herschwangen. Schlafen konnte sie, wenn sie wieder zu Hause war. Wie konnte sie nur in Erwägung gezogen haben, einen dieser traumhaften Abende zu verschwenden? Selbst wenn man sie später aufs Zimmer tragen musste.

Jette beschleunigte ihren Schritt. Sie wollte sich eines ihrer langen Abendkleider überwerfen und zu ihren Freunden stoßen. Dieser Moment kam niemals zurück. Und sich auszugrenzen, war Emma und Terry gegenüber unhöflich gewesen. Das wurde ihr bewusst. Ihre Füße bewegten sich schneller und innerhalb weniger Minuten stand sie vor der Zimmertür. Sie würde nicht lange brauchen. Ein schöner Lippenstift, fertig. Sie dachte an den pinkfarbenen, den sie am Flughafen im Duty Free Shop gekauft hatte. Er hatte nach Kaugummi gerochen. Dazu das schwarz-weiß geblümte Kleid. Vielleicht traute sie sich sogar, ihre Haare offen zu tragen. Schon während sie die Tür öffnete, zog sie sich das Zopfgummi heraus. Das Restaurant zu finden, war vermutlich nicht schwer. Man hatte ihnen beim Einchecken gesagt, dass es zwölf Möglichkeiten gab, essen oder etwas trinken zu gehen, doch sie würde die Gruppe schon finden. Ihr Handy brauchte sie dazu nicht. Es fühlte sich momentan wie eine Fessel an, die sie abstreifen wollte.

Keine Mobiltelefone im Paradies.

KAPITEL 10

Es gab exakt ein Fischrestaurant. Das war nicht schwer zu finden. Sie sah ihre Freunde von Weitem an einem großen Tisch sitzen. Heidi lachte laut, nachdem Jack ihr zuvor etwas ins Ohr geflüstert hatte. Terrys Arm lag um Emmas Schultern. Vier Menschen, die das Leben genossen. Jette spürte wie üblich, dass sie etwas zurückhielt, einfach die Hand nach oben zu reißen, einen Schlachtruf zu grölen und sich zu den Feiernden zu gesellen, wie es manche ihrer Freunde taten. Stattdessen huschte der Gedanke durch ihren Kopf, ob sie ungelegen käme. Es kostete sie Überwindung, weiterzugehen. Der Lederriemen ihrer linken Sandalen rutschte immer wieder von ihrem Hacken, sodass sie ins Straucheln kam. Das Kleid zwickte in der Taille und sie bereute es, die Haare offen gelassen zu haben. Eine ihrer roten Locken streifte immer wieder ihre Wimpern. Sie spürte Blicke auf ihrem Körper, als sie das Lokal betrat. Sie liebte dieses Kleid, hatte aber nie den Mut aufgebracht, es zu tragen. Jetzt wusste sie wieder, warum. Man würde merken, dass sie nicht hineinpasste. Es war ein Kleidungsstück für eine selbstbewusste, starke Frau, die sich nicht darum scherte, was andere sich für eine Meinung über sie bildeten. Eine Frau, die jede Sekunde in ihrem Leben genoss, die stolz auf ihren Körper war und all das zeigen wollte. Jette hatte frei nach dem Motto ›Kleide dich wie die Person, die du sein willst‹ zugegriffen, als sie es im Schaufenster gesehen hatte.

Motiviert durch den Gedanken an einen Urlaub, der nicht untypischer für sie hätte sein können, hatte sie eine Frau vor sich gesehen, die Grenzen überschritt – keine großen, nur ihre eigenen. Doch in dieser Sekunde fehlte ihr der Mut. Mit Herzklopfen machte sie auf dem Absatz kehrt.

»Jette! Wir sind hier drüben! Jette!« Das war Heidis Stimme. Man hatte sie gesehen. Jette drehte sich zurück und bog die Mundwinkel nach oben.

»Wow! Du siehst granatenmäßig aus!«, sagte Heidi und zog Jette einen Stuhl vom Nachbartisch ran.

Sie spürte, wie ihr Gesicht glühte. Das bisschen Puder, das sie vorhin aufgetragen hatte, würde kaum die Flecken verdecken können, die sich höchstwahrscheinlich über ihren Wangen ausbreiteten. Sie nahm am Kopfende zwischen Emma und Jack Platz, die sich gegenüber saßen. Emma legte ihr die Hand auf den Arm.

»Schön, dass du es dir anders überlegt hast«, flüsterte sie. Mehr als ein Lächeln brachte Jette nicht zustande. Sie spürte, dass sich die Dynamik am Tisch verändert hatte, seit sie aufgetaucht war. Für einen Moment kehrte Stille ein.

»Ach, wisst ihr, es wäre eine Verschwendung, jetzt schon ins Bett zu gehen. Egal, wie müde ich bin«, sagte sie. Die Mädels lächelten. Jack neben ihr schnaufte. Sie sah ihn an, doch sein Blick hing an seinem leeren Weinglas fest. Er war noch sauer auf sie. Den ersten schlechten Eindruck von sich musste sie wiedergutmachen. Also schnappte sie sich kurzerhand die Weißweinflasche, die vor ihr, aber ein wenig abseits von ihm stand, und machte sich daran, ihm nachzuschenken. Sie hatte kaum darüber nachgedacht: ein Reflex, der Gedanke, ihm etwas Gutes tun zu wollen. Enthusiastisch schwenkte sie die Flasche in seine Richtung, verschätzte sich mit dem Abstand zum Weinglas und riss es um. Es schlug hart auf einem kleinen Teller auf, auf dem Jack ein Stück Baguettebrot liegen hatte und zerbrach. Jette erschrak. Dieses Glas musste hauchdünn gewesen sein. Das Ereignis lähmte sie für den Moment. Erst als Jack von seinem Stuhl aufsprang, kam sie in die Gegenwart zurück.

»Was soll das werden?«, blaffte er sie an und stieß seinen Stuhl zurück, der gegen die Rückenlehne eines anderen Gastes prallte.

»Die Flasche! Jette!«, rief Heidi. Erst da wurde ihr bewusst, dass sich der Wein seit geraumer Zeit über das Tischtuch ergoss und zuvor Jacks Hose durchtränkt hatte.

»O mein Gott! Es tut mir so leid!«, rief sie, stellte die Flasche aufrecht und bewegte sich in Jacks Richtung. Der wischte inzwischen mit einer Serviette über die Hose.

Jette spürte die Blicke aller im Lokal auf ihrem Körper. Sie hätte auf dem Zimmer bleiben sollen. Dahin konnte sie immer noch fliehen. Aber zuerst musste sie sich bei diesem Mann entschuldigen. »Es tut mir unendlich leid. Kann ich irgendwie helfen?«, fragte sie.

Ganz automatisch streckte sie die Arme nach ihm aus. Doch bevor sie ihn tatsächlich berühren konnte, traf sie wieder sein eisiger Blick; der bremste sie aus.

»Es ist nur Wein. Kein Grund für einen Aufstand«, sagte er mit viel zu ruhiger Stimme. Hinter ihr entspannten sich die Freunde spürbar. Sie wollte eine Entschuldigung murmeln. Klarstellen, dass sie üblicherweise nicht so tollpatschig war, dass ... ja was eigentlich?

»Emma berichtete uns schon, dass du ein wenig gestresst bist«, sagte er, bevor sie den Gedanken vollenden konnte.

»Was?« Sie drehte sich und forderte mit einem ernsten Blick, den sie nicht abschwächen konnte, eine Erklärung von ihrer besten Freundin.

Emma rutschte tiefer in ihren Stuhl. »So habe ich das nicht gesagt, Jack. Ich habe dich nur entschuldigt für heute Abend und erklärt, dass du ein bisschen Ruhe brauchst. Das ist ja völlig verständlich nach so einer langen Reise.«

Sie hob die Augenbrauen in Jacks Richtung und Jette wurde klar, dass mehr gefallen sein musste als dieser Satz zu ihrer mentalen Verfassung. Das wurmte sie, aber ihr Gefühl, ungerecht behandelt worden zu sein, schob sie beiseite. Das hatte mit dem Missgeschick nichts zu tun. Wieso musste sie ausgerechnet den Mann in Alkohol legen, den sie heute Nachmittag zu Fall gebracht hatte? Das war der einzig wichtige Gedanke. Er hämmerte so laut in ihrem Kopf, dass sie ihn schließlich aussprach. Sie legte Bedauern in ihre Stimme, als sie Jack ansprach. »Es tut mir wirklich leid, dass ich gerade dich überschüttet habe. Ich wollte nur helfen.« Sie wartete auf seine Reaktion.

Irgendwie fiel die anders aus, als die Gedanken es ihr in der Vorschau prophezeit hatten.

»Gerade mich, ja?« Er lächelte auf eine höhnische Weise. »Entspann dich und hilf mir einfach nicht mehr. Dafür gibt es keinen Grund. Ich bin kein Kind. Oder fällt dir etwas ein, weshalb ich nicht allein klarkommen sollte?« Die letzten zwei Sätze hatte er geflüstert, sodass nur Jette sie hören konnte, da sie inzwischen dicht neben ihm stand.

Jette presste die Kiefer aufeinander. Was für ein Idiot! Sie war ein Tollpatsch, aber zumindest hatte sie sich nicht absichtlich unhöflich benommen. Dieser Mann, der aussah, als würde er mit seinen radikalen Freunden in dunklen

Kellern oder rumpeligen Garagen den nächsten Anschlag aufs Repräsentantenhaus planen ... Gott bewahre, dass sie ihn oder Terry nach seiner politischen Neigung befragt hätte ... dieser Mann hatte kein Recht, sie zu belehren wie ein kleines Kind. Sie war schon viel zu weit gegangen, sich auf so unterwürfige Weise zu rechtfertigen. Ihr Problem! Doch er nahm die Entschuldigung nicht an? Obwohl er selbst sagte, es gäbe keinen Grund für diesen Aufstand?

Sie zog ihren Stuhl nach hinten und setzte sich. Auch wenn es schwerfiel, achtete sie darauf, das Kinn oben zu behalten.

Emma war die Erste, die die folgende Stille unterbrach.

»Wollen wir ihnen erzählen, was wir für morgen geplant haben?« Emma richtete ihren Blick auf Terry. Ohne seine Antwort abzuwarten, drehte sie sich zu den Mädels und sagte: »Wir würden gern mit euch eine Bootstour um die Insel machen, Schnorcheln, Schwimmen, Grillen.«

»Oh, ja«, sagte Heidi. Ihr breites Lächeln wirkte einen Hauch übertrieben.

Jette suchte immer noch nach ihrer Stimme.

»Jette? Ist das was für dich?«, fragte Terry.

»Vielleicht wird ihr schlecht auf einem Boot.« Das war Jack.

»Nein. Wird es nicht.« Sie hatte ihre Stimme wiedergefunden und war selbst überrascht, wie scharf ihr Ton klang.

»Großartig«, sagte Terry. »Dann treffen wir uns alle morgen nach dem Frühstück. Packt eure Badesachen ein. Schnorchelequipment haben die hier. Da braucht ihr nichts.«

Zwei Kellner traten an den Tisch und brachten die Speisen. Jette hatte noch nicht bestellt, also staunte sie nur über die Leckereien und hielt die Hand nach oben, bevor beide wieder gehen konnten.

»Ich kann dir den Hummer empfehlen«, sagte Emma. Sie leckte sich über die Oberlippe. Jette konnte sehen, dass Terry neben ihr schmunzelte. Er hatte es gesehen. »Ich hatte ihn gestern. Der ist köstlich.«

Jette bestellte den Hummer.

»Was machst du beruflich?«, fragte Terry.

»Ich bin Grafikdesignerin.« Jette nickte dem Kellner zu, der ihr ein Glas Weißwein aus einer neuen Flasche einschenkte. Ihr war völlig entgangen, wie lautlos man die Scherben vom Tischtuch entfernt hatte, während Jack damit beschäftigt war, ihr die kalte Schulter zu zeigen.

Inzwischen hatte der Goldjunge ein neues Glas neben sich stehen und konnte seinen Abend wieder genießen. Mit der Einschränkung, sie nach wie vor als Tischnachbarin zu haben – in Jacks Augen sicherlich ein Wermutstropfen.

»Klingt nach einem kreativen Job«, sagte Terry. »Arbeitest du in einem Büro? Für eine Firma? Oder freiberuflich?«

Jack lehnte sich mit seinem frisch gefüllten Glas gegen die Stuhllehne. Er hatte es selbst getan. Das Glas befüllt. Jette überlegte, ob sie ihm dazu hätte gratulieren sollen. Sie biss sich auf die Lippe. Nach einem tiefen Ausatmer ließ sie die wütenden Gedanken ziehen. Er war es nicht wert, sich den Abend verderben zu lassen. Sie war immer bestrebt gewesen, es allen recht zu machen. Irgendwo musste es eine Grenze geben. Ihr Maß war voll. Selbst, wenn sie gewollt hätte. Ihr fehlte die Kraft, sich in seinen Film reinziehen zu lassen.

»Ich bin selbstständig und arbeite von zu Hause.« Hitze stieg ihr in die Wangen. Jette hatte augenblicklich an Florian und sein Buch denken müssen. Sie wollte ungern an ihren Job erinnert werden. Nicht heute Abend.

»Es ist unglaublich flexibel, doch man kommt nicht wirklich unter Leute«, sagte sie. »Deshalb ...«

Auch ohne den Kopf zu drehen, kannte Jette den Ausdruck, der sich bei diesem Satz auf Jacks Gesicht einstellen würde. Was musste sie auch diesen Steilpass liefern?

»Jette engagiert sich viel freiwillig außerhalb des Jobs«, warf Heidi ein. Eine echte Freundin. Jette schickte ihr ein zartes Lächeln.

»Und was machst du? Führst du herrenlose Hunde aus?« Um Jacks Lippen spielte ein Lächeln, das Jette eine Gänsehaut über die Arme jagte. Sie rückte automatisch ein Stück von ihm ab.

»Nein. Ich arbeite nicht im Tierheim.« Das war alles, was sie zu sagen hatte.

»Magst du keine Tiere?«

Sie drehte sich zu ihm und runzelte die Stirn. »Wieso sollte ich keine Tiere mögen? Wer mag denn keine Tiere?«

Er zuckte mit den Schultern. »Schon gut. War nur so eine Idee von mir.«

»Jette arbeitet ...«

»Lasst uns nicht weiter über mich reden, sondern erzählt mal von euren Hochzeitsplänen«, sagte Jette und unterbrach Emma, die gerade für sie einspringen wollte. In deren Gesicht sah sie eine Mischung aus Verwunderung und Erkenntnis, die einander schnell abwechselten. Doch Emma und sie hatten sich schon immer blind verstanden, und so gab es keinen Widerstand von ihrer Seite.

Heidi war da anders gestrickt. »Sie fährt, wann immer sie kann, nach Hamburg ins Schanzenviertel zu einer

Hausgemeinschaft, in der Menschen mit Behinderungen leben und liest ihnen vor.«

»Natürlich tut sie das«, murmelte Jack und schaute ein weiteres Mal tief in sein Glas. Mit nur vier Wörtern hatte er ihr Engagement ins Lächerliche gezogen. Sie verbrachte ihre Freizeit nicht auf diese Weise, um ihr Image aufzupolieren. Doch genauso sah es plötzlich aus. Jette verspannte sich und verfluchte ihre eigene Unsicherheit, die es ihr verbot, diesen Rüpel zur Rede zu stellen, und dafür sorgte, dass sie sich stattdessen minderwertig fühlte. Gerade so konnte sie dem Reflex widerstehen, sich vor ihm zu rechtfertigen.

Stille folgte.

»Du wolltest etwas zum Ablauf sagen, Schatz.« Terry zog seine Verlobte ein Stück zu sich heran und gab ihr einen Kuss auf die Stirn. Was für eine liebevolle Geste! Jette fühlte sich noch einsamer.

»Richtig! Die Familien reisen in einer guten Woche an. Heute ist Mittwoch und sie kommen nächsten Donnerstag. Die Trauung ist dann am Samstag. Mein Wunsch war immer eine Zeremonie am Strand. Doch die haben hier eine ganz bezaubernde Kapelle über dem Wasser mit einem Glasboden.« Emma riss die Hände vor den Mund und die Brauen nach oben.

»Sie hat sich noch nicht entschieden«, sagte Terry mit einem Blick zu Jack, der Bände sprach. »Doch das Hotel ist so nett, uns noch wenige Tage Zeit zu geben, bis die endgültige Entscheidung getroffen sein muss. Wir sind zufällig an diesem Wochenende die einzige Hochzeit, sodass uns beide Möglichkeiten zur Verfügung stehen.«

»Werden alle kommen, die ihr eingeladen habt?«, fragte Heidi.

»Keiner lässt sich das entgehen.« Emma grinste. »Ich hatte erst Kummer, dass meinen Eltern die Reise zu weit sein könnte. Doch wie sich herausstellte, wollten Sie schon immer einmal in die Karibik reisen. Sie fliegen morgen früh und machen dann eine Woche eine Kreuzfahrt, um dann zu uns zu stoßen. Damit erfüllen sie sich beide einen langgehegten Traum.«

»Und mich lernen sie das erste Mal kennen«, sagte Terry und verdrehte gespielt die Augen.

»Ist nicht dein Ernst!« Heidi hätte sich fast an ihrem Wein verschluckt. Jack klopfte ihr gespielt auf den Rücken.

»Sie werden dich lieben!«, sagte Emma.

Terry zwinkerte Jette zu. Sie mochte den Mann. Von Anfang an. Sie konnte nicht sagen, was sie mehr beeindruckte: seine gelassene Art, das feste Auftreten, die Verbindlichkeit in seiner Stimme. Terry war ein Fels, zweifellos. Sie beneidete ihre Freundin um ihr Glück.

»Am wichtigsten ist doch, dass ihr beide euch gefunden habt. Alles andere spielt keine Rolle, oder? Versteh mich nicht falsch, ich bin mir sicher, dass Emmas Eltern dich lieben werden, aber im Grunde kommt es nicht darauf an.« Jette warf den beiden einen warmen Blick zu. Sie kannte Emmas Eltern. Sie waren sehr nett, doch auch sehr bestimmt. Dauerhaft von Sorge um ihr einziges Kind getragen, mischten sie sich öfter ein, als es Emma bisher lieb gewesen war. Ihre Freundin würde sie verstehen. Sie wusste, dass ihr Jette oft zugeredet hatte, wenn es darum ging, eigene Entscheidungen zu treffen.

»Ich glaube, dass die Familie wichtig ist. Oft sind sie die Einzigen, auf die wir uns verlassen können, wenn es schwierig wird im Leben.« Jack legte den Kopf schief und warf

Jette einen Blick zu, der ihren Puls beschleunigte. Natürlich war er nicht ihrer Meinung. Was hatte sie erwartet? Der Typ nervte einfach nur noch.

»Selbstredend ist Familie wichtig. Ich sage nur, dass es hier um zwei Menschen geht, die sich lieben. Da spielt die Meinung der anderen keine Rolle, oder?« Jette hörte an ihrer Stimme, dass sie sich beruhigen sollte. Gott! War dieser Mann ein Ekel! So unsensibel hatte sie noch nie jemand dastehen lassen.

»Wenn du es sagst ...«

»Worauf willst du hinaus?«

»Nichts Bestimmtes. Du tust das, wonach dir ist, und ich würde wollen, dass mein Umfeld sich wohlfühlt.« Er nahm sich eine volle Gabel Reis und stopfte sie sich in den Mund.

»Das gelingt dir ja wunderbar!«

»Wie bitte?«

»Willst du sagen, mir sind die Gefühle anderer Menschen egal? Du kennst mich doch überhaupt nicht!« Jette hatte ihre Stimme so weit erhoben, dass der Kellner, der eben mit ihrem Hummer kam, stehen geblieben war und wartete. Die folgende Stille nutzte er, um den Teller abzustellen und lautlos zu verschwinden. Jette sah das Porzellan vor sich niederplumpsen und hörte es mit einem scheppernden Geräusch auf der hölzernen Tischplatte aufkommen. Als sie aufsah, blickte sie in die Augen von Heidi, Emma und Terry, die zwischen ihr und Jack hin- und herwanderten. Keiner sagte etwas und das machte sie wütend. So eine Ungerechtigkeit! Gerade sie, die immer darum bemüht war, dass sich jeder in ihrer Umgebung wohlfühlte. Wieso sagten sie dem Schnösel nicht einfach, er solle die Klappe halten? Egal! Das konnte sie selbst erledigen. Immerhin war sie erwachsen.

»Nichts für ungut«, sagte Jack und winkte ab. Damit nahm er ihr die Gelegenheit, ihm endgültig den Mund zu stopfen.

Jette steckte eine bissige Entgegnung in der Kehle fest. Sie sah auf ihren Teller und begann zu essen. Eine vorsichtige Unterhaltung über ihr Brautkleid entwickelte sich zwischen Heidi und Emma, und als Terry meinte, er würde heute früher ins Bett müssen, war Jette dankbar, dass der Abend beendet war.

»Ich bring die Mädels noch aufs Zimmer«, sagte Emma, gab ihm einen Kuss, verabschiedete sich von Jack und schloss sich Jette und Heidi an. Jack gab Heidi die Hand und als Jette an der Reihe gewesen wäre, drückte sie Terry und bedankte sich bei ihm für den schönen Abend. Der Moment, in dem sie die Hand dieses Widerlings hätte ergreifen müssen, war vorüber und sie winkte den beiden Männern zum Abschied, bevor sie sich umdrehte.

KAPITEL 11

Jack ließ seine Wirbel im Nacken knacken, steckte die Hände in die Taschen und lief neben Terry her, den Weg entlang, der zu den Wasserbungalows führte. Er selbst wohnte in einem Zimmer in einem der Hauptgebäude, doch ihm war danach, seinen Freund zu dessen Villa zu begleiten.

»Sag mal, was ist denn in dich gefahren?«, fragte Terry, nachdem sie eine Minute stumm nebeneinander hergegangen waren. Jack stöhnte. Der Mond schien hell und warf einen kühlen Schein auf den Ozean. Er hätte diesen Moment gut schweigend verbringen können. »Was meinst du?«

»Wie du die Freundin von Emma angefahren hast. Praktisch aus dem Nichts.« Terry hatte den Blick nicht vom Horizont abgewandt. »Ist alles in Ordnung?«

Jack spannte die Kiefer an. »Mir geht's gut.«

»Wie läuft's im Studio?« Daher wehte also der Wind. Jack stöhnte innerlich.

So schnell hatte Jack nicht mit dem Themenwechsel gerechnet. Doch Terry war immer derjenige von ihnen, der ohne Umschweife zum Punkt kam, der ins Schwarze traf, wenn er eine Person durchschaut hatte. Er selbst hatte da Defizite. Schon in ihrer Kindheit hatte sein Freund den Ball getroffen, während Jack nur in die Luft gedroschen hatte. Eine ganze grauenvolle Saison lang, in der ihre überambitionierten Väter darauf bestanden hatten, dass sie Baseball in der Little League spielten. Jack hatte es gehasst, weil er

Teamsportarten verabscheute und lieber für sich war statt dem schwachsinnigen Dünnschiss in den Umkleiden, gefüllt mit pubertierenden Jungen, zu lauschen. Terry war dagegen, weil er lieber Surfen gegangen wäre. In diesem Jahr in der zehnten Klasse, als der ehemals schwächliche Junge aus Brooklyn mit seinen Eltern nach Kalifornien gezogen war, lernte er Terry, den besten Freund seines Lebens kennen.

Jack ermahnte sich, dass Terry sich Sorgen machte und es gut meinte. Also ging er darauf ein.

»Prächtig. Jim regelt das meiste allein. Fällt gar nicht auf, wenn ich nicht da bin.«

»Ich habe dich lang nicht mehr hinterm Tresen gesehen«, sagte Terry.

»Ich war viel unterwegs in der letzten Zeit. Lance hat im August seinen Surfshop in Santa Monica eröffnet. Ich hab ihm geholfen. Der Typ, den er eingestellt hatte, hat ihn nach zwei Wochen hängen lassen.«

Terry nickte. »Kommst du irgendwann wieder dauerhaft in die City oder hast du dich an das Nomadenleben gewöhnt?«

»Was heißt hier Nomadenleben? Ich war die letzte Zeit viel unterwegs. Stimmt schon. Aber das ist ja wohl mehr als verständlich.«

»Es ist ein Jahr her, Jack. Es wird Zeit, wieder in den Sattel zu steigen. Meinst du nicht? Oder klinge ich zu sehr wie ein großer Bruder?« Sie standen vor Terrys Villa. Der hatte die Hände in den Taschen und sah Jack an.

Jack fühlte sich in die Ecke gedrängt. »Damit hat das weiß Gott nichts zu tun. Du weißt, dass ich ungern an einem Ort lange verweile. Ich habe den Unfall gemeint, als ich sagte, das wäre mehr als verständlich.« Er drückte das Kreuz durch und wuchs um ein paar Zentimeter.

»Wenn du es sagst.« Terry rieb sich den Nacken. »Ich würde mich freuen, wenn wir dich öfter sehen könnten. Natürlich akzeptiere ich, wenn du sagst, dass dich das Reisen glücklich macht, doch als dein Freund fällt mir der zeitliche Zusammenhang zum letzten Jahr auf und ich habe das Bedürfnis, dir zu helfen.«

»Was? Wie willst du mir helfen?« Jack starrte ihn aus großen Augen an.

»Jetzt flipp nicht gleich aus! Hilfe anzunehmen, ist kein Zeichen von Schwäche!«

Jack blies die Backen auf.

»Ich habe dich nicht grundlos für die Woche vor der Hochzeit eingeladen.«

»Ich dachte, du wolltest Zeit mit mir verbringen, bevor dich das Joch der Ehe daran hindert.« Jack verzog das Gesicht.

Terry grinste. »Das auch. Es geht schon in die Richtung. Ich will Zeit mit dir verbringen, aber hauptsächlich glaube ich, dass es dir auch guttun würde, Zeit mit Freunden zu verbringen. Du hängst nur noch allein in Schluchten und in der Gesellschaft von Bären ab. Du musst mal wieder unter Menschen, Mann. Ich hätte dich unter dem Bart kaum wiedererkannt. Was ist das? Ein Statement?« Terry griff nach den schwarzen Haaren unter Jacks Kinn.

»Pfoten weg. Das ist mein Ausdruck purer Männlichkeit.« Jack schlug mit der Hand nach ihm.

»Mich hat's erschreckt und die Ladys bestimmt auch.«

»Mich interessiert herzlich wenig, was so eine oberflächliche deutsche Schnepfe von mir denkt.« Jack trat direkt einen Schritt zurück, als er Terrys Gesichtsausdruck sah. »Emma ist bezaubernd. Du weißt, dass ich sie nicht gemeint habe. Sie ist ein echter Kumpel.« Er streckte Terry die Hände entgegen.

»Ich weiß, wen du gemeint hast, doch ich wette, sie ist ein feiner Kerl. Du bist momentan das Problem, Alter. Ich steh dazu. Du musst deine Themen in den Griff kriegen. Schalt mal ab! Lerne, dich wieder unter Menschen wohlzufühlen. Ich mach mir Sorgen um dich. Dieser Ausraster vorhin – so kenne ich dich gar nicht.« Terry legte den Kopf schief, die Hände immer noch in den Taschen und schien eine Antwort zu erwarten. Jack hatte keine parat.

»Ich halte mich zurück, versprochen.«

»Das war nicht das, was ich gemeint habe.« In Terrys Augen blitzte etwas auf.

»Das ist das, was ich anbieten kann«, sagte Jack und hielt seinem Blick stand.

»Also gut. Ich wünsche dir noch einen schönen Abend. Danke, dass du hier bist. Das bedeutet mir viel.« Terry kam auf ihn zu und umarmte ihn. Jack fühlte sich zunächst erdrückt, doch dann ließ er locker und erwiderte die Umarmung.

»Wir sehen uns morgen.« Er wandte sich vom Steg ab und schlenderte den Weg zurück.

Der Abend war noch jung. Im Gegensatz zu Emmas Freundinnen hatte er keinen Jetlag. Dass das Paar sich früh zurückzog, verstand er. Sie hörten in dieser Umgebung sicher von überall Geigen spielen und sahen bunte Vögel aufsteigen. Ihn nervte die Hitze. Das Klima war ihm zu drückend zu dieser Jahreszeit. Das Ende der Hurrikansaison, sehr feucht, zu hohe Luftfeuchtigkeit für seinen

Geschmack. Er sehnte sich nach der Ostküste. Am Atlantik auf eine Wandertour gehen, das raue Wetter an den Klippen genießen, in Maine die Herbstfärbung der Bäume bestaunen. Er sollte sich einen Hund zulegen. Jemanden, der immer an seiner Seite war und die Natur genauso liebte wie er. Terry hatte recht. Es zog ihn weg von New York. Aber das musste nicht zwingend etwas Schlechtes sein. Seine Zeit in der City gehörte eben der Vergangenheit an. In diesen Tagen war er lieber in Bewegung und überließ Jim die Leitung des Studios. Der hatte ohnehin mehr Spaß daran, hinterm Tresen zu stehen und mit den Mitgliedern zu schwatzen. Und wenn es um die finanziellen Dinge ging, gab es immer noch Tony, seinen Buchhalter, der ihm wöchentlich Bericht erstattete. Wozu also sein Leben zwischen Betonklötzen verschwenden, wenn man am Puls der Natur sein konnte und den Wechsel der Jahreszeiten hautnah miterleben, statt einfach nur vom Wetterbericht darüber zu erfahren?

Hier hingegen setzte sie ihm zu, die Natur. In diesem Disneyland für Erwachsene, in dem nur noch der persönliche Regenbogen fehlte, den man über dem Gast beim Frühstück aufspannte. Die Farben waren alle eine Spur zu grell, als hätte es jemand mit dem Filter bei der Bildbearbeitung übertrieben. Aus falschen Steinen am Wegrand ertönte Musik. Massageliegen waren hinter Gazevorhängen am Strand aufgestellt, sodass der Gast das Meeresrauschen während der Behandlung hören konnte. Schön und gut. Das klang alles traumhaft, doch tatsächlich verbarg sich dahinter nichts anderes als eine große Gelddruckmaschine. Hierher konnte nur fahren, wer das nötige Kleingeld hatte. Und das war auf dieser Insel viel. So wie sein Freund Terry. Er kannte Terry sehr gut. Der Mann arbeitete wie ein Esel und gönnte sich zwanzig Tage Urlaub im Jahr. Jack schüttelte den Kopf. All die Schufterei, bei der man einen Teil seiner Gesundheit einbüßte und sicher auch einen Teil seines Seelenfriedens, bloß um sich dann so einen Urlaub leisten zu können, der Körper und Seele wieder heilen sollten. Was für ein Schwachsinn!

Er strich sich immer wieder über den Bart. Ein Überbleibsel seiner letzten Tour, eine Erinnerung daran, dass er sich die Freiheit genommen hatte, einen Monat nicht in den Spiegel zu schauen und sich nicht um Äußerlichkeiten zu kümmern. Er selbst hatte schon gedacht, dass ihn diese Gesichtsbehaarung zehn Jahre älter aussehen ließ. Den könnte er tatsächlich abnehmen. Hatte er ohnehin vorgehabt. Im Wald störte es niemanden und auch ihn nicht. Doch unter Menschen erforderte so ein Bart sehr viel Pflege, wenn er nicht wie ein Obdachloser aussehen wollte. Diesen Mehraufwand war es ihm nicht wert.

Jack ging auf sein Zimmer. Die kühle Luft ließ ihn frösteln. Auf dem Weg zum Badezimmer fiel ihm ein, dass er nichts dabeihatte, um sich diesen Bart vernünftig abzunehmen. Also rief er beim Concierge an und fragte nach einem Friseurbesuch am nächsten Morgen. Man schlug ihm vor, dass der Barbier noch heute Abend auf sein Zimmer kommen könne, wenn es ihm recht wäre. Jack war es recht.

KAPITEL 12

Jette war am nächsten Morgen früh wach. Sehr früh. Die Anlage schlief in nächtlicher Dunkelheit, als sie putzmunter ins Badezimmer tappte. Die Glastür in der Hand hielt sie inne und traf eine andere Entscheidung. Sie würde duschen. Doch nicht sofort. Vor ihrem Zimmer lag ein langgestreckter Pool, der nahtlos in ihre Terrasse überging. Was für ein Luxus! Sie würde ein frühes Bad nehmen. Sie schlich an der schnarchenden Heidi vorbei, schlüpfte in einen Bikini und zog die Terrassentür auf. Das hatte nichts mit morgendlicher Frische in Deutschland zu tun. Selbst an heißen Sommertagen hatte sie dort nicht so einen warmen Morgen erlebt. Als wäre es in der Nacht überhaupt nicht abgekühlt. Voller Übermut setzte sie zu einem Kopfsprung an und tauchte in seidiges Wasser ein. Die spiegelglatte Oberfläche des Pools streifte ihre Haut. Sie öffnete die Augen, blies die Nase frei und kam langsam wieder nach oben. Kein Mensch weit und breit zu sehen. So war es am besten. Mit ein wenig Wehmut erkannte sie, dass ihr das die liebsten Momente waren. Wenn da niemand war, vor dem sie sich verstellen oder rechtfertigen musste. Traurig, dachte sie und genoss die Einsamkeit in vollen Zügen. Sie legte sich auf den Rücken und fühlte sich frei. Und glücklich. Sanfte Schläge mit den Beinen schoben sie rückwärts. Ihr Blick ging hoch zu den Sternen. Milliarden. Es würden mehr sein, wenn der Pool und die Beete nicht so stark beleuchtet wären. Doch es waren Milliarden. Das sanfte Plätschern, das ihre Beine erzeugten, war das einzige Geräusch, das an ihre Ohren drang, wenn die aus dem Wasser kamen. Die meiste Zeit lagen sie unter der Wasserlinie. Sie atmete tief ein und glaubte, einen blumigen Duft in der Nase zu haben. Er kam ihr bekannt vor. Ihr Zimmer roch ganz genauso, wenn sie darüber nachdachte. Vielleicht war es ein Raumduft. Sie drehte den Kopf paddelnd zur Seite und blickte in das Gesicht eines Mannes, der am Beckenrand saß und dessen Beine bis zu den Knien im Wasser baumelten. Hätte hinter ihm eine ältliche Trainerin mit einem Handtuch über der Schulter gestanden, einen einfarbigen Trainingsanzug mit weißen Seitenstreifen am stämmigen Körper und ihn dazu angetrieben, eine weitere Runde zu schwimmen, Jette wäre nicht überrascht gewesen. Seine schwarzen Haare waren aus dem Gesicht nach hinten gestrichen, triefend von Wasser, das in dünnen Rinnsalen seinen muskulösen Brustkorb herunterrann. Feurige blaue Augen unter dichten dunklen Brauen fixierten sie. Er besaß das typisch amerikanische kantige Kinn und, wie sie fand, sinnliche geschwungene Lippen.

»Guten Morgen, Jette.«

Jette riss die Augen weiter auf. Die Stimme kannte sie. »Jack!« Bei dem Versuch, sich auf den Bauch zu drehen, um ihn nicht mehr über Kopf sehen zu müssen, ging sie unter Wasser. Sie spürte den Grund an ihren Füßen und stieß sich ab. Einer Fontäne gleich, schoss sie nach oben und holte tief Luft, begleitet von einer Hustensalve.

»Brauchst du Hilfe?«

Sie schüttelte den Kopf. »Was?« Ihr Blick ging zurück zu seinen Knien, die aus dem Wasser ragten und sie erkannte, dass nur ihre Vorstellung zwei intakte Beine gezaubert hatte. Das zweite endete im Wasser in einem Stumpf.

»Was machst du am Pool?«, war das Einzige, das sie herausbrachte.

»Ich bin Frühaufsteher«, sagte Jack und seine Stimme klang wie ein Peitschenknall. Jette fühlte sich zurechtgewiesen. So früh am Morgen und der Kerl begann die Messer zu wetzen. Was war nur mit dem los?

»Ich nicht. Ich habe nur Jetlag«, sagte sie und strich sich die Haare aus dem Gesicht. Eine Weile stand sie vor ihm. Er war völlig reglos. Sah sie nur an und ließ die Lippen fest aufeinandergedrückt. Warum sollte sie sich von ihm einschüchtern lassen? Anstarren konnte sie ihn auch. Tatsächlich hatte sie ihn nicht nur wegen des Irrtums mit dem Bein nicht erkannt. Dieses Gesicht ... es war völlig anders. »Hast du deinen Bart abrasiert und die Haare geschnitten?«, fragte sie.

Er nickte einmal.

»Schade.«

»Wieso?«

»Jetzt sieht man mehr von dir«, sagte sie, tauchte zurück ins Wasser, legte sich auf den Bauch und kraulte in Richtung ihres Zimmers.

Was für ein Arsch! Vielleicht hatte sie sich eben unhöflich verhalten, doch dieser Mann hielt mit seiner Antipathie ihr gegenüber nicht hinterm Berg. Wie er sie eben gemustert hatte! Von oben bis unten. Ja, sie hatte keine Modellmaße und ihre weiße Haut war übersät mit Sommersprossen. Manche Menschen mochten das. Sie hasste sie. Aber selbst Jette wurde zu einer Verfechterin ihres Äußeren, wenn ihr ein Mann wie Jack begegnete – so arrogant und so unfreundlich.

Als sie zu ihrer Terrasse kam, warf sie einen Blick nach rechts. Er war verschwunden. Sie war wieder allein und das ließ sie aufatmen.

»Einen wunderschönen guten Morgen«, hörte sie Heidi sagen, die soeben aus dem Badezimmer trat. »Holla, Frau Jürgens, wir sind nicht mehr in Europa. Ich weiß nicht, ob das in der Karibik erlaubt ist. Legst du es darauf an, dass jemand den Manager verständigt?« Heidi grinste übers ganze Gesicht.

»Hä? Geht's dir gut?«

»Oh, ja.« Heidi grinste immer noch.

»Was soll das dann? Warum guckst du so?«

Heidi hob die Arme und schüttelte den Kopf, während ihr Mund Sprache nachahmte, die nicht zu hören war. Jette konnte nicht anders, als sie anzustarren.

»Ach, du wirst schon noch drauf kommen, was ich meine. Ich kenne dich jetzt eine Weile und verwette mein Haus darauf, dass es keine Absicht war.« Sie gluckste.

Jette schüttelte den Kopf und ging an ihr vorbei, um zu duschen. Sie streifte sich den Slip herunter und ließ ihn neben der Dusche liegen. Dann griff sie nach dem Klickverschluss in ihrem Rücken. So sehr sie die Arme verrenkte, sie konnte ihn nicht erreichen. Genervt ging sie zum Spiegel.

»Ahhhhhh!«

Heidi kam angerannt. Jette zog die Arme vor ihren nackten Brüsten zusammen, als ihre Freundin die Tür aufriss.

»Ich wusste, dass du das nicht geplant hattest!«

»Ich habe mich gerade noch mit Jack unterhalten«, krächzte sie.

Heidi riss die Hand vor den Mund und brach in schallendes Gelächter aus. »Im Pool?« Sie hielt sich den Bauch.
»Ja! Ich stand vor ihm im Pool.«
»Wie weit ging das Wasser?«
»Bis zu meiner Taille.« Jette schluckte.
Heidi wieherte.
»Ich glaube, ich hatte meine Hände in die Hüften gestemmt, weil ich mich so über ihn geärgert hatte.«
Heidis Gelächter erreichte einen hysterischen Punkt, an dem ihr die Stimme versagte und sie sich nur noch stumm schüttelte.
»Das ist nicht witzig!«
Inzwischen kniete Heidi auf den Fliesen und schlug mit der flachen Hand darauf. »Doch! Doch, das ist es. Ich habe lange nicht so gelacht.« Sie hielt sich den Bauch.
Jette schnappte sich ein Handtuch und wickelte es sich um den Körper. »Ich werde ab sofort auf dem Zimmer bleiben. Schick mir Fotos von der Hochzeit. Ich kann dem Mann nicht mehr unter die Augen treten. Nie wieder!«
»Das ist übertrieben! Findest du nicht? Du hast schöne Brüste. Nicht so wie ich, nachdem ich zwei Kinder gestillt habe.«
Jettes Hand wischte durch die Luft. »Hier geht es nicht um Schönheit.«
»Ich finde doch. Du kannst stolz sein auf deinen Körper. Und da du nicht bemerkt hast, dass du nackt bist, warst du nicht so verklemmt, wie du es jetzt bist.« Sie grinste immer noch.
»Ich bin nicht verklemmt. Das ist ein angebrachtes Maß an Scham, wenn jemand dich in deinem Geburtsanzug gesehen hat.«

Heidi zuckte mit den Schultern. »Es tut dir auf jeden Fall gut und wenn du ihm nicht zu verstehen gibst, dass dir das nachträglich peinlich ist und den Kopf oben behältst, ist da auch nichts, das dir unangenehm sein muss.«
»O Gott!« Jette legte die Hände vors Gesicht.
»Was?«
»Ich hab ihn total angemacht. Er hat sich den Bart abrasiert und ich hab 'nen Witz drüber gerissen.« Am liebsten hätte sie zurückgespult und alles korrigiert. »Da sage ich einmal im Leben jemandem die Meinung und blamiere mich bis auf die Knochen!«
»Hihi. Ich stell's mir gerade vor. Wie du vor ihm stehst und ihm nackt 'ne Standpauke hältst. Das hat was.«
»Ich will sterben!«
»Nach dem Schnorcheltrip, meine Liebe. Geh unter die Dusche. Ich habe nämlich Hunger. Hoffentlich haben die so früh schon Frühstück im Angebot.«

Jette ließ das Handtuch von den Hüften rutschen und betrat die Dusche. Das warme Wasser weichte ihre angespannten Muskeln auf. Sie stand einfach nur da und ließ es sich über den Kopf laufen, die Augen geschlossen. So lange konnte sie überhaupt nicht duschen, dass sie sich sauber fühlte. Jedes Mal, wenn sie an Jack dachte, lief sie rot an. Was hatte sie gesagt? Dass man sein Gesicht sehen konnte? O Gott! O Gott!

Irgendwann drehte sie den Hahn dann doch zu. Sie atmete tief durch und öffnete die Glastür. Es gab nur einen Ausweg. So zu tun, als wäre nichts geschehen. Heidi hatte recht. Es war nur peinlich, wenn sie es so sah. Sie schluckte. Genau. Das würde sie jetzt tun.

Wo hatte sie eigentlich das Bikinioberteil gelassen? Sie schnappte sich das Handtuch von vorhin und verließ das Badezimmer.

»Darf ich?« Heidi quetschte sich an hier vorbei und schloss die Tür hinter sich.

Sie hatte es doch angezogen. Ganz sicher. Sie erinnerte sich noch, wie sie den Verschluss geschlossen hatte. Sie hatte ihn einrasten ... nein, klicken hatte sie ihn nicht gehört. Es musste sich beim Schwimmen gelöst haben. Das Oberteil lag nicht auf der Terrasse. Sie schob die Tür beiseite. Mit Glück hatte sie es erst auf dem Rückweg verloren oder beim Aussteigen. Dann war gar nichts passiert. Jack hatte sie niemals nackt gesehen und ...

Da! Sie sah das Oberteil im Wasser treiben. Dann erinnerte sie sich an ihren Hechtsprung in die Fluten. Völlig überflüssig, sich zu fragen, wann sie es verloren hatte. Natürlich gleich zu Beginn! Sie trat ins Wasser, der Saum des Handtuchs wurde nass und schwer. Schneller, als sie reagieren konnte, rutschte es nach unten. Mit einem Plumps folgte sie dem Handtuch. Es platschte laut. Mit glühendem Kopf und bis zum Kinn im Wasser sah sie sich um. Niemand zu sehen. Ihr Herz raste. Hier gab es bestimmt Kameras. Die würden geleakt werden und morgen kursierte bereits ein Video von ihr im Internet. Hashtag Europäerin. Sie raffte das Handtuch zusammen, das einige Kilo wog, und legte es sich um den Körper. Mit dem kleinen Finger angelte sie nach dem Oberteil und verließ schweren Schrittes den Pool. In diesem Zustand wollte sie sich nicht mehr umsehen. Sie wollte nur noch verschwinden.

KAPITEL 13

Jack ging halb zehn zum Frühstück. Halb elf sollte das Boot starten. Viel Zeit also, um sich zu stärken. Die Nacht war zerrissen gewesen. Erst hatte er lange keine Ruhe finden können, dann hatte er ab fünf nicht mehr geschlafen. Zum Glück war er gegen sieben wieder weggedämmert. Doch nachdem er ein zweites Mal an diesem Morgen erwacht und aufgestanden war, fühlte er sich ein wenig verdreht. Die Begegnung mit Jette heute früh am Pool ... er war unsicher, ob ihm sein übernächtigter Verstand nur einen Streich spielte. So musste es sein, alles andere ergab keinen Sinn.

Er steuerte auf das Frühstücksrestaurant zu, als sein Handy klingelte. Terry.

»Guten Morgen«, sagte Jack und legte bewusst ein Lächeln auf, auch wenn Terry es nicht sehen konnte.

»Hey, Kumpel. Ich muss mit dir sprechen. Der Ausflug heute fällt ins Wasser. Zumindest für uns. Wo bist du gerade? Dann komme ich rum.«

Jack war stehen geblieben. »Auf dem Weg zum Frühstück. Was ist passiert?« Er konnte sich nicht helfen, doch sein erster Impuls war es, Terry zu fragen, ob Emma ihn verlassen hatte.

»Erzähle ich gleich. Weißt du, wo die Mädels stecken? Emma hat versucht, sie zu erreichen, doch keine von beiden geht an ihr Handy.«

Also war Emma noch da. »Ich such sie. Möglicherweise frühstücken sie. Lass uns dort treffen.«

»Bis gleich.« Terry legte auf und Jack beschleunigte seinen Schritt.

Im Restaurant fand er die beiden nicht. Wieder vor dem Lokal ließ er seinen Blick über die Anlage schweifen. Nach wenigen Minuten hatte er die zwei Frauen auf Sonnenliegen an dem halbmondförmigen Pool entdeckt. Er steuerte mit schnellen Schritten darauf zu. Jette lag auf dem Rücken, ihr Gesicht von einem großen Hut bedeckt. Heidi schmökerte in einem Buch.

»Guten Morgen«, sagte er aus einiger Entfernung. Jack spürte, dass er sich unwohl fühlte.

Heidi nahm ihre Nase aus dem Buch und sah ihn an. Sofort wandelte sich ihr Gesicht zu einem Lächeln und Jack spürte, wie eine kleine Last von ihm abfiel. Jette rührte sich nicht und machte den Eindruck, als wäre sie eingeschlafen. Sie atmete ruhig und reglos unter dem großen Hut.

»Terry hat mich gerade angerufen. Es gibt irgendwelche Probleme. Er will mit uns reden. Wir treffen uns im Frühstücksrestaurant. Euch wollte er auch sprechen.«

Heidi setzte sich mit einem Ruck auf. Auch Jette drehte sich, sodass der Hut zu Boden glitt. Sie wirkte vollkommen wach.

»Was ist passiert?«, fragte Heidi.

Jack zuckte mit den Schultern. »Ich weiß es nicht. Er wollte sofort kommen und uns etwas sagen.«

»Dann kommen wir mit.« Heidi wickelte sich schon ein Tuch um die Hüften, während Jette sich in eine grüne Tunika zwängte. Sie wirkte fahrig, und Jack fiel auf, dass sie es vermied, ihn anzusehen. Das passte zu der Meinung, die er von ihr hatte. Prinzesschen. Auch heute Morgen hatte sie sich rüde verabschiedet, das wusste er noch. Warum sie sauer auf ihn gewesen war, war ihm entfallen. Er brauchte dringend mehr Schlaf.

Er lief voraus. Am Eingang zum Restaurant sahen sie Terry. Er winkte sie zu einem Tisch – ein großer runder aus massivem dunklen Holz. Terry stand auf, um den Mädels einen Kuss auf die Wange zu geben, drückte Jack an sich und nahm wieder Platz.

»Was ist los?« Heidi ergriff das Wort.

»Emma ist krank.« Terry musste den schockierten Gesichtsausdruck der Mädels gesehen haben, denn er redete schnell weiter. »Nichts Schlimmes. Eine Sommergrippe, würde ich sagen. Doch sie liegt im Bett, hat Gliederschmerzen und Schnupfen. Sie wird sich heute an keinerlei Aktivitäten beteiligen. Und ich bleibe bei ihr, damit sie nicht so allein ist.«

»Natürlich!«, sagte Heidi. »Das ist verständlich. Mach dir um uns keine Sorgen. Wir kommen klar. Wir vergnügen uns hier bestimmt ganz gut.«

»Sie ist traurig, dass das mit dem Ausflug nichts wird, und sie will unbedingt, dass ihr ihn macht«, sagte Terry.

»Ehrlich?« Jack schnaufte innerlich.

»Sie will, dass ihr Spaß habt. Ich weiß, den habt ihr auch ohne uns.« Terry grinste und sah von einem zum anderen. Jack folgte seinem Blick und bemerkte, wie Jette rot wurde.

»Es ist alles reserviert und bezahlt. Tut uns den Gefallen und nehmt dran teil, ohne dass wir dabei sind. Es wird euch Spaß machen. Versprochen. Emma hätte die ganze Zeit das Gefühl, euch im Stich zu lassen und würde versuchen, aus dem Bett zu kommen, um ihre Gäste zu unterhalten. Fahrt raus und lasst euch ein paar Naturschönheiten zeigen und heute Abend gucken wir mal, wie es ihr geht«, sagte Terry.

Jack sah, wie die Mädels nickten, während Terry redete. Er hatte keine Lust, mit den beiden einen Ausflug zu machen. Ihm war generell nicht nach so einer Touristenanimation. Haie, die mit frisch gefangenen Fischen angelockt wurden, um sie für die Touristen dicht an den Strand zu holen. Rochen in Scharen, die alle einmal gestreichelt werden sollten. Touristen, die in Flipflops durch den Dschungel streiften, in kurzen Hosen ohne Kenntnis der lokalen Fauna und Flora, die Sand und Muscheln in rauen Mengen ausführten, um sie zu Hause auf dem Kaminsims in gläsernen Gefäßen zu präsentieren, einen Rum nach dem nächsten kippten, bis sie am Abend volltrunken vom Steg wankten.

Nein, danke, nicht nach seinem Geschmack!

»Wir freuen uns drauf«, sagte Heidi. Jette nickte heftig.

»Natürlich«, erwiderte Jack. Damit war es entschieden.

»Sie soll sich erholen und sich ausruhen. Die Hochzeit ist wichtiger als diese Woche davor. Emma war noch nie lange krank. Wir werden Gelegenheit haben, miteinander zu quatschen. Wünsch ihr gute Besserung von uns, ja?«

Heidi hatte Terry beruhigt, das konnte Jack sehen. Sein Freund ließ die Schultern sinken und sein Gesicht klarte auf.

»Ich halte euch auf dem Laufenden. Tausend Dank. Ich muss wieder los. Ich will mal schauen, ob ich Emmas Appetit mit ein paar Pancakes und Ahornsirup anregen kann. Die liebt sie.« Er klopfte auf den Tisch. »Danke euch. Viel Spaß nachher. Das Boot fährt halb elf. Vergesst die Sonnencreme nicht.« Er winkte zum Abschied und ging ins Restaurant.

»Ich werde mir auch etwas zu essen holen«, sagte Jack und stand auf. Er kehrte den Mädels den Rücken zu, noch bevor die etwas sagen konnten. Wahrscheinlich kam das unhöflich rüber. Immerhin war nicht gesagt, dass sie bei seiner Rückkehr noch hier sitzen würden. Sie hatten augenscheinlich schon gefrühstückt.

Doch als er wenige Minuten später zurückkam, waren die beiden noch da und tranken einen Kaffee.

»Wir haben dir auch einen eingießen lassen«, sagte Heidi und deutete auf seine volle Tasse. Sie zwinkerte ihm zu. Jack brauchte einen Moment, bis ihm seine Szene von gestern Abend wieder einfiel. Er senkte den Blick.

»Danke. Habt ihr denn Lust auf die Tour?«, fragte er und musterte die beiden genau.

»Es tut mir sehr leid für Emma. Doch ich denke, wir werden einen schönen Tag haben«, sagte Heidi.

Er sah Jette an. Sie war auffällig still an diesem Morgen. Sie fing seinen Blick auf. »Natürlich! Ich kann mir nichts Schöneres vorstellen, als bei diesem Wetter durch kristallklares Wasser zu tauchen.« Dann wurde sie rot. Geradezu knallrot. Jack wusste, was ihr in diesem Augenblick eingefallen war. Er kannte diese Blicke, die Unsicherheit, die die Leute erfasste, wenn sie sich mit ihm unterhielten. Heidi hatte es ebenfalls bemerkt, denn sie sprach ihn direkt darauf an. »Kannst du mit der Prothese schwimmen gehen?«

Jack nahm einen Schluck von seinem dampfenden Kaffee. »Nicht mit dieser hier. Doch ich habe eine, die für Wasser geeignet ist. Im Grunde geht es auch ohne.« Er sah Jette direkt in die Augen. »Mir fehlen der Fuß und nur ein Stück vom Schienbein. Alles halb so wild. Es hätte schlimmer kommen können. Ich habe gelernt, mich damit im Wasser zu bewegen. Na ja. Es ist trotzdem nicht mein liebstes Medium.« Er verzog das Gesicht und schnitt sich ein Stück vom Omelett ab.

Jette hatte bisher nicht reagiert. Das hatte er auch nicht erwartet. Heidi hingegen war eine angenehme Gesprächspartnerin.

»Darf ich dich fragen, was passiert ist? Wenn es zu persönlich ist, musst du nicht antworten.«

»Nein, nein. Ist kein Geheimnis. Ich war beim Klettern, bin abgestürzt und das war's. Habe eine Woche im Koma gelegen. Die Organe auf der Seite haben was abgekriegt, das Bein war zertrümmert, doch die Brüche im Oberschenkel konnten sie behandeln. Der untere Teil des Schienbeins war nicht zu retten.« Er sah, wie Jette schluckte. »Die Lunge hatte auch etwas abbekommen. Ich benötigte mehr als eine Operation, doch neun Monate später ging es wieder bergauf. Ich bin nicht mehr so leistungsfähig wie früher. Doch es wird von Tag zu Tag besser.« Er zog die Mundwinkel nach oben.

»Du bist sehr aktiv, wenn ich Terry richtig verstanden habe«, sagte Heidi. »Respekt! Ich weiß nicht, ob ich mich nach so einem Schicksalsschlag wieder aufgerappelt hätte.«

Jack starrte auf die polierte Oberfläche des Tisches. Ein Blinzeln später sah er sich an einem sonnigen Tag zu einer Wanderung aufbrechen. Kies knirschte unter seinen Schuhen. Estrella neben ihm summte ein Lied. Sie holte das Handy raus und drehte ein Video. Ihre Follower wussten, dass sie das Wochenende klettern gehen wollte. Er schmunzelte, weil sie so natürlich vor der Kamera war, niemals zeigte sie ein aufgesetztes Lachen oder wirkte affektiert. Deshalb war sie so beliebt. Deshalb folgten ihr

Freiluftjunkies und die, die sich nicht von der Couch aufraffen konnten. Deshalb hatte er sie so geliebt. Unter anderem. Dieser Tag war fest auf seiner Netzhaut eingebrannt. Den nächsten hatte er komplett gelöscht. Selbstschutz, haben die Ärzte gesagt. Er wünschte, er hätte auch die darauffolgenden löschen können.

Jack beendete sein Omelett. »Ich hol mir noch ein paar Sachen und komme dann vor zum Steg«, sagte er. »Treffen wir uns dort in fünfzehn Minuten?«

»Das schaffen wir«, sagte Heidi.

Der Stuhl kratzte hörbar über den Boden, als er sich erhob. Er spürte eine winzige Unsicherheit auf den Beinen. Das hätte gerade noch gefehlt! Kurz stützte er sich auf dem Tisch ab, legte ein souveränes Lächeln auf und richtete sich auf.

»Bis nachher«, sagte er und verließ die beiden. Er hatte lange kein solches Flashback gehabt. Das verunsicherte ihn. Am liebsten würde er sich jetzt mit einem guten Buch auf seine Terrasse zurückziehen oder am Poolrand sitzen und einen Martini schlürfen. Stattdessen hieß es nun Eincremen und sich auf einen Tag im bunten Paradies einstellen. Inmitten von Touristen. Jack wäre lieber allein.

KAPITEL 14

Jette stopfte Sonnencreme, Schnorchel und Taucherbrille in eine Strandtasche. »Glaubst du, ich kann mir dort Flossen leihen?«

»Ja. Das hat Terry doch erzählt.« Heidis Stimme klang dumpf durch die Badezimmertür.

Als sie sie öffnete, trat Jette fast einen Schritt zurück. Sie hatte ihre Freundin nicht wiedererkannt. »Wow! Wo hast du das Teil denn her?«

Heidi drehte sich einmal um die Achse in einem hauchzarten Strandkleid mit goldener Stickerei. »Online bestellt.«

»Es ist der Hammer!«

»Danke. Ich fühle mich seit Langem endlich wieder wie eine Frau.«

Jette empfand sofort Mitgefühl. »Es war Zeit, dass du mal eine Auszeit bekommst. Ich wette, Jack wird die Spucke wegbleiben, wenn er dich sieht.«

Heidi legte die wenigen Schritte bis zu ihr zurück. Ihre Augen tanzten. »Er sieht heiß aus, seit er das ganze Fell aus dem Gesicht entfernt hat, oder?«, fragte sie. Mit schief gelegtem Kopf beobachtete sie Jette.

»Keine Ahnung, was du meinst.« Jette hustete.

Heidi ließ sie während der gesamten Zeit nicht aus den Augen. »Ich habe nicht vor zu flirten, nur weil mein Mann zu Hause geblieben ist und höchstwahrscheinlich keinen Gedanken an mich verschwendet. Noch nicht.«

Jette hörte die bittere Note ihrer Worte.

»Jack ist süß, aber er ist nicht mein Typ.«

»Verstehe ich«, sagte Jette.

Heidi grinste. »Vergiss den Hut nicht und das Bikinioberteil.«

»Sehr witzig!« Jette setzte Hut und Sonnenbrille auf. Auch wenn ihr klar war, dass ihre Freundin sie nur aufzog, tastete sie in einem unbeobachteten Moment nach den Trägern des Bikinioberteils, als sie die Tasche umhängte.

Jack stand schon neben dem Boot. Er hatte die Hände in den Taschen, eine Basecap auf den schwarzen Haaren und beobachtete sie, wie sie den Steg entlangkamen. Jette fühlte sich, als hätte sie zwei linke Füße. Ein straffer Wind blies ihr die Strandtunika fest an den Körper und sie wusste – auch ohne an sich herabzusehen –, dass man jede Wölbung ihres Körpers gut erkennen konnte. Zu dem Gefühl, völlig nackt zu sein, kam das Gefühl, neben Heidi unzulänglich zu wirken. Sie musste mit einer Hand ihren Hut festhalten, während Heidis an einem Band hinter ihr her flatterte. Die karamellfarbenen Haare umspielten ihr Gesicht, Jette versperrten bei jeder Böe dicke Strähnen die Sicht.

Jack war über eine Planke auf den Katamaran gelangt und stand nun am Rand, eine Hand ausgestreckt, um Heidi an Bord zu helfen. Sie bedankte sich bei ihm und suchte sich zügig einen Platz. Jette hätte es am liebsten selbst versucht, doch er ließ seinen Arm nicht sinken. Schließlich griff sie zu und er zog sie an Bord. Sie war überrascht von seinem festen Händedruck. Erwartet hatte sie, dass er sich schnell entfernte, sobald sie sicher auf dem Boot stand. Doch er zog sie mit Leichtigkeit über die Stufen, eine Hand an ihrer Hüfte und ließ erst los, als sie nach der Reling griff.

Jack folgte ihr in einigem Abstand und setzte sich neben sie und Heidi. Neben Jack ließ sich ein bärtiger Mann mit Familie nieder. Sein Sohn, Jette schätzte ihn auf vier Jahre, turnte über seine kräftigen Beine, bis er ihn anwies, still zu sitzen, da das Boot kurz davor war, abzulegen.

»Kriegsveteran?«

»Nein. Unfall«, sagte Jack. Sie unterhielten sich eine Weile, doch Jette konnte nicht verstehen, worüber. Der Captain stellte sich vor, erzählte etwas über den Tagesablauf und drehte dann die Musik auf, sodass alle Unterhaltungen eingestellt wurden, als sie ablegten.

Sie waren etwa eine halbe Stunde unterwegs, als der Katamaran langsamer wurde und eine Inselgruppe ansteuerte. Jettes Arm schmerzte vom langen Halten des Hutes. Sie hatte nicht gewagt, ihn in ihren Schoß zu legen, weil sie wusste, wie ihre Haare dann nach der Fahrt aussehen würden. Das Boot ankerte zwischen zwei Inseln.

»Kommst du?«, fragte Heidi.

»Ich wünsche euch viel Vergnügen beim Schnorcheln«, sagte Jack. »Ich werde derweil die Vorräte an Bord durchstöbern.« Er zwinkerte Heidi zu, die grinste.

Eine Kiste an Deck wurde geöffnet, aus der sich jeder Gast ein paar Schwimmflossen nehmen konnte. Jette schnappte sich ein rotes Paar und setzte sich auf eine Bank, um sie anzuziehen. Ihre Tasche hatte sie zusammen mit Hut und Sonnenbrille neben Jack stehen lassen. Er war im Gespräch mit dem Captain. Beide lachten und der Mann klopfte Jack heftig auf die Schulter. Sie starrte die Männer weiter an, während sie sich aufrichtete und zur Leiter tappte.

Ein weiteres Mal lachten sie. Lauter dieses Mal und Jette hob den Kopf, obwohl sie gerade die erste Sprosse besteigen wollte. Sie konnte sich nicht helfen, doch der Gedanke, dass Jack die peinliche Begegnung mit ihr von heute Morgen jemandem anvertrauen könnte, trieb ihr Schweißperlen auf die Stirn.

Sie verfehlte die Stufe nur leicht, doch schneller, als sie sich wehren konnte, rauschte sie nach unten auf die nächste, geriet ins Straucheln und kippte mit einem kräftigen Klatscher rückwärts ins Wasser. Jette nahm wahr, wie die Geräusche um sie herum – die Musik vom Boot, das Gerede der anderen Gäste – plötzlich gedämpft wurden und zu einer Klangmasse verschwammen. Sie spürte einen Schmerz an ihrem Fuß und verlor für wenige Sekunden die Orientierung. Mit einem Mal war der Himmel wieder über ihr. Sie hörte Stimmen und sah eine kräftige Hand, die ihr entgegengestreckt wurde. Sie griff danach. Von der anderen Seite spürte sie Hände an ihren Oberschenkeln. Jemand half ihr aus dem Wasser. Wasser lief ihr von der Stirn in die Augen und sie blinzelte. Mit zitternden Händen grapschte sie nach der Reling und bündelte ihre verbleibenden Kräfte, um sich hochzuziehen. Oben griff ihr ein Mann unter die Achseln und zog sie an Deck. Sie erkannte in ihm den Bärtigen, der neben Jack gesessen hatte.

»Geht's wieder?«, fragte er und sah ihr tief in die Augen. Sie blickte an ihm vorbei zu Jack, der hinter ihm stand. Auf den ersten Blick wirkte er besorgt. Das konnte nicht sein. Sie blinzelte. Ein Schmunzeln erschien zusätzlich zu einer hochgezogenen Augenbraue. Das passte besser zu ihm.

»Autsch!«

»Haben Sie sich verletzt?«, fragte der Mann vor ihr.

Sie blickte auf ihren Fuß und konnte nichts erkennen. Sie wollte schon den Kopf schütteln, als sie ein blutiges Rinnsal entdeckte, das sich immer schneller ausbreitete.

»Kommen Sie!« Er stützte sie ab und half ihr auf eine Bank.

»Hast du dich irgendwo geschnitten?« Das war Jack. Er kniete neben ihr und begutachtete ihren Fuß.

»An der Leiter, denke ich.«

Er umfasste ihn unterhalb des Schnitts und spannte ihn an. »Schmerzt das?«

Sie schluckte und schüttelte den Kopf.

»Das hier?« Er drehte ihn im Gelenk. Jette war angespannt, das hielt auch noch an, als sie bemerkte, dass es tatsächlich nur der Schnitt war, der schmerzte.

»Sie haben hier bestimmt ein Pflaster und im Hotel lassen wir mal die Schwester draufschauen.« Jack lächelte sie an. Dieses Mal hatte sie nicht das Gefühl, dass er sich über sie lustig machte.

»Hey! Süße! Was ist passiert?« Heidi war hinter ihm aufgetaucht. »Geht's dir gut?« Jack machte Heidi Platz. Sie ging in die Knie, um selbst ein Auge auf den Fuß zu werfen.

»Nichts passiert. Ehrlich. Ich bin von der Leiter gefallen. Also alles wie immer.« Jette zog eine Grimasse und sah aus dem Augenwinkel, wie Jack die Stirn runzelte.

»Das blutet ja ganz ordentlich.«

»Ist nur ein Schnitt. Es brennt, aber alles in Ordnung.«

»Kommen Sie! Ich habe den Verbandskasten beim Captain gefunden«, sagte der Mann, der sie aus dem Wasser gezogen hatte. Er zwinkerte ihr zu. Heidi hob die Augenbrauen und sah aus, als hätte Jette den Jackpot geknackt. Der Mann trug ein schwarzes Trägershirt, das sich eng um jeden einzelnen Muskel schmiegte. Die kräftigen Arme waren tätowiert. Der Ducktail-Bart unterstrich seine Maskulinität noch. Jette verstand auch ohne Worte, was Heidi sagen wollte. Der Typ sah heiß aus. Aber er war mit seiner Familie hier. Das allein genügte, um die Hormone in Schach zu halten. Jette beobachtete, wie er ihren Fuß desinfizierte. Dann hob er ihn ein Stück an und pustete. Bei Jette breitete sich augenblicklich eine Gänsehaut über dem ganzen Körper aus. Er musste es gesehen haben, denn seine Mundwinkel bogen sich leicht nach oben. Als die Desinfektionsflüssigkeit verdunstet war, klebte er das Heftpflaster über die Wunde, strich sanft über ihren Spann und setzte ihren Fuß auf dem Boden ab.

Jette atmete aus. Mit rotem Kopf warf sie einen Blick zu seiner Frau und dem Kind, die im Wasser planschten und bunte Fische beobachteten. Sie räusperte sich. »Vielen Dank. Jetzt will ich Sie aber nicht länger davon abhalten, einen entspannten Tag mit ihrer Familie zu verbringen. Ich habe ein schlechtes Gewissen, dass Sie sie wegen mir haben warten lassen.«

»Keine Sorge. Ich gehe so oft tauchen, wie ich kann. Heute begleite ich meine Schwester nur. Schnorcheln ist nicht mein Ding.«

Jette hörte, wie Heidi einen euphorischen Quieklaut ausstieß. Das brachte sie aus dem Konzept. »Trotzdem danke«, erwiderte sie schließlich.

»Aber Sie hatten sich sicherlich darauf gefreut. Vielleicht probieren Sie es noch einmal. Es wird brennen, sobald Salzwasser an die Wunde gerät, aber nur einen Moment. Wenn Sie das durchhalten, steht einem erneuten Versuch nichts im Wege.« Er wies auf die Leiter und Jette merkte, wie wenig

Lust sie verspürte, sich ein weiteres Mal in die Fluten zu stürzen.

»Ich bleibe hier. Aber, Heidi, du kannst schnorcheln gehen. Ich warte hier auf dich und mache ein paar Fotos.«

Heidi stand auf und zeigte zwei schneeweiße Zahnreihen, als sie hinter dem Mann stand. Jette betete, er möge sich nicht umdrehen.

»Ich bin Brandon.« Er streckte ihr eine kräftige Hand entgegen.

»Jette. Freut mich. Sie sind mit Ihrer Schwester hier?« An dem Aufleuchten in seinen Augen konnte sie sehen, dass er den Subtext herausgehört hatte. Wahrscheinlich hatten das alle, die noch auf dem Boot standen. Jette wäre am liebsten nach hinten abgetaucht.

»Megan. Ja. Und ihrem Sohn Timothy. Mein Schwager ist ans Bett gefesselt.«

»Grippe?«, fragte Jette.

»Nein.« Jette wartete, doch das war die einzige Erklärung, die er abgab.

»Und Sie reisen …« Er sah sich um. »Mit Ihrer Freundin?« Er kniete immer noch vor ihr und sah zu ihr hinauf. Sein Blick hatte Jack gestreift, der ein paar Meter weiter an der Reling stand und in diesem Augenblick zu ihnen schaute.

»Wir sind alle auf einer Hochzeit eingeladen, die hier in einer Woche stattfindet.« Sie schenkte ihm ein, wie sie hoffte, begeistertes Lächeln. Jack drehte sich um und ging auf die andere Seite des Katamarans. Dorthin, wo sie ihn nicht sehen konnte. Heidi winkte ihr aus dem Wasser zu und Jette spürte, dass sie und Brandon allein waren. Er wirkte wie ein netter Kerl und Jette wusste genau, was Heidi hatte andeuten wollen, doch der Gedanke, mit ihm zu flirten, reizte sie nicht. Er sah gut aus, keine Frage. Doch was, bitte, sollte ihr das bringen? Noch vor ein paar Tagen hatte ihr Körper gestreikt, weil sie sich seelisch überfordert hatte. Die Symptome waren seitdem nicht mehr aufgetaucht. Sie schrieb das dem Urlaub zu und der Tatsache, dass sie keinerlei Deadlines zu erfüllen hatte. Doch hin und wieder spukte Florian durch die Windungen ihres Gehirns. Sie merkte, dass sie nicht in der Lage war, ihn loszulassen. Sie liebte ihn. So innig und aufrichtig, dass sie sich noch nicht von ihm verabschieden konnte. Auch wenn Heidi ihr sagte, dass seine Gefühle andere waren. Ihr stand nicht der Sinn nach einem Flirt.

»Entschuldigung.« Sie stand auf. »Ich versuche das, was Sie mir geraten haben. Ich kann meine Freundin nicht die ganze Zeit allein lassen. Ich reiße mich zusammen. Danke für die Hilfe. Es geht schon wieder.«

Im ersten Moment akzeptierte sie, dass er ihr beim Aufstehen half, da sie noch eine Flosse am anderen Fuß trug und etwas wackelig war. Dann schüttelte sie seine Hand zum Dank und drehte sich um. Wo zur Hölle war die zweite Flosse? Egal. Sie zog die andere aus und ging ohne Flossen ins Wasser.

»Ich finde, er sieht traurig aus«, sagte Heidi, als sie sie erreicht hatte. Sie strampelte auf der Stelle, die Taucherbrille klebte an ihrer Stirn. »Hattest du keine Lust auf ein bisschen Umgarnung?« Sie drehte sich zu Jette.

Jette sah zu Brandon, der sich auf die Bank fläzte, den Kopf im Nacken, die Augen geschlossen. Auf sie machte er nicht den Eindruck. »Du wolltest doch, dass ich mal abschalte.«

»Er sieht aus, als wäre er der perfekte Mann dafür.« Heidi leckte sich über die Lippen und erntete einen Schwall Wasser von Jette.

»Na jedenfalls wirkt er auf mich nicht traurig.«

»Was? Nein. Nicht der, ich habe Jack gemeint«, sagte Heidi.

KAPITEL 15

Als sie am späten Nachmittag am Steg vor dem Hotel anlegten, spürte Jette bereits ein heftiges Brennen auf ihren Schultern. Sie sehnte nichts dringlicher herbei, als endlich aus der Sonne zu kommen und sich in After-Sun-Creme zu baden. Das Band der Flipflops rieb über ihren verbrannten Spann, und an der Stelle, an der sie sich geschnitten hatte, fühlte sich die Haut geschwollen und entzündet an.

»Wollen wir was zum Abendessen ausmachen?«, fragte Heidi. Sie schlenderte zwischen ihr und Jack. Ihre große Strandtasche baumelte an ihrer Schulter. Auf ihren Wangen zeichnete sich ein kräftiger, gesunder Teint ab. Die ersten Sommersprossen tanzten auf ihrer Nase. Winzige Sommersprossen.

Jette erkannte durch ihre Sonnenbrille, dass ihre eigenen sich dunkler gefärbt hatten und beinahe jeden Körperteil bedeckten. »Ich glaube, ich geh erst mal aufs Zimmer und bleibe dort. Plant mich bitte nicht ein.« Sie fühlte sich erledigt. In Deutschland war die Zeit einige Stunden fortgeschritten. Das und die großen Mengen Sonnenbestrahlung von heute hatten sie geschafft.

»Gehst du mit mir essen, Jack?«, hörte sie Heidi fragen. Die beiden verabredeten sich für sieben in einem der Restaurants.

Plötzlich klingelte Jettes Handy. Sie fischte es aus ihrer Tasche und verlor es beinahe auf dem Steg bei dem

Versuch, die Tasche über die Schulter zu werfen und den Anrufer anzunehmen. Sie hatte gesehen, wer es war.

»Florian!«, rief sie, als die Verbindung stand. Aus dem Augenwinkel sah sie, wie Heidi die Brauen hob. Sie deutete mit der Hand an, dass sie schon einmal Richtung Zimmer gehen würde, ohne auf sie zu warten. Sie wollte mit Florian in Ruhe reden.

»Hi.«

»Wie geht's dir?«, wollte er wissen.

»Ich erhole mich gut.«

»Du warst so schnell abgereist, wir konnten gar nicht mehr reden«, sagte er.

Sie spürte, wie sich wohlige Wärme in ihr ausbreitete. »Ich bin doch nur knappe zwei Wochen weg.« Was Besseres fiel ihr nicht ein.

»Ich habe dir so kurz vor deinem Urlaub ziemlich zugesetzt, oder?« Er hatte an sie gedacht! Ihre Gefühle waren ihm wichtig. Das konnte nur eins bedeuten.

»Ach, weißt du ...«

»Nein, nein. Ich habe das daran gemerkt, wie du mich abgewimmelt hast. So kenne ich dich gar nicht. Du musst ziemlich unter Stress gestanden haben.« Seine Stimme war tiefer geworden, die Pausen zwischen den Wörtern wurden länger. Jette bekam eine Gänsehaut.

»Es war tatsächlich ein bisschen viel in den letzten Tagen«, flüsterte sie.

»Du musst nichts sagen. Ich habe ein schlechtes Gewissen. Das hätte ich als dein Freund merken müssen. Entschuldige! Ich war nicht achtsam genug. Mein Buch hat mich wieder einmal so eingenommen, dass die Welt um mich herum verblasst ist. Das war nicht nett.«

»Es war ja nicht deine Schuld. Ich hätte dir sagen können, dass ich es nicht schaffe. In Zukunft mache ich das auch. Andererseits freue ich mich natürlich, wenn ich dir helfen kann. Das ist doch selbstverständlich.«

»Du bist ein Engel, Biene. Was würde ich nur ohne dich tun?«

Sie schmunzelte. »Wie läuft es denn so? Hast du jemanden gefunden, der dir weiterhilft?«

Er stöhnte so laut, dass sie sich augenblicklich Sorgen machte. Inzwischen hatte sie das Zimmer erreicht und verschaffte sich mit Hilfe der Karte Zutritt, das Handy zwischen Kinn und Ohr eingeklemmt. »Frag nicht«, sagte er.

»Was ist los?«

»Der Designer, den du mir empfohlen hast, liegt mit mir nicht auf einer Wellenlänge. Er versteht nicht, was ich will. Ich vermute, dass er keine Ahnung vom Buchmarkt hat.«

»Aber er hat schon seit Jahren ...« Weiter kam sie nicht.

»Er hat mir ganze zwei Vorschläge gemacht. Nichts von dem, was wir besprochen haben, hatte er berücksichtigt. Jetzt stehe ich da und habe die Wahl, mich für einen der Entwürfe zu entscheiden oder noch mal draufzuzahlen. Ich vermisse die Zeit, als du noch da warst.«

Jette spürte, wie ihr Herz zwei Nummern größer wurde. »Ich habe ein schlechtes Gewissen, dass ich dich habe hängen lassen«, sagte sie und meinte es auch so.

»Du kannst ja nichts dafür, dass wir nicht früher fertig geworden sind. Meinst du, du könntest mal draufschauen, wenn ich dir die Entwürfe schicke?«

Jette zögerte. »Weißt du, ich habe mein Laptop zu Hause gelassen. Anweisung vom Arzt.«

»Verstehe. Aber ein .pdf öffnet sich auch auf deinem Handy. Ich würde niemals verlangen, dass du an den Entwürfen arbeitest. Wofür hältst du mich?«

»Ich gucke gern mal rein.«

»Du bist ein Schatz!«

»Ich helfe dir gern. Heute Abend habe ich nichts weiter vor.«

»Großartig! Ich schicke sie dir gleich.«

Sie hatte ihn vermisst. Das wusste sie jetzt. Es war ein Gefühl wie Heimkommen, jetzt, da sie sich wieder mit ihm unterhielt. »Wie kommst du mit dem Buch voran?«

»Es läuft. Du … können wir später noch mal quatschen. Ich hab einen Parkplatz und muss zu einem Termin. War schön, mit dir zu sprechen. Viel Spaß noch auf …«

»Saint Vincent.«

»Wir hören uns.« Es knackte in der Leitung. Jette atmete langsam aus. Eine Weile lächelte sie, starrte hinaus auf die Terrasse, wo ein Licht nach dem nächsten entzündet wurde, weil die Dämmerung hereinbrach. Je dunkler es wurde, umso mehr spürte sie seine Abwesenheit. Wie schön war es gewesen, seine Stimme zu hören. Doch er war nicht hier. Aber bedeutete sein Anruf, dass sich ihr Kontakt intensivieren würde? Ihre Sehnsucht nach ihm wuchs, je mehr Zeit verstrich.

Sie sah auf ihr Handy, genau in dem Augenblick, als seine E-Mail eintrudelte. Sie zu öffnen, fühlte sich beinahe so an, als würden sie sich nahe sein. Er hatte zwei wirklich schöne Cover geschickt. Eines sehr klassisch und dem Zeitgeist entsprechend. Diese Art Romantik-Cover sah man jetzt überall. Das zweite deutlich mutiger, mit einer untypischen Schriftart für den Titel, doch es berührte sie auf einer

Ebene, die sie nicht beschreiben konnte. Ihr Kollege hatte es echt drauf. Sie öffnete den Messenger und schrieb Florian eine Nachricht.

Ich liebe Nummer 2.

Er las die Nachricht. Als sie erkannte, dass er an einer Antwort tippte, klopfte ihr Herz. Nach einigen Minuten erschien ein längerer Text.

Ich finde nicht, dass es die Tiefe widerspiegelt, die das Buch hat. Es wirkt wie ein Groschenroman. Was sagt dein geübtes Auge? An welchen Schrauben sollte man noch drehen? Ich bin so froh, dass es dich gibt. Vielleicht sind es die Farben. Ein bisschen zu kitschig, oder? Ich würde auf Pink verzichten. Ein Buch für Erwachsene, quasi ein erwachsenes Buch, braucht keine rosa Wölkchen.

Sie antwortete: *Brauchen wir nicht alle manchmal rosa Wölkchen?*

Er schrieb erneut.

Vielleicht hätte er ein Foto verwenden sollen und keine Zeichnung. Es wirkt etwas fad, findest du nicht?

Jette schnaufte. Ihre Haut spannte und während sie überlegte, was sie tippen wollte, zog sie schon einmal die Sachen vom Tag aus.

Mir gefällt es, aber wenn du es nicht magst, solltest du das Gespräch mit ihm suchen. Vielleicht habt ihr euch bisher nur missverstanden.

Sie ging ins Badezimmer und holte sich die Lotion. Zurück auf dem Bett verteilte sie sie auf Armen und Beinen, bis sie sich traute, sie auch auf die Schultern zu schmieren.

»Autsch!«

Das brannte ja. Sobald Heidi kam, würde sie sie bitten, ihr den roten Rücken einzucremen. Wo war sie eigentlich so lange? Bestimmt war sie nicht in ihren Strandklamotten zum

Essen gegangen. Hm. Wahrscheinlich stand sie noch mit Jack vor der Tür und quatschte. Jette lauschte in die Stille. Hören konnte sie nichts. Sie tappte zur Eingangstür und legte ein Ohr dagegen. Nichts. Dann wurde ihr klar, dass Heidi diese Tür jeden Moment öffnen konnte. Und sie stand dahinter, nackt, eingecremt, glänzend wie eine Speckschwarte. Augenblicklich bog sie ins Badezimmer ab und angelte sich einen der Bademäntel, in den sie hineinschlüpfte. Dann kehrte sie zum Bett zurück und aktivierte ihr Display. Florian hatte geantwortet.

Würdest du mal mit ihm telefonieren? Ihr seid beide vom selben Fach, aber du verstehst, was ich will. Du kannst es ihm bestimmt besser erklären.

Da sie nicht geantwortet hatte, hatte er die Telefonnummer des Mannes gleich hinterhergeschickt. Sie sah, dass er noch online war und wartete. In diesem Moment öffnete sich die Tür und Heidi kam herein. Jette ließ das Handy fallen. Es landete auf der Tagesdecke.

»Naa? Du siehst ja schuldbewusst aus. Was ist los?«

»Nichts.«

»Mit wem telefonierst du?«

»Gar nicht.« Jette schaltete das Handy aus.

»O nein!« Ihre Freundin stellte die Tasche ab und kam näher. »Was will er?«

Jette bemühte sich um einen Blick, der Unverständnis ausdrücken sollte. An Heidis schief gelegtem Kopf konnte sie erkennen, dass ihre Freundin sich nicht in die Irre führen ließ. »Er hat gefragt, wie es mir geht und meine Meinung zu seinem neuen Cover eingeholt. Das ist doch nett.«

»Wie geht's dir denn?«

»Mein Körper steht in Flammen!« Jette riss sich den Bademantel von den Schultern.

»Ui! Hast du dich denn nicht eingecremt?«

»Doch!«, jammerte Jette. »Aber der Lichtschutzfaktor muss erst noch erfunden werden, mit dem ich sechs Stunden Sonne überstehe.«

Heidi beugte sich nach vorn und warf einen Blick auf Jettes Rücken. »Das sieht schmerzhaft aus.«

»Ist es.«

»Und dein Fuß?«

Jette streckte ihn nach vorn.

»Der sieht entzündet aus. Vielleicht lässt du mal die Schwester draufschauen, wie Brandon es dir vorhin geraten hat.«

»Ach was. Ich geh es gleich kalt abspülen und leg mich hin. Heute bleibe ich hier und lass mir was vom Zimmerservice kommen. Einen Abend Ruhe, das wird helfen.« Sie legte sich demonstrativ auf ihre Bettseite.

»Wie du willst.« Heidi verschwand im Badezimmer. »Hat er sich nach deinem Kopf erkundigt?«

Jette verdrehte die Augen. »Das wird er noch.«

»Du bist ein hoffnungsloser Fall.« Heidi steckte den Kopf aus der Tür, nur um ihn demonstrativ zu schütteln.

»Ich dachte eher das Gegenteil«, flüsterte Jette.

»Tu mal was für dich und wehre dich gegen diese Art von Ignoranz. Alles andere empfinde ich so langsam als einen Affront gegen uns Frauen.«

Jette seufzte. Unter Heidis stechendem Blick holte sie das Handy hervor und tippte schnell eine Antwort an Florian. Er war nicht mehr online. Schade.

Das ist zu teuer von hier. Ich würde dir gern helfen, aber das wird nichts.

Sie schickte es ab und wartete auf eine Antwort.

»Zufrieden?«

Heidi warf ihr ein Küsschen zu und verschwand wieder. Hoffentlich war er nicht böse, weil sie keine Zeit für ihn hatte. Mit dem Designer von hier aus telefonieren? Das war ihr zu kostspielig. Er sah die Nachricht, reagierte aber nicht. Während der gesamten Zeit, die Heidi im Badezimmer duschte, schaute sie immer wieder auf ihr Handy. Ohne Erfolg. Florian würde nicht mehr antworten. Das kannte sie schon von ihm. Wenn nicht gleich etwas kam, folgte auch später nichts. Sie zweifelte an ihrer Entscheidung und hinterfragte, ob sie nicht hätte, entgegenkommender sein müssen. Immerhin hatte sie den Auftrag erst angenommen und dann nach einer Woche wieder abgegeben. Das hatte ihn Zeit gekostet. Für ihre gestresste Seele konnte er nichts. Sie hätte ihm ja gleich reinen Wein einschenken können und sagen, dass sie es zeitlich nicht hinbekam.

Ihre Finger kreisten über dem Display. Sollte sie zurückrudern? Vorschlagen, dass sie sich per E-Mail mit dem Designer austauschte. Sie hatte hier viel Zeit. Die Nachrichten könnte sie auch am Pool lesen. Das war nicht weiter wild. Wie lange konnte das schon dauern?

»O Gott!«, hörte sie Heidi aus dem Badezimmer rufen. Die Tür wurde aufgerissen und ihre Freundin steckte dieses Mal einen nassen Kopf heraus. »Ich habe ganz vergessen, dir das Wichtigste zu erzählen. Die Sache mit Florian hat mich rausgebracht. Offensichtlich werde ich alt.«

»Was ist passiert? Jette drückte das Kreuz durch.

Jack und ich sind vorhin noch zu Emma und Terry spaziert. Wir wollten Bescheid geben, dass wir zurück sind und fragen, wie es Emma geht. Terry hat die Tür nur einen Spalt geöffnet. Er sah schlecht aus.«

»Was?«

»Emma hat ihn angesteckt. Jetzt liegen beide flach und Emma geht es nicht besser.«

»Du liebe Güte!«

»Ja. Der Arzt war schon da. Es ist alles nicht schlimm. Sie brauchen nur Ruhe und müssen viel trinken. Er hat ihnen was gegen die Gliederschmerzen gegeben und die Schwester schaut regelmäßig vorbei.«

»Wie ärgerlich! Sie sitzen in diesem Resort und können das Zimmer nicht verlassen!« Jette war erschüttert.

»Der Arzt meinte, sie dürften erst wieder unter Leute, wenn das Fieber vierundzwanzig Stunden verschwunden ist. Sonst stecken sie hier alle an und das will niemand.«

»Verstehe.«

»Das Eigentliche kommt noch. Sie bitten darum, dass sich jemand der Hochzeitsvorbereitungen annimmt.«

»Was heißt das?«

»Es müssen noch ein paar Entscheidungen vom Brautpaar getroffen werden. Die Stühle aussuchen, Farben der Schleifen, Tischdeko ... ich habe mich angeboten, aber Emma lässt fragen, ob du Lust hättest. Sie hat recht. Du weißt besser, was ihr gefällt, und du hast durch deine Ausbildung ein viel besseres Auge für diese Dinge. Ich würde vermutlich enorm an der Kitschschraube drehen.« Heidi grinste. »Aber wenn es dir zu viel wird ...«

»Nein! Das mache ich sehr gern!«

»Großartig. Ach ja. Und Terry besteht darauf, dass Jack dir hilft.« Sie zog sich ins Badezimmer zurück und schloss die Tür.

»Was?« Jette sprang auf. Sie öffnete sie wieder. »Wozu brauchen wir Jack?«

»Terry legt Wert darauf, dass die männliche Note nicht fehlt. Irgend so was. Ich hab ihn nicht richtig verstanden. Er wurde ständig von Hustensalven geschüttelt.«

»Na, super!«

»Das hat Jack auch gesagt, als Emma dich vorgeschlagen hat.« Jette hörte ihre Freundin lachen. Sie legte ihr Handy auf die Kommode.

KAPITEL 16

Emma hatte ihr alle Informationen geschickt, ebenso die Ansprechpartner. Sie klang schwach am Telefon, weshalb Jette das Gespräch auf ein Minimum begrenzt hatte. Zu guter Letzt erhielt sie noch die Handynummer von Jack, die sie unter *Der Klugscheißer* abspeicherte. Sie sollte sich mit ihm absprechen, doch in ihr wuchs eine Ablehnung gegen die Idee, dass sie ihn die nächsten Tage an der Backe haben würde. Warum sollte sie ihn über all ihre Schritte informieren? Er hatte ebenso den Auftrag vom Bräutigam erhalten. Er konnte sich auch bei ihr melden. Sie warf einen sehnsüchtigen Blick auf Heidi, die, schon im Strandoutfit, ihre große Tasche packte und sich anschließend den Sonnenhut aufsetzte.

»Bist du sicher, dass ich nicht mitkommen soll?«, fragte sie.

»Ja, ja. Es ergibt keinen Sinn, dass wir uns beide damit beschäftigen. Du brauchst die Auszeit genauso dringend. Geh dich sonnen! Wir telefonieren uns später zusammen. So lange kann das ja nicht dauern. In diesem Hotel heiraten die Leute doch am laufenden Band.«

»Danke.« Heidi drückte sie und verließ das Zimmer.

Jette schnappte sich eine Zimmerkarte, schlüpfte in ein paar rote Sandalen und folgte ihr kurz darauf. Die Hochzeitsplanerin erwartete sie in ihrem Büro hinter einer großen Glaswand. Trotz der Wärme trug sie ein cremefarbenes

Jackett über ihrem Bleistiftrock. Sie führte Jette zu einem paar Sessel, die so tief waren, dass Jette bis zu den Schultern versank. »Einen Augenblick bitte. Ich hole die Unterlagen.« Mit diesen Worten verließ sie Jette und eilte in das Nachbarzimmer. Jettes Blick streifte über die türkisfarbenen Wände, an denen goldgerahmte Bilder vergangener Hochzeiten hingen. Ein Ehepaar, das am Strand entlanglief. Sie raffte ihr Kleid, um es vor einer Welle zu schützen, er hatte die Hemdsärmel hochgekrempelt und trug das Jackett über der Schulter. Eine Braut umringt von ihren Brautjungfern, alle in hellblauen Chiffonkleidern, mit denen der Wind spielte. Die Hochzeitsgesellschaft in einer schneeweißen Kapelle, um sie herum der tiefblaue Ozean. Jette verspürte die Lust, eine Reservierung für ihre eigene Hochzeit zu hinterlassen. Sie würde am Strand heiraten wollen, keine Kapelle, kein Bogen. Barfuß, ein Strauß aus zarten weißen Blüten in der Hand. Sie dachte daran, wie Florian diese Idee gefallen würde, doch je stärker sie sich bemühte, ein Bild von ihnen beiden vor dem Sonnenuntergang in den Kopf zu bekommen, desto unschärfer wurde es. Das liegt wahrscheinlich daran, dass du nicht an ein Happy End glaubst, sagte sie sich und wischte die Illusion beiseite.

»Ich bin Tessa. Wollen wir?« Die dunkelhaarige Frau stand wieder vor ihr, eine Akte fest an sich gedrückt und lächelte.

»Gern. Ich bin Jette.«

»Jette.« Sie sprach es probeweise aus und Jette fiel auf, dass ihr Name für die Frau nicht einfach war. Sie nickte und schickte ihr ein zuversichtliches Lächeln.

»Ich dachte mir, wir schauen uns als Erstes die Locations an. Das ist für uns das Wichtigste. Darauf baut alles andere auf.«

»Verstehe ich.« Die Frau ging schnell in ihren hochhackigen Schuhen. Jette musste sich ranhalten.

»Sollte nicht der Trauzeuge auch dabei sein? Ich habe die Info bekommen, dass er für den Bräutigam einspringt?«, fragte Tessa.

»Ich vermute, er hat einen anderen Termin. Das ist kein Problem. Wir können auch ohne ihn anfangen«, sagte Jette. Sie war nicht sicher, ob Jack die Info bekommen hatte, wo sie sich mit der Planerin treffen sollten. Doch da er um zehn nicht erschienen war, empfand sie es als unnötig auf ihn zu warten. So bestand eine geringe Chance, dass dies ein entspannter Vormittag werden würde.

»Entschuldigen Sie bitte die Verspätung.«

Dahin der Traum. Vor ihnen stand Jack. Er trug ein Hawaiihemd über einer cremefarbenen Chino und funkelte sie an.

»Perfekt«, sagte Tessa und lächelte. »Wir bieten zwei Möglichkeiten bei uns im Resort an. Sie können direkt am Strand heiraten oder sie wählen die Variante in der Kapelle, die sich über dem Wasser befindet. Sie hat Platz für fünfzig Gäste. Das wird in diesem Fall passen.«

»Der Strand«, sagte Jette, ohne lange nachzudenken.

»Ich werde Sie Ihnen trotzdem zeigen. Nur zur Sicherheit. Sie ist nur ein paar Schritte entfernt. Kommen Sie.«

Tessa ging auf dem schmalen Weg voraus. Jack stellte sich neben Jette. »Wieso hast du nicht Bescheid gesagt?«, zischte er.

»Du wusstest doch, wo wir uns treffen.«

»Nein. Ich bin davon ausgegangen, dass du dich meldest. Ich habe Heidi am Pool getroffen und von ihr alle Infos bekommen. Emma hat dich gestern Abend angerufen. Sie hat sich drauf verlassen, dass du dich bei mir meldest.« Sie hörte seine Verärgerung.

»Sorry«, sagte sie und fühlte sich wie ein Loser. »Ich bin davon ausgegangen, dass du ohnehin nicht viel Lust dazu verspürst, oder liege ich da falsch?«, flüsterte sie.

»Das siehst du richtig.«

»Warum bist du dann hier? Geh an den Pool und beschwer dich später, dass ich dich nicht eingeweiht habe!«

Er hielt inne und schickte ihr einen Blick, den sie nicht einordnen konnte. Natürlich machte er ihr einen Vorwurf. Sie hatte nichts anderes erwartet. Sie zu piesacken, bereitete ihm Vergnügen. Wahrscheinlich hatte ihn sein eigenes Unglück so verbittert gemacht, dass er auf weniger traurigen Menschen rumhacken musste. Was für ein weinerlicher Kerl!

Vor ihnen öffnete Tessa eine Tür. Jette ging hindurch und nickte Tessa zum Dank zu, die die Tür für Jack aufhielt.

»Was sagen Sie? Die Glastüren können geöffnet werden, wenn der Wind nicht zu stark ist, weht hier drinnen eine sanfte Brise. An dieser Stelle kann ein Rosenbogen stehen. Hier, rechts und links Stühle in Zweierreihen.«

Jette riss sich aus dem Strudel der Wut, die sie über Jack empfand und ließ sie hinter sich. Die Stille in diesem Raum wurde nur unterbrochen durch das hohle Geräusch, das die Absätze von Tessas Schuhen auf dem Glasboden machten. Jette hörte ihren Atem. Er ging schnell, doch sie beruhigte ihn sofort, als es in ihr Bewusstsein trat. Draußen rollten die Wellen lautlos an den Strand. Die Musik aus den

Lautsprechern in den Rabatten war verstummt. Sie konnte einige junge Frauen sehen, die sich in die Fluten stürzten. Sie quiekten vor Freude, als ihre Männer ihnen hinterherjagten, doch all das sah sie nur in ihren Gesichtern. Sie hörte es nicht.

»Wie friedlich!«, sagte sie. Tessa nickte. Dasselbe beruhigende Gefühl, das sie in Kirchen ereilte, nahm von ihr Besitz.

»Das ist ein großer Vorteil. Die meisten Paare träumen von einer Hochzeit am Strand, wenn sie hierherkommen, doch niemand berücksichtigt, dass wir den Strand für den Zeitraum der Feierlichkeiten nicht absperren können. Sie werden umringt sein von Touristen in Badekleidung, die sich das Schauspiel angucken. Nicht jeder wird leise sein und im schlimmsten Fall hat jemand einen Gettoblaster dabei. Das können wir nicht verhindern. Wirklich ruhig wird es am Strand nur nach Einbruch der Dunkelheit oder in den frühen Morgenstunden. Sie sollten das bei ihrer Entscheidung berücksichtigen.«

Jette nickte. »Sie haben recht. Das hier ist es.«

Tessa schlug die Akte auf und zückte einen Stift.

»Sie sagten, Sie hätten zwei Möglichkeiten im Resort. Was bedeutet das?« Jack trat dichter an die beiden heran.

Jette holte tief Luft. Natürlich konnte er ihre Entscheidung nicht einfach so hinnehmen. Sie hatte ihn heute sitzen lassen und dafür musste sie büßen.

»Wir können natürlich noch eine Hochzeit an pittoresken Orten überall auf der Insel organisieren. Beim Tauchen, an einem anderen Strand, der etwas einsamer gelegen ist oder auch sehr beliebt … Heiraten vor den Wasserfällen.«

»Den Wasserfällen?« Jacks Miene hellte sich auf. Jette dachte an eine Wanderung in Abendgarderobe durch den Dschungel und Schlammspritzer auf Emmas Kleid. Sie schüttelte den Kopf.

»Sei nicht so ablehnend. Das sollten wir uns ansehen«, sagte Jack.

»Das ist nichts von den Möglichkeiten, die Emma ins Auge gefasst hat. Das weiß ich.«

»Aber vielleicht ist es etwas, das Terry gefällt. Hast du daran schon gedacht?«

Ihr Seufzen war so laut, dass Tessa den Kopf senkte und die beiden allein ließ. Sie ging zu den zwei großen Schiebetüren am Ende des Raumes und zog sie auf.

»Bitte! Der Frau ist die Hochzeit doch meistens am wichtigsten. Die Männer interessieren sich nicht für die Details. Aber die Frauen träumen davon, seit sie kleine Mädchen sind.«

Jack nickte und grinste gleichzeitig. »In deiner Welt ist das bestimmt so. Doch ich wette, Terry will wissen, wofür er ein Vermögen rausschmeißt.«

Jette zuckte zurück. »Wieso rausschmeißen?«

Jack warf einen Blick zu Tessa, bevor er näher kam. »Weil er bestimmt, ein Jahr arbeiten muss, um diesen ganzen Schickimicki hier zu bezahlen.«

»Emma ist berufstätig!«, schleuderte ihm Jette entgegen.

»Das stimmt. Sie ist die Ausnahme. Doch auch in diesem Fall steuert sie, wie so oft, nur einen Bruchteil zu.«

»Was ist dein Problem? Magst du Emma nicht?« Jette hatte die Arme vor der Brust verschränkt und schwor sich, dass sie diesen Mann über das Geländer dieses Pavillons werfen würde, wenn er die falsche Antwort gab. Prothese hin oder her.

»Klar mag ich sie. Terry hat großes Glück. Darum geht's nicht.«

»Worum geht es dann?«

Die Schritte der Hochzeitsplanerin kamen näher. Jette ließ die Schultern ganz bewusst sinken, die sich in der letzten Minute schmerzhaft verspannt hatten. »Wollen wir noch einmal zum Strand schauen?«

Sie gab sich geschlagen und nickte. Was konnte die Frau schon dafür, dass sie diesen Querulanten im Team hatte. Von Jack, der sie immer noch anstarrte, kam nichts. Sie hatte auch nicht damit gerechnet, dass er eine sinnvolle Erklärung liefern würde. Er gehörte zur Mannschaft ›Dagegen‹. Wahrscheinlich der Typ, der sich gerade mal so über Wasser hielt, weil er keine Lust hatte, sein Leben in einem Büro zu verbringen. Immer mit der Nase im Wind, auf dem Weg dorthin, wohin er ihn blies. Ein moderner Landstreicher. Eigentlich hatte der Bart perfekt zu ihm gepasst. Sie schaute sich nicht nach ihm um, als sie Tessa aus der romantischen Kapelle heraus folgte. Ihr war es gleich, ob er mit ihnen Schritt halten konnte. Der Verlust seines Fußes rechtfertigte noch lange nicht dieses rotzige Benehmen, das er ihr gegenüber an den Tag legte.

Am Strand war es voll, nicht gerade laut, doch friedlich war etwas anderes. Außerdem spürte Jette nach wenigen Sekunden die Hitze. Wenn sie sich vorstellte, dass die Brautgesellschaft und das Brautpaar mindestens eine halbe oder sogar eine Stunde hier stehen würden, festlich gekleidet, selbst wenn es sich um dünnen Stoff handelte ... dieser Gedanke trieb ihr den Schweiß auf die Stirn.

»Ich halte die Kapelle nach wie vor für die beste Lösung«, sagte sie. Nun wanderten ihre Augen doch zu Jack. Der stand hinter ihnen, die Hände in den Taschen, die Miene undurchdringlich. Das würde ein langer Vormittag werden.

»Soll ich das so eintragen?«, fragte Tessa. Sie richtete diese Frage an Jack. Ihr war klar, dass er die ausschlaggebende Stimme hatte. Jette wurde das in diesem Augenblick bewusst. Wer nörgelt, kriegt Recht. Sie verschränkte die Arme vor der Brust und neigte den Kopf.

»Die Kapelle«, sagte Jack und zuckte mit den Schultern. Dann drehte er sich um und ließ den Blickkontakt zu Jette abbrechen.

Was für ein schaler Sieg, dachte sie. Sie hatte die beste Location gewählt. Emma hatte niemals über Wasserfälle gesprochen. Sie handelte ganz im Sinne ihrer Freundin. Sie selbst hätte zu Beginn zugunsten des Strands entschieden. Jack ließ es so aussehen, als würde sie nur ihren Willen durchsetzen wollen. Hätte Terry die Wasserfälle gewollt, wäre das vor zwei Abenden zur Sprache gekommen, als sie gemeinsam essen waren.

»Schauen wir uns doch diese Wasserfälle an«, sagte sie und spürte ein Kribbeln im ganzen Körper, als sie es ausgesprochen hatte. Eigentlich verabscheute sie die Idee, aber dieser Mann machte sie so wütend. Jetzt hatte sie den Salat!

Tessa klappte den Ordner zu. Die Frau war ein Profi. Ihre Miene verriet keinerlei Gefühlsregung. Jette war ihr dankbar dafür und doch schämte sie sich, dass sie so viele Umstände verursachten.

»Ist es in der Nähe?«, fragte sie. In ihrem Rücken spürte sie Jacks Blicke. Er hatte keinen Einspruch erhoben. Eigentlich hatte sie nicht durch seine Gnade zum Ziel kommen wollen, doch er sollte auch nicht glauben, dass er sie geschlagen hatte. Sie war nur höflich und gab ihm die Gelegenheit, selbst zu erkennen, was für eine unsinnige Idee diese Wasserfälle waren.

»Knappe dreißig Kilometer. Etwa eine Autostunde von hier.«

»Das klingt doch recht aufwendig, oder?«, flüsterte Jette. Da von keiner Seite Einwände kamen, beließ sie es dabei.

»Also gut.«

»Fein«, sagte Jack und trat neben die Planerin. »Ist das in dem Paket enthalten, das Mr Hudson gebucht hat?«

»Selbstverständlich.«

»Großartig! Dann los.«

»Jetzt, sofort?«, fragte Jette.

»Worauf wollen wir warten? Das Hotel braucht eine Entscheidung.«

Tessa stimmte ihm mit einem Nicken zu. Wieso fühlte es sich plötzlich so an, als wäre Jette diejenige, die den ganzen Prozess in die Länge zog?

»Fein. Ich muss noch mal aufs Zimmer.«

»Ich lasse Sie von einem unserer Fahrer hinbringen. Auf mich wartet ein Anschlusstermin. Doch wenn es Ihnen recht ist, können wir morgen gegen elf an dieser Stelle weitermachen.« Tessa wirkte vollkommen entspannt. Die Verzögerung beeindruckte sie nicht. Offensichtlich war sie es gewohnt, mit launischen Kunden zusammenzuarbeiten.

»Sehr gern«, sagte Jette.

»Wir treffen uns auf dem Parkplatz«, sagte Jack, hob die Hand und verließ sie. Seine Gleichgültigkeit ihr gegenüber war für jeden sichtbar.

Jette war es unangenehm vor Tessa, dass sie so schlecht miteinander zurechtkamen. Sie wollte keine Fremde damit belästigen. »Vielen Dank. Bitte entschuldigen Sie, dass wir es Ihnen so schwer machen.« Zur Not nahm sie die Schuld auf sich. Zumindest einen Teil. Sie gab der Frau die Hand.

Tessa wischte mit der Hand durch die Luft, als wolle sie eine Fliege verscheuchen. »Keine Sorge. Die meisten Paare, die ich erlebe, streiten sich während der Planung. Sie wären überrascht.« Sie zwinkerte ihr zu.

»Oh, nein. Wir sind kein Paar. Wir haben uns hier vor zwei Tagen kennengelernt«, beeilte Jette sich, zu sagen.

»Sie wirken so offen und vertraut miteinander. Entschuldigen Sie.« Jette wurde rot. Bevor sie diesem Mann vertraute, würde sie eher nackt bei Mitternacht durch den Dschungel rennen.

KAPITEL 17

Seit fünfzehn Minuten wartete Jack gemeinsam mit dem Fahrer im klimatisierten Jeep. Er hatte unzählige Paare flanieren sehen, mit überdimensionalen Strandtaschen und sündhaft teuren Sonnenbrillen. Die Haare gestylt wie für eine Abendveranstaltung, auch wenn Wind und Luftfeuchtigkeit sich sofort darauf stürzen würden, um für Gleichheit unter allen Strandbesuchern zu sorgen. Perfekte Körper trugen farbgewaltige Bademoden. Die Szenerie wirkte wie eine ›Lilly Pulitzer‹-Kampagne. Und immer war das Handy mit dabei. Schlanke, manikürte Hände reckten Mobiltelefone in die Luft, um einen gestellt spontanen, aber entscheidenden Moment im Leben einzufangen. Glücklich, aus dem Vollen schöpfend. Leben sie ihr Leben schon am Maximum? Holen sie raus, was geht? Beginnen sie jeden Tag, als wäre es ihr letzter? Jack kannte die Bauernfänger in den sozialen Medien, die den Leuten das Gefühl gaben, ihre Zeit auf Erden zu verschwenden.

Nein! Er machte es anders und das war auch gut so. Nicht jeden Tag mit dem Gedanken an den bevorstehenden Tod aufzuwachen, hatte seine Vorteile. Einfach mal alles als gegeben hinnehmen: ein wahrer Luxus. Nicht die Erwartung anderer erfüllen müssen: sein Credo.

Einige Meter entfernt gab eine junge Brünette ihrem Begleiter Anweisungen, in welche Höhe er das Handy halten müsse, um sie abzulichten. Das kräftige Make-up, die geglätteten Haare, die falschen Brüste und Fingernägel, dazu ihre lasziven Bewegungen ... Jack konnte sich nicht helfen, doch er musste sofort an den Dreh eines Sexfilmchens denken.

Endlich trat Jette aus dem Gebäude. Sie trug Sandalen. Lächerlich! Er war davon ausgegangen, dass sie die kostbare Zeit genutzt hatte, sich etwas Praktisches anzuziehen. Seine Recherche im Netz hatte ergeben, dass man zu den Wasserfällen ein Stück laufen musste. Es gab Pfade, doch die waren nicht gepflastert. Rechts und links vom Wegrand Dschungel. Sie trug das kurze weiße Kleid. Auf den Bildern bei Google sah man endlose Treppenstufen, Geröllwege und einen Fluss, der überquert werden musste. Er selbst hatte sich vorbereitet und Moskitospray aufgetragen. Bei genauerer Betrachtung war es doch nicht die ideale Location für eine Hochzeit. Aber jetzt gab es kein Zurück mehr. Er hatte sich von dieser Tussi reizen lassen und war weiter gegangen, als sinnvoll gewesen wäre. Erst gab es die Hoffnung, dass sie über seinen Kopf hinweg entscheiden würde. Doch das hatte sie nicht getan. Sie hatte den Ball zurückgespielt und nun blieb Jack keine andere Wahl, als die Sache durchzuziehen, wenn er sein Gesicht nicht verlieren wollte. Vor seinem geistigen Auge sah er sie vor sich, wie sie sich auf einem der glitschigen Steine den Knöchel verstauchte und ihn damit die nächste Woche quälen würde. Wieso hatte er nur zugestimmt, früher anzureisen? Er könnte in diesem Augenblick in seiner New Yorker Wohnung sitzen, ein Bier genießen und Coltrane hören.

Die Tasche hatte sie gegen einen kleinen Rucksack getauscht, der an ihrem Rücken baumelte. Er war silbern. Natürlich war er das. Eine ihrer roten Locken hatte sich aus ihrem strengen Zopf gelöst. Die machte ihr zu schaffen, das konnte er sehen. Sie strich sie immer wieder hinters Ohr, wo sie nicht sitzen bleiben wollte. Jack lehnte sich gegen die Kopfstütze und schloss die Augen. Noch neun Tage, dann konnte er nach Hause fliegen. Er hatte einiges zu regeln, wenn er auf Reisen gehen wollte. Die Zeit könnte er – jetzt, da die Entscheidung gefällt war –, sinnvoller nutzen. Er brauchte keinen Urlaub, wie Terry sich ausgedrückt hatte. Ihm ging's gut. Wozu machten die Leute überhaupt Ferien? Erholten sie sich von ihrem Leben? Konnten sie ihren Alltag nicht so gestalten, dass man davon keinen Abstand benötigte?

Er öffnete die Augen, als er das Geräusch, der sich öffnenden Hintertür hörte. »Dann los«, sagte er und fühlte sich dämlich, dass er sich diese Spitze nicht hatte verkneifen können. Diese Frau brachte seine schlimmste Seite zum Vorschein.

Sie fuhren auf dem Leeward Highway Richtung Norden. Die Landschaft zog vorbei und Jack genoss die Ruhe im Wagen. Der Fahrer hatte nicht einmal Musik angeschaltet. Jack kurbelte sein Fenster herunter, schob den Ellbogen ein Stück nach draußen und atmete die warme Luft. Sein Blick fiel auf die verfallenen Häuser am Wegesrand, das verrottete Polizeigebäude in Layou, die Menschen, die hauptsächlich barfuß unterwegs waren.

»Kommt der Tourismus wieder in Schwung?«, fragte er den Fahrer, der den Eindruck auf ihn machte, als wäre er ortsansässig.

»Es wird wieder besser. Die letzten Jahre haben uns zugesetzt. Aber langsam kommen die Touristen zurück.« Er schob sich einen heruntergerutschten weißen Hemdärmel nach oben.

»Was haben Sie gemacht, während die Hotelketten alle geschlossen hatten?«

»Bananen, Sir. Meine Familie besitzt eine Bananenplantage. Doch es war hart. Viele Freunde hatten keine Arbeit mehr und in unserer Gemeinde hält man zusammen. Wir haben uns gegenseitig unterstützt.«

»Verstehe. Schön, dass es wieder besser wird.«

»Yeah. Wissen Sie, diese Inseln waren immer schon sehr arm. Es geht hier generell etwas rauer zu, auch ohne Pandemie und Einreiseverbote. Die Kriminalität hat zugenommen.«

»Was?« Das kam von der Rücksitzbank.

Jaden, so hatte sich der Fahrer ihm zuvor vorgestellt, sah in den Rückspiegel und legte zwei Reihen schneeweißer Zähne frei. »Sie müssen sich keine Sorgen machen. Im Resort sind Sie völlig sicher, Miss.«

»Aber wir sind nicht mehr im Resort«, sagte Jette.

Jack verdrehte die Augen. Miss ›Perfekte Welt‹ hatte Kontakt mit dem Planeten Erde.

»Machen Sie sich keine Gedanken. Dazu ist das Leben viel zu kurz, oder, Miss?«

»Welche Art von Kriminalität meinten Sie«, wollte Jette wissen.

»Diebstähle, hauptsächlich Diebstähle.«

Jack konnte sie ausatmen hören. »Hast du geglaubt, jemand würde dir nach dem Leben trachten?«

Definitiv ein Stadtmensch, dachte er. Die war an jedem Ort verloren, an dem sie keinen Empfang für ihr Handy hatte. Zum Einkaufen nahm sie das Auto und wenn eine

Glühbirne kaputtging, rief sie den Elektriker. Am Wochenende wurde mit den Freundinnen bei Champagner und Canapés der neueste Klatsch ausgetauscht und am Abend traf man sich zu Gin Tonic in einem Club. Er warf einen Blick auf ihre Hände, die sie auf die Knie gelegt hatte, und war irritiert, keinen Lack zu sehen.

»Nein.«

»Was?« Jack hatte seine Frage vergessen.

»Ich fürchte nicht um mein Leben. Ich will nur wissen, worauf ich mich vorbereiten muss. Wenn Diebstähle ein Thema sind, hätte ich besser keinen Rucksack für meine Wertsachen mitgenommen.«

Jack drehte sich nach vorn. »Ein Rucksack ist in jedem Land eine schlechte Idee«, murmelte er. Er konnte das Geräusch hören, als sie ausatmete. Sie hasste ihn. Das beruhte auf Gegenseitigkeit.

Er musste völlig von Sinnen gewesen sein, sich auf diesen Trip mit ihr einzulassen. Hätte er nicht über seinen Schatten springen können und die Sache mit dem Wasserfall absagen? Die Kapelle war eine passable Lösung. Vielleicht überzeugte der Wasserfall, doch war es ihm das wert, den Vormittag mit ihr durch die Gegend zu gondeln, nur sie zwei? Er musste von allen guten Geistern verlassen gewesen sein, sich freiwillig diese Frau ans Bein zu binden. Er hatte nicht einmal Lust auf die Hochzeit – Terry und Emmas Liebe in allen Ehren –, aber eine Aneinanderreihung schnulziger Begebenheiten, bis ihn am Ende irgendeine alte Tante mit dem letzten verbliebenen Mauerblümchen verkuppeln wollte? Ein Schauer streifte seine Schultern.

Die Straße führte an einigen filmreifen Buchten vorbei und plötzlich hielt der Wagen. »Ich warte hier an einem schattigen Plätzchen auf Sie«, sagte Jaden. »Genießen Sie die Tour. Sie müssen diesem Pfad folgen und dann sind Sie relativ schnell dort. Haben Sie Badesachen dabei?«

»Einen Bikini drunter«, sagte Jette.

Jack schüttelte den Kopf.

»Sie können in den Wasserfall hineingehen. Ist ein beliebtes Motiv. Das Wasser ist flach genug, um darin zu stehen.« Jaden musterte ihn einen Moment.

Jack spürte, wie das bekannte Gefühl zurückkehrte, das er so hasste. Er schob es beiseite. »Wollen wir? Vielen Dank, Jaden. Bis nachher.« Er öffnete die Beifahrertür und stieg aus. Es war nicht schwer, den Weg zum Wasserfall zu finden. Ein Dutzend Menschen lief an ihnen vorbei. Sie waren aus einem Tourbus ausgestiegen und strömten Richtung Dschungel. In jeder Hand ein Handy – Jack schüttelte den Kopf.

»So viel zum Thema Abgeschiedenheit«, sagte Jette, nachdem sie sich von Jaden verabschiedet hatte. »Der Wasserfall ist überlaufener als der Strand am Hotel.« Sie schob die Träger ihres Rucksacks über ihre Schultern und hängte ihn sich vorn vor den Bauch.

Er war gespannt, wie lange sie so laufen konnte, ohne über eine Baumwurzel zu stolpern oder auf eine Schlange zu treten, die sie nicht sah. Ein diebisches Lächeln stahl sich auf sein Gesicht. Der Vormittag besaß Potenzial, lustig zu werden. »Lass es auf dich zukommen. Du musst nicht alles ablehnen, was du nicht kennst.« Zack. Er stöhnte innerlich. Wie machte sie das nur? Auf seine Gelassenheit war Jack immer stolz gewesen.

»Meinetwegen. Ich habe keine Lust, mit dir zu streiten, auch wenn ich inzwischen längst am Strand liegen könnte.

Stattdessen turnen wir in der Mittagshitze durch den Dschungel. Hätten wir nicht zuerst etwas essen können? Das ist ein Drei-Stunden-Trip. Wenn das reicht.«

»Brauchst du pünktlich deine Mahlzeiten?«

»Jack?«

»Ja?«

»Du bist unmöglich«, sagte sie und beschleunigte das Tempo. Schön! Damit hatte sie ihn geschlagen. Das war ihm nicht möglich. Sei's drum. Je größer der Abstand zwischen ihnen wurde, umso mehr konnte er den Trip genießen. Okay. Der Hinweis mit dem Essen war nicht verkehrt. Doch er hatte gelesen, dass man das Wasser trinken konnte, also würden sie nicht verdursten. An jeder Sehenswürdigkeit gab es üblicherweise einen Imbiss oder eine Bar. Sie würden nicht verhungern. Geld hatte er dabei.

Eine Weile liefen sie unter schattigen Bäumen, bis sich die Vegetation immer dichter an den Weg schmiegte, die Steigung zunahm und sie eingerahmt waren von Bambuspflanzen, die in den Himmel schossen auf der einen und steile schlingpflanzenüberwachsene Hänge auf der anderen Seite. Jette schnaufte und Jack konnte erkennen, dass ihre Fitness zu wünschen übrig ließ. Der Abstand zwischen ihnen schmolz wie Butter in der Sonne.

»Willst du eine Pause machen?«, fragte er. Das war kein Friedensangebot. Möglich, dass er ihr nur ihre eigene Schwäche vor Augen führen wollte. Jack knirschte mit den Zähnen. Die Frau war der reinste Kanal für seine Wut.

Immer schön fair bleiben, Junge! Lass dich nicht provozieren.

»Das wäre schön«, sagte sie und ließ die Arme sinken, mit denen sie die Träger des Rucksacks festgehalten hatte, die drohten, von ihren Schultern zu rutschen. Sie lächelte ihn an. Das nahm Jack den Wind aus den Segeln. Er entspannte seinen Unterkiefer.

»Ich bin sicher, du kannst ihn auf den Rücken schnallen. Wir sind hier nicht in Menschenmengen. Ich bin hinter dir und kann jederzeit eingreifen, wenn dir einer zu nahe kommt.«

Ein weiteres Lächeln. Die Sonne glitzerte in ihren Augen. Jack kam einen Augenblick aus dem Konzept. Sie nahm den Rucksack ab. »Willst du was trinken?«

»Hast du was dabei?«

Jette öffnete das silberne Ding und zauberte zwei kleine Tetra Paks Apfelsaft heraus.

»Du bist ein Engel!« Erleichterung breitete sich mit einem Kribbeln in seinem Oberkörper aus. Seine trockenen Lippen waren spröde.

Jette sah ihn mit großen Augen an. Erst da wurde ihm sein Fauxpas bewusst. »Danke«, murmelte er und nahm das Getränk entgegen. Er leerte es in einem Schluck und gab ihr das gefaltete Päckchen zurück.

Sie verstaute es wieder im Rucksack. »Das habe ich gebraucht. Ich habe Müsliriegel aus der Minibar. Willst du einen? Ich muss was essen, sonst komme ich keinen Meter weiter. Du hattest recht. Ich brauche regelmäßige Mahlzeiten.« Sie streckte ihm einen Riegel entgegen und zwinkerte. Jack nahm ihn ohne Diskussion an. Das war kein Punkt für sie. Er war ein Gentleman.

Sie machten die Pause, die sie benötigte und er brach sich keinen Zacken aus der Krone, weil er ein paar nette Worte wechselte. Eine Waffenruhe. So konnte man es nennen.

»Von mir aus können wir weiter«, sagte sie und schwang den Rucksack über ihre Schulter. Sie fiel nicht in ihr altes Tempo zurück, sondern wartete ab, bis Jack sich in Bewegung setzte, um dann neben ihm herzulaufen. »Warst du schon mal in der Karibik?«, fragte sie.

»Mein erstes Mal.«

»Meines auch. Von Deutschland ist es eine weite Reise, aber für dich? Du lebst in New York City, richtig?«

Jack nickte. »Ja. Es liegt nicht an der Entfernung. Ich bin nur nicht der typische Urlauber für Massentourismus, Animation, du weißt schon ...«

»Ein Einsiedler«, sagte sie.

»Wenn du so willst.« Dickfleischige große Blätter streiften seinen Arm, als sie um eine Ecke bogen. In der Luft lag das satte Zirpen der Insekten. Jack konnte in der Ferne Wasser rauschen hören. Vier Touristen kamen ihnen entgegen. Sie lächelten, als kämen sie von einer Wallfahrt heim.

»Das muss das Touristencenter sein.« Jack deutete auf eine Blockhütte am Ende des Weges. »Da müssen wir rein. Die verkaufen die Karten für den Wasserfall.«

Er sah, dass sie zögerte. Seine Erklärung hatte sie nicht zufriedengestellt. Sie erwartete mehr. Doch das würde sie nicht bekommen. Er ignorierte, dass sie sich nicht in Bewegung gesetzt hatte, und lief los. Immer weitermachen – auch eines seiner Mottos. Nicht ins Grübeln verfallen.

Nachdem sie die Tickets erstanden hatten, näherten sie sich einem Fluss. Er plätscherte über rund gewaschene Steine und sah nicht tief aus. Jack war froh, dass eine Brücke darüber führte. Zum einen hatte er nicht vor, über die Findlinge zu kraxeln, zum anderen wollte er sich nicht rechtfertigen, wenn die Sprache auf die Hochzeitsgesellschaft und die Zugänglichkeit dieser Location kam. Ach! Wem machte er hier was vor? Schon durch den Marsch in der Hitze bis zu dieser Stelle hatte sich der Wasserfall ins Aus bugsiert. Denkbar war nur eine Trauung der beiden allein und spätere Feier mit all den anderen im Hotel. Doch dazu hätten sie nicht die vielen Gäste einfliegen lassen müssen.

»Das ist doch nicht alles, oder?« Jette war am Ende des Weges stehen geblieben und schaute auf die Brücke vor ihren Füßen.

»Was brauchst du noch?« Jack beobachtete eine Familie, die ihnen auf der Brücke entgegenkamen.

»Etwas, das man warten kann? Jährlich, vorzugsweise.«

»Was?«

»Eine richtige Brücke. Die regelmäßig überprüft wird.«

»Das ist eine Brücke, Jette.«

»Das sind etwa zehn nebeneinanderliegende Bambusstangen, die mit etwas, das wie Zahnseide aussieht, zusammengebunden sind, Jack! Da gehe ich nicht drüber.« Sie stemmte die Hände in die Hüften und funkelte ihn an. Jack blinzelte, weil er in diesem Augenblick das Bild vor Augen hatte, wie sie sich vorgestern am frühen Morgen vor ihm aufgebaut hatte.

»Alles okay?«

»Ja. Ähh.« Er blinzelte das Flashback weg. »Dann gehen wir zurück.«

»Ich kehre doch jetzt nicht um, nachdem wir über eine Stunde gebraucht haben, um hierherzukommen.«

»Dann mach einen anderen Vorschlag.«

Sie dachte nach. Inzwischen hatte die Familie sie erreicht und Jette wurde von dem kleinen singenden Mädchen zur Seite gedrückt, das zuvor über die Brücke gehüpft war.

Jack hob die Brauen. Die Sonne brannte ihre Initialen in seinen Nacken und er sehnte sich nach einem schattigen Plätzchen. Das ... oder ein Bad im Wasserfall. Ihm war alles recht, solange es nur Abkühlung versprach. Er hatte keine Lust auf diese Zicken. Die Frau war anstrengend, und langsam fragte er sich, was Terry ihm nachtrug, weil er ihn mit ihr zusammengesperrt hatte. Etwas musste er ausgefressen haben.

Jette begutachtete den Fluss darunter. Sie denkt darüber nach, dort hindurchzuwaten, dachte er. »Das würde ich nicht empfehlen«, sagte Jack laut.

»Wieso?«

»Weil das Wasser dir die Füße wegreißt und du einen hässlichen Blutfleck auf einem der Steine hinterlassen wirst, wenn dein Kopf darauf aufschlägt.« Jack wischte sich den Schweiß von der Stirn. Er konnte sie schlucken sehen.

»Das war schockierend detailgetreu.«

Er zuckte mit den Schultern. »Stell dich nicht so an. Du bist eine Fliege im Gegensatz zum Vater des Kindes, der an uns vorbeigekommen ist. Es passiert schon nichts. Jeden Tag kommen hier Touristen rüber. Wenn die Brücke das nicht aushalten würde, wäre sie längst eingestürzt.«

»Irgendwann ist immer das erste Mal«, hauchte sie.

»Geh positiv ran! Du wirst überrascht sein, wie oft das im Leben funktioniert.« Er sah ihre Augen an ihm nach unten wandern. Das war ein Tiefschlag. Er hatte nicht vor, darauf einzugehen. Manchmal gingen die Dinge schief, keine Frage. Doch wo wäre er heute, wenn er seine Vergangenheit seine Gegenwart bestimmen ließe? »Vielleicht siehst du es so: Wir gehen zusammen rüber. Die Wahrscheinlichkeit, dass ich schon wieder einen schlimmen Unfall habe, ist verschwindend gering.«

Ihre Miene hellte sich auf. Dieser Blödsinn hatte sie überzeugt? Offensichtlich. Jack gab ihr ein Zeichen, vorzugehen. Er sah, wie sie ihm den Rücken zudrehte. Entschlossenheit hatte in ihrem Gesicht gestanden. Ihre Hände umklammerten zu beiden Seiten die dünnen Seile. Sie hatte recht, etwas dickere hätten nicht geschadet. Von vorn kam ihnen niemand entgegen. Jack spürte, wie sich die Brücke in Bewegung setzte. Seine Beine wackelten im ersten Augenblick, doch er vertraute auf die Kraft in seinen Armen, die ihm sicheren Halt gab.

Jettes Rückenmuskulatur verspannte sich. Das sah er. Der rote Zopf schwang im Rhythmus der Brücke und streifte dabei ihren Nacken. Jack warf einen Blick auf die Sommersprossen, zwischen ihren Schulterblättern. Sie hatte sich am Vortag die Haut verbrannt. Das konnte er sehen. Doch nicht so stark, dass sie sich abschälen würde. Sein Blick wanderte zu der zarten Schnürung ihres Kleides bis …

Plötzlich rauschte sie vor ihm nach unten.

KAPITEL 18

»Jette!«
»Jack!« Sie war mit dem rechten Fuß zwischen die Bambusstämme gerutscht.
»Aua!«
Jack griff ihr unter die Achseln, gab damit den eigenen festen Stand auf, da die Brücke eine gewisse Dynamik entwickelt hatte – die verfluchte Prothese machte es nicht leichter – und zog sie hoch. »Greif nach den Seilen!«
Sie ruderte mit den Händen, bis sie sie zu fassen bekam.
»Du bist wieder oben. Es ist gut. Dreh dich um und komm zu mir.« Er bemühte sich um einen ruhigen Tonfall, auch wenn sein eigenes Herz schnell schlug. Es raste. Als er sie zurück auf seine Augenhöhe gezogen hatte, in die Sicherheit, sie das erste Mal berührt hatte – sein Mund war trocken, sein Körper überwältigt von der Hitze – überschlugen sich gegensätzliche Gedanken in seinem Kopf. Es gab diese Angst, dass ihr etwas zustoßen könnte, und den Teil, der ihn für diese Sorge verurteilte. Wo war das auf einmal hergekommen?
Jette tat, was er gesagt hatte. In ihrem Gesicht hatte er wassergefüllte Augen vermutet und den Ausdruck von Panik. Nichts davon fand er.
»Wie geht's dir?«
Sie zitterte. Ein Nicken folgte. Jack suchte in ihrem Antlitz nach einer Antwort, die ihn überzeugen würde, dass alles

in Ordnung war. Nach wenigen Atemzügen schaute sie nach unten. Er tat es ihr gleich. An ihrem Bein lief ein dünnes Rinnsal Blut.

»Du hast dich verletzt.« Und schon beschleunigte sein Puls wieder. Er beugte sich nach unten. Ein winziger Riss, kaum der Rede wert. Eine Schramme. Nicht ihre erste in diesem Urlaub. Was machte er für einen Aufstand? Wie einen Blitz durchfuhr ihn die Erinnerung, dass er schon auf dem Boot gestern Sorge empfunden hatte, als sie sich an der Leiter verletzt hatte. Nur für einen Moment, doch es war ja Hilfe im Anmarsch gewesen, noch bevor er die Situation vollständig hatte erfassen können.

Sie zog das Kleid nach oben. »Ist nur eine Schramme. Siehst du.« Sie sah es wie er. Die Blutung stoppte kurz darauf. Wenige Tropfen, mehr war es nicht.

»Komm. Ich bring dich zum Auto zurück«, sagte er und reichte ihr die Hand. Das Bedürfnis, sie von der Brücke zu begleiten, wurde übermächtig.

»Nein. Ich bin nicht den ganzen Weg hergelaufen, um jetzt aufzugeben. Du wolltest zum Wasserfall und mir beweisen, dass es sich um eine tolle Hochzeitslocation handelt, und das machen wir jetzt auch.«

Jack traute seinen Ohren nicht. »Du bist eben beinahe fünf Meter nach unten gesegelt. Du willst doch nur, dass ich meinen Irrtum zugebe. Schön! Du hast gewonnen. Der Wasserfall ist eine blöde Idee. Die Idee eines Mannes. Du hattest recht. Bist du zufrieden?«

Sie stemmte die Hände in die Hüften. Er konnte nicht anders, schon wieder sah er sie vor sich im Pool stehen. Inzwischen war ihm klar geworden, dass es sich nicht um ein Gespinst seines übernächtigten Verstandes gehandelt hatte.

»Ich bin zufrieden, aber wir gehen trotzdem.«
»Jette, was willst du von mir?«
»Gar nichts. Das hat nichts mit dir zu tun. Ich bin bis hierher gekommen und sieh mal, ich bin einfach nur zwischen zwei schmale Stämme getreten. Das nächste Mal werde ich aufmerksam sein.«
»Das nächste Mal?«
»In einer Minute, wenn du mit mir darüber gehst. Oder hast du Angst?«
Jack lächelte und schüttelte den Kopf. Ein wenig Adrenalin rauschte durch seine Adern. »Du musst mich nicht beeindrucken, Jette. Ich fände es vollkommen verständlich, wenn du zurück ins Hotel willst.«
Insgeheim hoffte er, sie würde diesen Vorschlag ablehnen. Er konnte mit ihr an der Hand ebenso gut zur anderen Seite gehen. Der Weg war länger. Jack wusste nicht, ob ihm die Tropenhitze zugesetzt hatte oder er sich schuldig fühlte, weil sie hierhergefahren waren. Es war ihm wichtig, dass es ihr gut ging. Schuld, das war es wohl. Deshalb wollte er sie in Sicherheit wissen. Er war für ihr Schicksal verantwortlich. Zumindest heute.
Jette sah aus, als hätte er einen dämlichen Kommentar gemacht. »Es geht nicht um dich. Unsere Wege trennen sich in ein paar Tagen. Wieso sollte ich dich beeindrucken wollen? Es geht um mich.«
Das fühlte sich an wie ein rechter Haken. Er betrachtete sie genau. »Lass hören.«
»Ich wäge jedes Risiko ab und bin nur selten spontan. Jetzt habe ich schon mal etwas außerhalb meiner Komfortzone getan und schon geht es schief. Ich will das nicht so stehen lassen.«

Sie benetzte die Lippen mit der Zunge. »Außerdem muss ich unter diesen Wasserfall. Wir sind nur wenige Meter entfernt und ich kann an nichts anderes mehr denken als kühles Wasser auf meiner Haut. Ich würde gern die Wunde auswaschen.«

Diesem Bild hing er eine Sekunde nach.

»Jack?«

»Ja? Schon gut.« Er wusste nicht, was er mit dieser Ansprache anfangen wollte. War sie mutig oder nur störrisch? Er hätte gedacht, dass sie ihm etwas beweisen wollte, aber da das nicht der Fall war, konnte er sein schlechtes Gewissen abstreifen. »Nach dir«, sagte er und streckte den Arm Richtung Brücke aus.

Jette drehte sich um und ging ohne ein Wort voraus. Sie brachte Abstand zwischen sie beide, und er bereute, dass er sie so spröde vorgeschickt hatte. Vor wenigen Minuten waren sie sich näher gewesen. Wer dieses Band von ihnen durchschnitten hatte, wusste er nicht. Doch es störte ihn.

Inzwischen hatten andere Leute die Brücke passiert. Niemanden hatte der Vorfall beeindruckt. Das Konstrukt hielt. Sie war eben nur etwas wackelig. Er konnte sehen, wie Jettes Hände zitterten, als sie ihre Finger erneut um die dünnen Seile legte. Ein Stück weit tat sie ihm leid, wie sie mit ihren Dämonen kämpfen musste. Doch andererseits tat ihr das gut. Wie sie schon sagte: Dämonen hatte jeder. Sie sah den ganzen Weg bis ans andere Ufer pausenlos auf ihre Füße. Einer Seiltänzerin gleich wählte sie die stärksten Stämme und verließ diesen Pfad nur, wenn sein Ende erreicht war und sie einen neuen Stamm betreten musste. Jack hatte kaum die Gelegenheit, auf seine eigenen Schritte zu achten.

Als sie das Ende endlich erreicht hatte, sah er ihr die Erleichterung an. Mit den Füßen auf festem Boden konnte er sie ausatmen hören. Die Anspannung fiel von dieser unsicheren Frau ab wie ein seidenes Gewand und er freute sich insgeheim für sie. Kurz darauf drehte sie sich um und er sah ein Leuchten in ihren Augen. Mehr als nicken konnte er nicht, doch Jette schien das nicht zu stören. Sie strahlte. In ihren roten Locken fingen sich Sonnenstrahlen und ließen sie brennen.

»Geht's dir gut?«, fragte sie.

»Was? Ja. Natürlich.«

Sie zog eine Augenbraue hoch, dann drehte sie sich um und schrie: »Wer zuerst am Wasserfall ist!«

»Sehr witzig«, murmelte Jack, konnte aber ein Schmunzeln nicht verhindern, als er sie den Weg entlangjagen sah. Wäre dies eine andere Zeit, ein anderes Leben – er wäre ihr hinterhergerannt. Er hätte die trockenen Blätter des Bambusses unter seinen Füßen knirschen hören, den Staub des ausgetretenen Pfades aufgewirbelt, sie eingeholt – kurz vor dem Wasserbecken – und sich mit ihr gemeinsam in die Fluten fallen lassen. Einen Arm um ihre Hüfte. Kein Gedanke an die Sorgen der Gegenwart, die Zukunft, die Vergangenheit. Den Moment genießend, so wie er es sich immer vormachte, wenn er über sein Dasein nachdachte. Stattdessen dachte er nur darüber nach. Verpasste Chancen, eingegangene Risiken, das Leben auszuquetschen wie eine Zitrone, kann Folgen haben für den Rest der Zeit. Und plötzlich ist die Spontanität weg, der Hunger nach mehr, die Sonne brennt nur, statt zu strahlen, und die Freude der anderen wird zur eigenen Last.

Jack schluckte den Kloß hinunter und wischte sich die Stirn mit dem Handrücken ab. Diese Sehnsucht tat weh. Er musste zusehen, dass er sie wieder loswurde. Er erreichte ein Podest, auf dem sie wartete. Die Hände am Geländer - der Wind spielte mit ihrem weißen Kleid - wandte sie ihm den Rücken zu. Er wusste, was sie fesselte. Das Geräusch war atemberaubend. Vor ihm entfaltete sich ein Postkarten-Anblick. Der Wasserfall.

»Hier auf dem Podest könnten sie stehen«, sagte sie.

»Wer?«, fragte Jack.

»Terry und Emma.«

»Was? Du willst wirklich …?«

Sie boxte ihm in die Rippen. »Ach, Quatsch! Das war nur ein Scherz. Sie würden das Ja-Wort nicht verstehen und wenn ich an den Wanderweg hierher und die Gesellschaft in feiner Kleidung denke – nein, danke. So eine Idee kann nur ein Mann haben!« Ihre Offenheit gefiel ihm plötzlich. Sie nahm keine Rücksicht auf seine Gefühle. Ihm wurde noch wärmer.

»Aber es ist unglaublich romantisch, oder?« Sie verdrehte die Augen.

Das war es. Jack rieb sich die Seite. Jette wirkte mit einem Mal verändert auf ihn – gelöst. Und schon sprintete sie die Stufen aus Flusssteinen nach unten zum Fuß des Wasserfalls. Jack folgte ihr. Sie zog sich im Laufen das Kleid über die Ohren und warf es zusammen mit ihrem Rucksack an den Rand des Tümpels. Kurz vor dem Wasser wurde sie langsamer, als gäbe es ein Magnetfeld, das sie abhielt.

»Darin werden keine Krokodile wohnen«, sagte er. Der Blick, den er erntete, war nicht freundlich.

Sie tippte mit den Zehen ins Wasser. Prüfte eindeutig die Temperatur – die arme Irre! – und tappte hinein. Wir sind hier in der Karibik, dachte Jack. Wie kalt kann es schon sein? Sie drehte sich zu ihm um und sah aus, als wolle sie etwas sagen. Doch sie schwieg.

»Du willst wissen, ob ich ins Wasser kann?«, fragte er. Ihr Gesicht bekam Farbe. Nicht nur das. Auf ihrem Hals und den Schultern breiteten sich rote Flecken aus. »Ich kann«, beeilte er sich, zu sagen, da sie offensichtlich in Stress geriet. Das wurde mit einem Lächeln belohnt. Jack zog sich das Shirt über die Ohren, setzte sich ins Gras, um die Hose abzustreifen, und ging langsam auf sie zu. Ihre Röte blieb. Ihm fiel auf, dass sie nicht in der Lage war, ihn anzusehen. Ihre Blicke berührten ihn nur, doch sie kamen nicht auf ihm zur Ruhe. Er sah an sich herab aus Angst, die Unterhose versehentlich mit ausgezogen zu haben. Sein Herz konnte aufhören, zu galoppieren. Sie war dort, wo sie hingehörte. Also ging er vorsichtig ins Wasser. Der Untergrund war eben. Was für eine Erleichterung!

Er spürte Jettes Blicke in seinem Rücken. Die Prothese. Natürlich beäugte sie das Ding. Sie verwandelte sich wieder in die Frau, die verkrampfte, sobald sie an seine Behinderung dachte. Sei's drum! Das war nicht seine Baustelle, sondern ihre. Jack ging auf den Bereich zu, an dem die Wassermassen aus dem Nichts nach unten stürzten.

Als Erstes tauchte er mit dem Gesicht hindurch. Hui! Das frische Wasser war kälter als der Rest im Tümpel. Endlich gab es die Abkühlung, nach der er so dürstete. Er entspannte jeden Muskel im Körper und schloss die Augen. Die Energie kam zurück. Die Arme ausgestreckt stand er nur da und tankte Kraft. Es war schwer, die Balance zu halten, doch er war ein sportlicher Mann, stärker vermutlich als vor dem Unfall. Er hatte trainiert, um Defizite – bedingt durch die fehlenden Gliedmaßen – ausgleichen zu können. Er fuhr sich durch die kurzen Haare und genoss die Massage des harten Strahls in seinem Nacken.

Als er sich umdrehte, stand Jette hinter ihm. Das herabstürzende Wasser presste ihr die Haare dicht an den Kopf. Ein flüssiger Film umhüllte sie. Sie hatte die Augen geschlossen, das Haupt zum Himmel gereckt und genoss die Abkühlung ebenso wie er.

Jack spürte die Hitze in seine Gliedmaßen zurückkehren. Das Rauschen der Wassermassen betäubte seine Ohren, die vielen winzigen Peitschenhiebe auf seiner Haut aktivierten ihn, schickten kleine Stromstöße durch jede Zelle. Ungeniert beobachtete er sie, wie sich ihr Brustkorb hob und senkte. Die Welt hinter der Wasserwand existierte nicht mehr. Sie legte beide Hände aufs Gesicht und fuhr sich langsam durch die Haare, die Lippen leicht geöffnet. Plötzlich schlug sie die Augen auf. Ihre Wimpern klebten an ihren Lidern und kleine Tropfen umhüllten die Spitzen.

»Soll ich dich fotografieren?« Und das aus seinem Mund! Was Besseres war ihm nicht eingefallen.

»Au ja. Würdest du das tun?«

Er nickte und ging, trat heraus aus der abgeschlossenen Kugel, ihrer eigenen Welt, zurück an Land. In einer anderen Zeit, einem anderen Leben ... doch das war sein Leben. Aus seiner Hosentasche angelte er das Handy. Ohne sie in eine Pose zu dirigieren, drückte er ab. Das Motiv war schön, so wie es war. Er knipste weitere Bilder. Das Strahlen in ihrem Gesicht, die porzellanfarbene Haut, die Freude, die ihren ganzen Körper erfasste und sie in ein ausgelassenes Wesen verwandelte. Sie musste sich nicht verstellen. Das gefiel ihm.

Als er das Handy zum Rand zurückbrachte, rief sie ihm nach.

»Was ist mit dir?«

»Alles gut.«

»Nichts da! Komm zurück und lass uns ein Selfie machen!«

Jack kehrte wieder um und hielt das Mobiltelefon in die Luft, die Kamera auf sie beide gerichtet, im Hintergrund den Wasserfall. Jette war kaum zu sehen. »Komm ein Stück dichter«, sagte er. »Du bist nicht drauf.« Sie rückte heran und er konnte schon auf dem Display sehen, dass die Ausgelassenheit verflog. Sie verspannte sich. Also griff er ihr beherzt um die Hüfte und zog sie zu sich heran. Sie wollte ein gemeinsames Selfie, sie kriegte es. Dass sie in seiner Gegenwart verkrampfte, traf ihn, doch er wusste, dass er Vorurteile bei seinen Mitmenschen nicht ändern konnte. Er lehnte es ab. Dafür war ihm die Energie zu schade. Zu einer anderen Zeit, in einem anderen Leben hätte sie ihm die Arme um den Hals geschlungen, die Beine hochgeworfen und sich von ihm auffangen lassen. Doch in diesem Leben würde so etwas nicht passieren, nicht mit ihm, dem Krüppel.

Sie widerstand einen Augenblick, dann gab sie auf und schmiegte sich an ihn. Jacks Blut rauschte. Er spürte ihre Wärme, glaubte, ihren Duft wahrzunehmen. Nur ein Klick, dann ließ er das Handy sinken und bereute es im selben Moment, weil er wusste, dass er loslassen musste. Sie ging nicht sofort. Sie verweilte in seinem Arm kostbare weitere Sekunden. Als sie schließlich den Abstand zwischen ihnen wiederherstellte, spürte er Leere und einen Verlust.

Jette senkte den Blick. Wo war die ausgelassene Lebensfreude hin? »Hey!«, sagte er und griff nach ihrer Schulter. Dieser Ausdruck in ihren Augen war neu. »Du kannst stolz auf dich sein. Richtig stolz, weißt du das? Du hast dich von deiner Angst nicht unterkriegen lassen und etwas Neues ausprobiert.«

Sie verzog das Gesicht. Die Röte war zurückgekehrt. Jack entdeckte eine neue Facette. Schüchterte er sie ein? Nicht diese selbstbewusste Frau!

»Es ist eine Premiere für mich. Danke«, sagte sie.

Er hob die Hände und trat einen Schritt zurück. »Warum bedankst du dich? Ich wäre umgedreht. Das ist allein deine Entscheidung gewesen.« Er legte das Handy an den Rand und kam zurück.

Nun wurde ihr Blick ernst. »Das stimmt. Aber ohne dich wäre ich nicht hier.«

Das verschlug Jack dann doch die Sprache. Konnte es sein, dass sie ihren Blick nicht nur auf sich selbst richtete, wie er angenommen hatte? Dieser Gedanke erschütterte das Bild, das er von ihr hatte. Und sein eigenes.

Sie rieb sich die Tropfen aus den Augen, warf die Haare nach hinten und streckte sich. Jack beobachtete, wie die Sonnenstrahlen ihr Antlitz streiften. »Wir sollten wieder zurückgehen. Jaden wartet.« Die Sommersprossen auf ihrer Nase waren so reizend.

Jack wusste nicht, wieso sie ihm bisher nicht aufgefallen waren. »Was?«

»Ist alles in Ordnung? Du wirkst abwesend.«

»Alles fein«, sagte er.

»Wollen wir?«

Er nickte.

Jette machte einen Schritt nach vorn und plötzlich ging alles schnell. Sie bewegte sich wie ein Hund auf einer Eisfläche, ruderte mit den Armen und griff, sobald sie ihn zu fassen kriegte, nach Jacks Arm. Der hatte keine Zeit gehabt, sich vorzubereiten, beobachtete nur den Moment und ließ sich von ihr in einem Zug mit ins Wasser reißen. Mit einem lauten Platscher landeten beide auf ihren Hintern. Der Tümpel war flach, der Stein unter Jacks Steißbein deshalb hart und unbarmherzig. Er verkniff sich einen Schmerzensschrei.

»Autsch!«, hörte er Jette rufen. Ihr musste es ebenso ergangen sein.

Er tastete im Schlamm herum, bis er wieder genügend Halt verspürte, um sich aufstützen zu können. Neben ihm ertönte schallendes Gelächter. Es brach aus dieser Frau heraus wie Wasser, das dabei war, einen Staudamm zu sprengen. Sie versuchte nicht einmal, aufzustehen. Ihre Bemühungen endeten abrupt unter einer neuen Salve, die sie schüttelte. Jack wollte behilflich sein und reichte ihr die Hand, während er kniete. Eine Falle. Sie angelte danach und zog ihn unter Prusten ins Wasser. Nachdem er die erste Verwunderung abgeschüttelt hatte, packte ihn der Eifer. Mit der Hand pflügte er durchs Wasser, bis die Welle über Jette zusammenbrach. Sobald sie wieder aufgetaucht war, erkannte er ein Funkeln in ihren blauen Augen. Wenn sie glaubte, sie würde als Siegerin aus diesem Kampf hervorgehen, hatte sie sich geschnitten. Sie legte sich ins Zeug, doch Jack war kräftiger und brachte den Tümpel um sich herum zum Kochen. Er kroch auf sie zu. Jette quiekte. Inzwischen hatte sie sich hingestellt und bespritzte ihn, so gut sie konnte. Doch das war nichts im Vergleich zu den Flutwellen, die er produzierte. Als er sie erreichte, packte er sie und zog sie zu sich hinunter. Er hatte vergessen, dass der Pool nicht tief war. Doch der blaue Fleck, den er morgen am Oberarm bekommen würde, juckte ihn jetzt nicht. Sie landete auf ihm. Er rollte sich herum und schon lag sie im Wasser und flehte ihn um Hilfe an. Jack konnte das Blut in seinen Ohren rauschen hören. Das Dröhnen des Wasserfalls war in den Hintergrund getreten. Seine Atmung ging schnell. Ihr Herz schlug gegen seine Brust. Erst da bemerkte er, wie dicht sie aufeinanderlagen. Unter Anstrengung drückte er sich nach oben. Er hatte nicht gewollt, sie so zu bedrängen. Was war nur in ihn gefahren? Der Ausdruck in ihren Augen spiegelte seine Gedanken. Etwas war aus dem Ruder gelaufen. Dennoch ... dieser Blick. Er könnte schwören, sie hätte soeben ihre Lippen benetzt.

»Das ist er wirklich!« Jack hörte eine Frauenstimme. Das war sein Stichwort. Er rutschte zur Seite und stand auf. Ohne sie direkt anzusehen, bot er Jette eine Hand an, um sie hochzuziehen.

»Danke.« Das kam leise. In ihrer Stimme schwang Unsicherheit mit.

Eine Gruppe von sechs Leuten floss den Hang hinab zu ihnen. Weiß, jung und mit Selfie-Sticks bewaffnet – Touristen, wie sie selbst.

»Da brat mir einer 'nen Storch! Jack Foster? Das kann nicht sein!«

Jack blinzelte.

»Leute! Das ist Jack Foster von ›Foster Goes Wild‹.«

Er sah, wie dieser Satz bei Jette Interesse weckte. Sie runzelte die Stirn. Mehr als die Achseln zu zucken, fiel ihm nicht ein. Der Mann, der ihn erkannt hatte – ein blonder

Typ mit dem Körperbau eines Bodybuilders und den Hüften einer Ballerina – kam auf sie zu und streckte ihm eine Pranke entgegen.

»Es ist mir eine Ehre. Sie sind es doch, oder?«

Jack strich sich die nassen Haare nach hinten und richtete sich auf. »Schuldig.«

»Wow! Darf ich ein Foto machen.«

»Na klar.« Kaum hatte Jack die Worte ausgesprochen, waren drei Handys auf ihn gerichtet. Eines gehörte dem Bodybuilder.

»Das ist so eine Ehre! Ich bin ein Riesen-Fan. Die Gang und ich ... wir kommen alle aus Jersey. Ich arbeite in der City und komme zu euch zum Training.«

»Dann ist die Ehre auf meiner Seite.« Jack deutete eine Verneigung an.

»Saucool! Du bist genauso, wie ich mir dich vorgestellt habe. Überhaupt nicht abgehoben. Bodenständig.« Er deutete mit dem Kopf auf Jacks Bein. »Dein Verlust tat mir damals leid. Ging ja gehörig durch die Presse.«

Jack spürte, wie ihm die Wärme zu viel wurde.

»Aber ich sehe, andere Bereiche haben sich wieder geklärt.« Er deutete auf Jette.

»Oh. Das ist nicht ...« Jack presste die Lippen zusammen. Warum sollte er nur irgendeine Art von Gerücht streuen. Die Presse hatte sich damals lange genug mit dem Thema beschäftigt.

»Jette Jürgens«, stellte sie sich vor. »Wir sind nur Bekannte.« Jette hatte erfasst, in welche Richtung sich die Fragen des Mannes bewegten.

»Elroy Stevens. Schön euch kennenzulernen. Das sind Casey, Elsa, Ben, Alexander und Craig.«

Sie schüttelten alle Hände. Jette stand dicht bei ihm. Die Distanz, die sie üblicherweise wahrte, hatte sie vergessen. Da war eine Art Übereinkunft zwischen ihnen, ein Pakt. Er wusste nicht, wie er es sonst bezeichnen sollte. Diese Fremden, die aufgetaucht waren, hatten sie geeint. Ihre Arme berührten sich, wie sie nebeneinanderstanden, und sie entzog sich dieser Nähe nicht.

»Leute, ich habe eine geile Idee!«, sagte Elroy. Jack konnte gedanklich über dessen Kopf eine Glühbirne aufleuchten sehen. In seinem Nacken stellten sich die Haare auf. Seine Intuition warnte ihn, da hatte Elroy noch nicht einmal Luft geholt.

KAPITEL 19

»Ich würde euch gern auf unser Boot einladen.« Feierlich breitete er die Arme aus. Im Hintergrund gab es allgemeine Zustimmung und vereinzelte Freudenrufe. Jette spürte, wie Jack sich leicht zurücklehnte.

»Ihr seid auf einem Boot unterwegs?«, fragte sie.

»Ja. Das machen wir alle zwei Jahre. Wir starten von Martinique und segeln immer dieselbe Route – Saint Lucia, Saint Vincent, die Tobago Cays und Palm Island. Nur dass wir auf jeder Tour in anderen Buchten anlegen, neue Ausflüge planen, so was eben. Die Mädels machen einen Vlog zur Tour und Ben und ich bedienen unseren YouTube-Channel. Ey, Mann, das wäre genial, wenn wir einen Clip mit dir drehen könnten. Ich weiß, das ist viel verlangt. Da seid ihr lauschig im Urlaub ganz romantisch unterwegs und dann kommt eine Horde Fremder daher. Wirkt wie Groupies. Ist mir schon klar. Aber du kannst dir unseren Content anschauen. Alles ganz professionell. Lifestyle, Fitness, gesundes Leben und ich rede nicht von Superfood, sondern Gesundheit für die Seele.«

»Wir haben uns hier auf der Insel kennengelernt«, sagte Jack.

»Sehr romantisch«, säuselte Casey.

»Nein. Wir sind kein Paar. Das wollte ich damit sagen.« Jacks Ton nahm einen scharfen Klang an.

»Wir sind nur Freunde«, ergänzte Jette, der Jacks Beharren auf die Nerven ging.

»Gecheckt. Habt ihr Lust? Wir liegen in der Bucht. Wir laden euch zum Abendessen ein. Alexander ist ein begnadeter Koch. Er hat bei einem Einheimischen Lobster bestellt und wird die heute Abend zubereiten. Wir haben guten Weißwein, Knoblauchbrot. Ihr werdet es nicht bereuen.«

Jette spürte, wie Jack zögerte.

»Wir müssen zurück ins Hotel.«

Mit diesem Satz hatte sie gerechnet. Natürlich. Sie waren mit Heidi zum Essen verabredet. Doch die hatte bestimmt Verständnis. Jette konnte sie anrufen.

»Lass uns mitgehen«, flüsterte sie. Auf Elroys Gesicht breitete sich ein Lächeln aus. Er hatte sie gehört.

Jack antwortete nicht sofort. Sie sah, wie er innerlich mit etwas kämpfte. Hatte er Sorge um seine Privatsphäre? Offensichtlich redete er nicht gern über sein Leben, sonst hätte sie längst erfahren, wie erfolgreich er in seinem Job war, dass er von Fremden in der Wildnis darauf angesprochen wurde. Vielleicht war es auch nicht gut, ihn dazu zu drängen. Doch der Gedanke, den Abend mit einer Gruppe Menschen auf ihrem Boot zu verbringen, die sie eben erst kennengelernt hatte, in einer Bucht unter Sternenhimmel Hummer zu essen und Geschichten aus einer Sphäre zu hören, die ihr vollkommen fremd war, erfüllte sie mit Sehnsucht. Das konnte sie sich nicht entgehen lassen. Das war das Leben, das sie nie geführt hatte. Die Medizin, die ihr der Arzt verschrieben hatte. Wenn nicht jetzt, wann dann, dachte sie und legte ihm die Hand auf den Arm. Es war ein sanftes Flehen, kein Drängen, doch Jack hatte es verstanden.

»Es wäre uns eine Freude«, sagte er.

»Danke«, flüsterte sie, während Elroy und seine Freunde sich abklatschten.

»Na klar«, erwiderte Jack. Das schlechte Gewissen übermannte sie. Das war eindeutig eine Entscheidung, die ohne sie anders ausgefallen wäre. Das wusste Jette.

»Du wirst es nicht bereuen«, flüsterte sie.

»Ich nehm dich beim Wort.«

Sie boxte ihm in die Rippen. Zaghaft, weil da plötzlich eine gewisse Ernsthaftigkeit zwischen ihnen war, die sich gut anfühlte. Jack zuckte gespielt zusammen. Jette wurde klar, dass sich etwas an ihrer Dynamik verändert hatte. Ihre Feindschaft hatte sich in Nichts aufgelöst. Ganz langsam hatte sich eine Vertrautheit zwischen ihnen beiden eingestellt, als wären sie Freunde. Der Gedanke gefiel ihr. Es machte vieles leichter. Das musste an dieser paradiesischen Umgebung liegen. Niemand konnte hier lange böse sein.

Die Wassermassen hinter ihr stürzten aus dem Himmel unaufhörlich herunter und spülten jeden Gedanken an Vergangenes weg. Wie konnte man hier anderes tun, als in der Gegenwart zu leben? Das Tosen betäubte die innere Stimme, die Jette immer wieder an die Zukunft oder verpasste Gelegenheiten denken ließ. Nicht hier – hier war sie präsent, war sie einfach nur sie selbst und keine Summe strukturierter Pläne. Der feine, warme Nebel, der in der Luft lag, schmiegte sich um ihren Körper und kühlte sie unter der tropischen Sonne. Das Glitzern auf ihrer Haut gefiel ihr, das neue Selbst, das sie heute war, gefiel ihr. Eine Frau, die keiner von diesen Menschen kannte. Nicht einmal Jack, mit dem sie gekommen war. Der Gedanke war berauschend. Sie konnte heute sein, wer sie wollte. Niemand brachte ihr eine bestimmte Erwartungshaltung entgegen. Sie sollte sich selbst überraschen, sollte etwas wagen und weitergehen, als es typisch für sie war. Nur diesen einen Tag.

Die alte Jette wäre nicht zum Hummeressen auf einem Segelboot eingeladen worden. Na gut. Die Einladung galt Jack, aber wen interessierte das? Sie würde auf diesem Boot essen und Geschichten lauschen, die Menschen erzählten, für die so ein Urlaub Alltag war. Ein Segeltörn durch die Karibik. Jette wusste, dass sie im Grunde nicht hierher gehörte, doch sie war fest entschlossen, diesen Tag zu einer bleibenden Erinnerung zu machen. Zu einem unauslöschlichen Teil ihres Lebens.

»Wir machen uns schon einmal auf den Weg und besprechen mit unserem Fahrer, wie wir später wieder zum Hotel zurückkommen«, sagte Jack zu Elroy und den anderen.

»Dann sehen wir uns am Parkplatz oder noch besser, ihr lasst euch von ihm bis zum Cumberland Beach bringen. Da liegt unser Boot. Das sind etwa zwanzig Minuten. In der Nähe der ›Chez Djon Bar‹.«

»So machen wir das. Dann bis später.« Jack hob die Hand zum Abschied und setzte sich in Bewegung. Ihr Abenteuer am Wasserfall war vorbei. Jette zögerte, wusste aber nicht, wie sie die Zeit zurückdrehen konnte. Würde alles wieder so werden, wie es war, wenn sie aus dem Wasser stieg? Sie folgte Jack zum Ufer, wo sie ein Handtuch aus ihrem Rucksack fischte. »Magst du auch?«, fragte sie ihn, nachdem, sie sich abgetrocknet hatte. Sie streckte ihm das Handtuch entgegen.

»Nein, danke.« Er hatte seine Kleidung über den Arm gelegt und wartete auf sie. Wassertropfen glitzerten auf seinen trainierten Schultern. Jette wurde nervös. Sie hatte ihn schon wieder angestarrt. Das musste aufhören. Sie benahm sich wie ein Teenager. Ja, er sah gut aus, zum Anbeißen, um genau zu sein, doch ihre Hormone würden ihre Situation nicht verbessern. Sie mussten Emma und Terry bei der Hochzeitsplanung unterstützen. Was bedeutete, den Fokus nicht zu verlieren. Momentan war sie nicht zurechnungsfähig. Die Sache mit Florian hatte sie insgesamt schwer getroffen. Zwei Jahre unglückliche Liebe – kein Wunder, dass ihre Seele sich nach männlichen Streicheleinheiten sehnte. Sie fühlte sich so ausgehungert, dass sie darüber die Abneigung gegenüber Jack ganz verdrängt hatte. Schön, es gab keinen Grund, ewig nachtragend zu sein, doch sie musste sich jetzt nicht nach ihm sehnen, nur weil er gerade anwesend war.

»Hast du was?«, fragte Jack und riss sie damit aus ihren Gedanken.

»Nein!«, fauchte sie, weil sie sich ertappt fühlte und spürte, dass sie erneut errötete.

»O-kay.« Jack rutschte zurück.

»Entschuldige. Das ist völlig falsch rausgekommen«, sagte sie.

»Da bin ich erleichtert. Ich dachte schon, ich hätte etwas falsch gemacht.« Er sah sie ruhig an und sie erkannte das unterdrückte Grinsen.

»Nein. Ich bin unhöflich. Tut mir leid. Vielen Dank, dass wir die Tour zu dem Boot machen. Ich weiß, dass du darauf keine Lust hattest.« Sie setzten sich in Bewegung und liefen die Stufen zum Podest hinauf.

»Es schien dir wichtig zu sein.« Er zuckte die Achseln.

»Das klingt wahrscheinlich völlig armselig, aber in meinem Leben gibt es wenig bis gar kein Abenteuer. Ich konnte nicht widerstehen.«

»Da unterscheiden wir uns. Meines besteht nur aus Abenteuer.«

»Wie kommt das?«, fragte sie.

»Ich will es so. Ganz einfach.«

»Dann kannst du mein Beharren wahrscheinlich verstehen.«

»Auf jeden Fall. Obwohl ich nicht weiß, wie abenteuerlich ein Hummer-Dinner auf einem Boot sein soll.«

»Das ist für die romantische Jette in mir«, sagte sie. Sofort tat ihr ihre Impulsivität leid. Insbesondere, nachdem sie ihn hatte zucken sehen. »Ich meine natürlich nicht in Bezug auf dich.« Sie lachte gekünstelt. »Ein Dinner in der Karibik unter Sternenhimmel – wie oft werde ich diese Gelegenheit in meinem Leben bekommen?«

Sein Blick sprach Bände.

»Ich meine nicht einfach nur draußen. Doch ich gehöre nicht zu den Menschen, die solche Urlaube machen. Das hier …« Sie zeigte zurück zum Wasserfall. »Oder ein Boot mieten und drauflossegeln. Das bin nicht ich.«

»Das bist nicht du? Warum willst du es dann?«

Darauf hatte sie keine Antwort. Sie sah ihn an. Plötzlich dämmerte ihr, worauf er hinauswollte. »Ich meine, dass ich mir so etwas niemals gönne.«

»Wieso nicht? Du könntest bei euch drüben im Mittelmeer segeln gehen. Dafür muss man nicht auf einen anderen Kontinent fliegen.«

»Bei dir klingt das so einfach.«

»Ist es das nicht?«

Sie schüttelte den Kopf.

»Wieso nicht?«

Darüber dachte sie eine Weile nach. »Ich schätze, dass ich Angst davor habe, allein aufzubrechen. Meine Freundinnen sind alle verheiratet und haben keine Zeit oder kein Bedürfnis nach so einem Abenteuer.«

»Und doch sind du und Heidi hier.«

»Es geht um eine Hochzeit.«

»Also viel unwichtiger für dich als deine eigenen Bedürfnisse, oder?«

»Nein! Das ist ja furchtbar, was du da sagst. Meine Freunde stehen immer an erster Stelle.«

Sie sah Verwirrung in seinem Gesicht. »Du fliegst für sie hierher, aber nicht für dich?«

»So könnte man es ausdrücken. Aber das ist doch normal, oder? Jeder hängt doch in der Tretmühle fest. Man kann eben nicht immer alles hinschmeißen, um sich die Welt anzusehen, auch wenn man es sich wünscht.«

Er schwieg. Inzwischen hatten sie den Abstieg zur Hängebrücke erreicht. Jack ging voraus. Er wirkte völlig in Gedanken. Jette achtete auf ihre Schritte und dieses Mal hielt sie sich auf beiden Seiten gut fest. Verständlich, dass ihr spießiges Leben ihm Kopfschmerzen verursachte. Nach allem, was sie gehört hatte, war er ein Weltenbummler. Auf sein Verständnis musste sie nicht hoffen. Da von seiner Seite nichts mehr kam und sie sich unwohl zu fühlen begann, schnitt sie ein neues Thema an. »Du besitzt also ein Fitnessimperium und die Leute kennen dein Gesicht.« Sie hatte die Stimme erhoben, so, dass er sie hören musste, obwohl er einige Meter vor ihr lief.

»Was? Äh.« Er drehte sich nicht um. In seinem nackten Rücken verspannten sich die Muskeln. »Es sind einige Studios in der City. Nicht so wild.«

»Da klingt dein Name aber anders.« Sie lachte. Die Tatsache, dass er nicht mit einstieg, brachte sie aus dem Konzept.

»Mag sein.«

»Warum redest du nicht darüber? Man sollte doch meinen, dass du stolz darauf bist.«

Er blieb stehen und sah ihr in die Augen. »Das bin ich. Tatsächlich. Ich habe mit einem moderaten Budget vor einigen Jahren angefangen und musste oft kreativ sein, wenn es darum ging, einen Dollar zu dehnen.«

»Ich denke, es gehört eine gehörige Portion Mut dazu, den Schritt in die Selbstständigkeit zu wagen.«

»Aber das bist du doch auch. Selbstständig.«

»Schon, aber ich habe nicht viel investiert. Ich besitze ein Arbeitszimmer und einen Computer.«

Er lachte. »Na gut. Ein wenig anders war es bei mir schon.«

»Aber du hast es dir erarbeitet. Richtig? Es gab kein Startkapital von der Familie.«

»Vor dir steht der Lottogewinner, der alles in Fitnessgeräte investiert hat.«

Jette machte große Augen.

»Spaß! Ich hatte nichts, wie man so schön sagt.«

»Terry sagte, dass du in der letzten Zeit viel unterwegs warst. Das Leben als Unternehmer sagt dir also offensichtlich nicht zu. Warum dann das Ganze?«

Jack sog geräuschvoll die Luft ein. »Terry schwatzt zu viel.«

»Entschuldige. Das war übergriffig.« Jette wurde bewusst, dass Jack während des Gespräches immer ernster geworden war.

Daraufhin schüttelte er nur den Kopf. »Nein. Die Frage liegt nahe. Was meinst du? Wollen wir mit Jaden eine Zeit ausmachen, zu der er uns heute Abend wieder abholen kann?«

Jette war enttäuscht, dass er nicht daran dachte, zu antworten. Dann eben nicht. Sie wollte nur höflich sein. Er konnte ein Geheimnis aus seinem Leben machen. Das passte ohnehin besser zu dem Bild, das sie ursprünglich von ihm hatte. Ein abweisender, menschenscheuer Mann, dem Benehmen abging. »Natürlich. Wenn er so nett ist.«

Eine halbe Stunde später öffnete Jack die Fahrertür zum Jeep und begrüßte Jaden, der mit tief sitzender Basecap und heruntergelassenen Scheiben ein Nickerchen im Schatten gemacht hatte.

»Cumberland Beach, ja?«, fragte Jaden.

»Ja«, sagte Jack.

»Aber Sie essen auf einem Boot, nicht am Strand?«

»Wieso?«, wollte Jette wissen. Sie hatte keine Lust, Jacks Antwort abzuwarten. Jadens Tonfall hatte sie aufhorchen lassen.

Jaden ließ sich Zeit. Das war etwas, das ihr an den Einheimischen schon aufgefallen war. Sie überstürzten nichts. ›Island Time‹ nannten sie dieses Verhalten und Jette fiel es weiterhin schwer, dabei die Ruhe zu bewahren. Ihr Motor lief noch auf Deutschlandrhythmus. »Das Essen kann ich dort nicht empfehlen«, sagte er und richtete seinen Blick auf die Straße. Jack sah aus dem Fenster und so hatte Jette das Gefühl, die Unterhaltung wäre damit beendet. Sie wollte nicht paranoid erscheinen. Also ließ sie es darauf beruhen, lehnte sich zurück und verschränkte die Arme vor der Brust.

Jack zog sich während der Fahrt das enge graue Shirt über. Sie beobachtete, wie sich seine Rückenmuskulatur dabei bewegte, wie die Schulterblätter sich hoben, sein Bizeps sich spannte. Selbst mit dem Stoff darüber konnte sie noch die Konturen erahnen. Plötzlich fing sie seinen Blick im Spiegel der Sonnenblende auf und zuckte zusammen. Ein Lächeln folgte, das sie wütend machte.

»Da ist es«, sagte Jaden und steuerte den Wagen in eine Parkbucht. »Ich vermute, dass eines der Boote dahinten Ihren Freunden gehört.« Er deutete in die Bucht und Jette konnte drei Katamarane sehen, die dort vor Anker lagen.

»Sie sind noch nicht da«, sagte Jack.

»Soll ich hier bei Ihnen bleiben, bis sie kommen«, bot sich Jaden an.

»Nicht nötig. Wir warten in der Bar dort hinten.« Jack wies auf etwas, das Jette gern als Bruchbude bezeichnet hätte, doch ihr fiel der englische Begriff dafür nicht ein. Jaden wirkte genauso geschockt. Wahrscheinlich traute er seinen Fünf-Sterne-Gästen ein derartiges Etablissement nicht zu. Sie sollte sein Vorurteil nicht noch bestärken. Auch wenn es ihr eigentlich egal war, was Jack von ihr hielt, eine Beschwerde passte nicht zu dem Abenteuerdrang, über den sie vorhin noch schwadroniert hatte.

Jack und Jaden vereinbarten, dass sie sich gegen neun wieder an dieser Stelle treffen würden. Jette schnappte sich ihren Rucksack und öffnete die Tür. Die Hitze des Nachmittags drückte sie unbarmherzig zurück ins Auto. Sie schnappte nach Luft und unternahm einen neuen Versuch.

»Es ist noch ein bisschen früh für Cocktails. Willst du baden gehen, bevor wir uns in die Bar setzen?«, fragte Jack. Jette warf einen erneuten Blick auf das Wellblechdach des

Gebäudes mit dem abblätternden Putz und fand, dass der Ozean deutlich einladender wirkte. Als sie ihr Kleid auf ihren Rucksack im Sand gelegt hatte, wandte sie sich an Jack. »Und du?«

»Ich bleibe hier bei den Sachen«, sagte er und ließ seinen Blick über eine Gruppe Jugendlicher streifen, die zwanzig Meter weiter mit einem Fußball spielten. Als Jette ins Wasser ging, fragte sie sich, ob Jaden tatsächlich schon einmal in dieser Bar gegessen hatte oder ob sie ihm völlig unbekannt war.

KAPITEL 20

Jack wollte zurück ins Hotel. Noch lieber wollte er heim, wenn er schon beim Wünschen war. Aber das lag im Bereich des Unmöglichen. Dieser Tag war überaus verwirrend gelaufen. Was auch immer für ein Bild er sich von ihr machte, fünf Minuten später warf sie es mit einer Handlung oder Äußerung über den Haufen. War sie erst noch ängstlich und empfindlich gewesen, wollte sie im nächsten Augenblick den Beweis antreten, dass mehr in ihr steckte.

Noch verwirrender waren seine eigenen Gefühle ihr gegenüber. Er hatte weiß Gott nach der Ablehnung gesucht, die er ihr gegenüber heute Morgen noch empfunden hatte. Doch jedes Mal, wenn er geglaubt hatte, nach ihr greifen zu können, hatte sie sich in Luft aufgelöst und ihn in die Tiefe stürzen lassen. Und dorthin fiel er immer noch. Aber anstatt nach Halt zu suchen, beobachtete er sie lieber, wie sie durch den funkelnden Ozean glitt. Die Scherben, die zweifelsohne entstehen würden, sobald er aufschlug, konnte er später aufsammeln. Für ein Stoppen war es zu spät. Wem wollte er etwas vormachen? Sie hatte mit Heidi telefoniert und ihren Segen erhalten, dass sie sich erst am späten Abend wiedersehen würden.

Hinter Jack entstand Bewegung. Er drehte sich um und entdeckt die Gruppe um Elroy, wie sie mit Rucksäcken über der Schulter auf den Strand zusteuerten. Sie wirkten frisch und überhaupt nicht belastet durch die Hitze, sodass Jack sich plötzlich alt und eingefahren fühlte. Er schälte sich von der Liege und ging ihnen entgegen.

»So schön, dass ihr da seid!«, sagte Elroy und klopfte Jack zur Begrüßung auf die Schulter.

»Jette kühlt sich eben noch ab.« Er suchte sie im Wasser, doch sie war nicht zu sehen. Einen Augenblick packte ihn Panik, doch dann erkannte er sie zwanzig Meter weiter, wie sie den Strand entlang auf sie zu ging. »Sie kommt.«

»Da hinten liegt unser Dinghy.«

Sie setzten über. Es wurde wenig geredet. Jack beschlich das Gefühl, dass man ihn und Jette beobachtete. Wie ein Reptil im Terrarium fühlte er sich.

Das Dinghy wurde von Craig, einem schmächtigen, sehnigen Mann Ende zwanzig gesteuert, der mit halber Kraft übersetzte. Man hatte keine Eile. Der Abend versprach, sich in die Länge zu ziehen. Im Gegensatz zu Jette würde Jack die Sekunden zählen, bis der dünne Mann mit der ledrig gebräunten Haut sie wieder an Land brachte. Notfalls würden sie schwimmen. Doch da sie mit Jaden eine feste Zeit verabredet hatten, brachte es nichts, auf ein frühes Ende zu hoffen. Sie würden nur warten müssen, allein an einem fremden Strand, der wenig einladend wirkte trotz Palmen und Meeresbrise.

Mit einem Blick auf Jette erkannte er, dass sie die Fahrt genoss. Sie hatte sich zurückgelehnt, den Arm ausgestreckt und ließ die Finger durchs Wasser gleiten. In ihren Augen spiegelte sich der Glanz der untergehenden Sonne. Jack stellte sich vor, wie es wäre, mit ihr allein auf diesem Dinghy zu sein, auf eine verlassene Jacht zu fahren und gemeinsam unter den Sternen zu dinieren. Er würde sie nach den Träumen fragen, die sie als Kind gehabt hatte, nach ihrem Alltag und ihrer Familie. Wieso sie sich für fremde Menschen engagierte, warum sie sich fürs Lesen entschieden hatte – ja, er hatte es nicht vergessen. Doch heute waren sie nicht allein und sie würden es vermutlich auch die nächsten Tage nicht sein, sobald das Resort sie zurückhatte mit ihren Freunden und den Verpflichtungen, die mit der Hochzeit zusammenhingen.

Jette wirkte aufgeregt, hing an Elroys Lippen, wenn er etwas erzählte, und warf verstohlene Blicke zu der attraktiven Casey, wenn die nicht hinsah. Jack musste schmunzeln. Man könnte glauben, dass sie sich unsicher in ihrer Haut fühlte von Zeit zu Zeit.

Ben war der Erste, der aufstand und das Dinghy am Katamaran vertäute.

»Ladys«, sagte er und reichte Jette die Hand. Sie ließ sich von ihm auf das Boot helfen. Ihr Blick schnellte nach hinten, sobald sie die wenigen Treppenstufen überwunden hatte, und suchte Jack. Es schmeichelte ihm. Er folgte ihr wenige Augenblicke später und gesellte sich neben sie auf die Bank am Heck.

»Zufrieden?«, fragte er.

Sie lächelte ihn an. Es war ein warmes Lächeln, das ihm Glücksgefühle bescherte. Warum war er überrascht? Er hatte ihr einen Gefallen tun wollen. Aus keinem anderen Grund waren sie hier. Jetzt, da sie glücklich war, machte ihn die Erkenntnis zufrieden. Er war ja kein Unmensch. Warum sollte sie nicht dieses Erlebnis haben dürfen, auch wenn es für ihn womöglich das Risiko barg, dass jemand in seinem Privatleben kramte. Ein Gebiet, das er bisher vor der Öffentlichkeit geschützt hatte. Aus guten Gründen. Nun.

Daran würde sich nichts ändern. Er konnte etwas Nettes tun und trotzdem auf sich achten.

»Gin Tonic?«, fragte Elroy aus der Küche und hielt eine Flasche Hayman's Old Tom in die Höhe.

Jack schüttelte den Kopf. »Danke, Alter. Nicht für mich.«

Die Mädels kamen kichernd nach draußen und stellten ein Cocktailglas in den Farben eines Sonnenuntergangs vor Jette ab. »Du musst doch sicher nicht mehr fahren, oder?«, fragte Casey und zwinkerte ihr zu.

»Nein.« Jette griff zu und stieß mit ihnen an. »Cheers!« Sie leckte sich über die Lippen, nachdem sie das Glas wieder abgestellt hatte. Jack konnte sich vorstellen, wie süß das Zeug schmecken musste. Sicher ein Rum-Cocktail.

»Magst du noch einen?«

Jack konnte sehen, wie sie zögerte. Tatsächlich warf sie ihm einen Blick zu. Süß! Er zuckte die Achseln. Schließlich war sie selbst verantwortlich für das, was sie tat, und wenn sie innerhalb von einer Viertelstunde zwei Cocktails exen wollte, war er der Letzte, der sie aufhalten würde.

»Das ist dann mein letzter«, sagte sie und schob ihr Glas Casey zu.

Elroy hob die Augenbrauen, als Casey mit dem Glas in die Küche kam.

»Sie liebt meine Mai Tais«, zwitscherte sie und stupste ihn mit ihrer Hüfte an.

»Wer tut das nicht?«, antwortete er und schob sich an ihr vorbei, um seinen Drink zum Tisch zu bringen und Jack ein Wasser zu geben. »Alexander kümmert sich um das Essen. Was meinst du? Erst die Arbeit, dann das Vergnügen? Wollen wir ein wenig quatschen?«

Jack hielt es für eine gute Idee, das Gespräch so schnell wie möglich hinter sich zu bringen. Warum also nicht? »Von mir aus gern.«

»Krass! Das ist ein Mann der Tat.«

Ben setzte sich neben sie. Er hatte eine Kamera dabei und stellte ein Mikro zwischen den beiden ab. »Gebt mir noch eine Sekunde. Der Rechner muss hochfahren.«

»Derweil können wir uns ein bisschen aufwärmen, oder? Ich mach das gern so, dass wir ins Gespräch einsteigen und die Kamera kommt später dazu. Ist nicht so langweilig, als würden wir die Zuschauer zwingen, sich mit uns gemeinsam zu beschnuppern. Wirkt natürlicher.«

Er blickte Jack direkt in die Augen, zwinkerte und grinste ein sonnengebräuntes, sommersprossiges Lächeln – selbstbewusst mit einem ordentlichen Schuss Arroganz, wie Jack sie von einem Mitglied der Ivy League, der Riege der Elite-Universitäten, erwartet hätte.

»Du bist der Profi.« Jack erwiderte mit einem strahlenden Lächeln. Ein wenig nervte ihn die abgeklärte Art seiner neuen Bekanntschaft, doch ein Ende des Abends war in Sicht.

»Ich vermute mal, dass du über dein Liebesleben nicht reden willst«, sagte Elroy mit einem Seitenblick zu Jette. Die sog an ihrem Strohhalm und schielte dabei auf das Stück Ananas, dass am Rand des Glases steckte.

»Nein.«

Elroy nickte. »Man munkelt, dass du die Läden verkaufen willst.«

Jack sah, dass Ben ihn anschaute. Also lief die Technik und sie zeichneten auf. »Woher hast du dieses Gerücht?«

»Angeblich warst du längere Zeit auf Reisen und hast das Interesse an den Studios verloren.«

Er hatte nicht geantwortet. Sei's drum. »Ich bin eine Weile gereist. Ja. Das neue Leben ...« Er klopfte auf den Stahl. »Ich musste mich mit einigem arrangieren in den letzten Monaten.«

Ein Nicken von beiden Männern und Jette. Sie war ganz Ohr. »Manchmal zwingt dich das Leben, Kassensturz zu machen.«

»Und du hast einiges opfern müssen.«

»Das ist wahr.«

»Ich meine nicht nur den Teil deines Beines.«

»Ich weiß.«

Jack wischte sich einen Tropfen Schweiß von der Stirn. Er wünschte, Jette wäre zu den Mädels vor ins Netz gegangen und würde den Sonnenuntergang bestaunen. »Ich habe meine Zeit gebraucht, um den Verlust zu verarbeiten, doch das hat nichts mit dem Studio zu tun. Das Studio und auch die anderen Standorte sind mein Baby. Ich werde das nicht aufgeben, nur weil mein Leben einen anderen Weg genommen hat, als ich vermutet hätte.«

»Sehr schöne Worte. Darf ich dich fragen, wie viel von deiner Fitness übrig geblieben ist? Ich meine, du warst eine Ikone. Der Unfall hat dich weit zurückgeworfen.«

Gnadenlos. Dieser Schönling! »Das ist wahr. Ich bin sicher nicht mehr das Aushängeschild auf den Werbetafeln. Vielleicht noch mein Gesicht. Ich hab mir sagen lassen, das ist ganz ansehnlich.« Jack lachte wie auf Kommando. Er wusste, dass es ansteckend war. Tatsächlich stimmten Ben und Elroy mit ein. Nur Jette runzelte die Stirn. Dass sie etwas auszusetzen hatte an seiner Attraktivität, warf ihn kurz zurück.

Sie unterhielten sich eine Weile über New York City, über Jacks Marktbegleiter und seinen üblichen Tagesablauf, wenn er in der Stadt war. Er gab zu, ein Dinosaurier zu sein, wenn es um Social Media ging und berichtete, dass es dafür ein Team bei ›Foster Goes Wild‹ gab.

»Es wäre eine großartige Werbung gewesen, wenn du auf deiner Reise in den letzten Monaten die Kamera hättest laufen lassen. Die Menschen wollten wissen, wie es dir geht und was du machst. Ob du es verkraftest, oder ob ...«

»... ich vor die Hunde gehe«, vervollständigte Jack seinen Satz.

»Exakt.«

Natürlich wollten sie das wissen. Das hätte sicher die meisten Likes erhalten, dachte Jack und genau das war der Grund, warum er seine Rekonvaleszenz im Privaten hatte vollziehen wollen. Er war nicht sicher, wie es ausgehen würde. Außerdem hatten ihm die sozialen Medien nur Ärger gemacht. Durch sie war er doch erst über die Klippe geschubst worden.

»Wie gesagt, ich bin da eher altmodisch. Außerdem treffe ich meine Entscheidungen im Leben unabhängig von der Meinung anderer. Das heißt nicht, dass mir meine Kunden nicht am Herzen liegen und ich nichts auf ihre Wünsche und Gedanken gebe. Doch ich wäre nicht da, wo ich heute bin, wenn ich mir jedes Mal den Segen der Öffentlichkeit eingeholt hätte. Ich glaube, es kann zermürbend sein, wenn man seine Ideen teilt und dann Feedback querbeet dazu erhält. Ich würde nicht vorankommen. Ganz ehrlich. Die Masse ist sich doch nie einig. Warum sollte ich sie fragen?«

Sein Team hätte ihn gebeten, diesen Teil rauszuschneiden zu lassen.

»Ist es möglich, dass dir ein Leben außerhalb des Rampenlichts lieber wäre?« Diese Frage kam von Ben.

»Ich führe ein Leben außerhalb des Rampenlichts. Ja. Dieses Interview wird auf eurem Kanal ausgestrahlt und ihr habt mit Verlaub bestimmt eine entsprechende Reichweite. Doch wen interessiert schon die Meinung eines ehemaligen Sportlers. Ich führe mein Geschäft nach dem Unfall weiter. Die Betreuung, die ihr in meinen Läden erhaltet, das Coaching, das jahrelange Know-how – nichts von dem ist mit meinem Schienbein verloren gegangen. Wir sind nicht dort, wo wir sind, weil wir auf einer Trendwelle schwimmen oder weil uns die richtigen Leute auf ihren Kanälen erwähnt haben. Das ist das Resultat jahrelanger harter Arbeit. Nachhaltiger Arbeit. Kein Glück. Wenn man uns empfehlen will – umso besser. Doch angewiesen sind wir nicht darauf. Das mag überheblich klingen.« Er sah, wie Jette nickte. Das irritierte ihn einen Moment.

»Dein Studio ist erste Sahne, mein Lieber.« Elroy wippte mit dem Kopf hin und her.

»Danke.«

»Und du hast recht. Die Beratung ist Spitzenklasse. Ihr seid fantastisch ausgerüstet und die Saunalandschaft will man überhaupt nicht mehr verlassen.«

»Die ist gut.«

»Dann bedanke ich mich bei dir, dass du so cool warst, uns in deinem Urlaub Zeit zu widmen. Ich habe heute einiges dazugelernt. Wenn dich das Leben in den Arsch tritt, zeig ihm die kalte Schulter und bleib dir treu. Du musst deine Träume nicht aufgeben, nur weil nicht alles nach Plan läuft, richtig?«

»Richtig.« Jack spürte einen Schweißtropfen die Schläfe hinunterlaufen.

»Es war mir eine Ehre.« Elroy reichte ihm die Hand und beendete damit den Podcast.

»Klasse, Alter! Ben kümmert sich morgen ums Schneiden und Editieren und dann geht die Folge in wenigen Tagen online. Ich kann gar nicht sagen, wie begeistert ich davon bin, dich in der Sendung gehabt zu haben.«

»Jederzeit wieder«, sagte Jack und bereute seine Worte sofort. Er erntete zwei Schulterklopfer von den Jungs, die ihn durchschüttelten.

»Ich kann trotzdem nicht verstehen, dass du die Latina kurz vor eurer Hochzeit einfach so abgeschossen hast. Sie hat doch nach dem Unfall zu dir gehalten. Ich glaube, wenn das ein Mann mit mir gemacht hätte, wäre ich nicht so zivilisiert geblieben wie sie.« Der Spruch kam von der kleinen, drahtigen Blondine.

»Lass ihn in Ruhe, Elsa«, fauchte Elroy. »Jack ist ein einsamer Wolf. Nicht für die Ketten der Ehe geschaffen, das hat er doch damals deutlich gesagt.« Er zwinkerte Jack zu, der automatisch Jette angesehen hatte. »Ich hab das Interview in ›Peoples‹ gelesen.«

Plötzlich brach die Hölle los.

KAPITEL 21

Jette hörte die lauten Stimmen, noch bevor sie etwas sah. Ben und Elroy waren aufgesprungen. Der Laptop hatte dabei einen Satz gemacht und lag auf der freien Bank neben dem Tisch. Die Blondine kreischte. Jette starrte durch einen Mai-Tai-Nebel in Jacks Gesicht. Seine Augen waren so dunkel. Bisher hatte sie gedacht, sie wären hellblau. Den Bruchteil einer Sekunde später war sie von der allgemeinen Panik erfasst worden. Männer! Da waren plötzlich drei dunkelhäutige fremde Männer bei ihnen an Bord. Sie schrien etwas, das Jette nicht verstand. Und schon wurde sie von der Bank gezogen und Jack verschwand aus ihrem Blickfeld. Er hatte völlig ruhig dagesessen. Verzögert erreichte sie der Rest des Bildes. Ein Mann hielt ihm ein Messer an die Kehle. Jettes Herz raste. Als sie in die Küche geschubst wurde, zu Alexander und Casey, geriet sie ins Straucheln und schlug lang hin. Sie traf hart mit dem Wangenknochen auf dem Boden auf und biss sich dabei auf die Zunge. Schon schrie sie einer der Eindringlinge an. Craig, der zu diesem Zeitpunkt aus einer der Kabinen kam, half ihr hoch. Seine dürren, aber kräftigen Arme gaben ihr Halt. Sie umklammerte ihn im Griff einer Ertrinkenden, als ihre zitternden Beine unter ihr nachgaben.

»Geht's wieder?«, flüsterte er kaum hörbar, nachdem er sie aufgerichtet hatte.

Sie nickte.

»Haltet die Hände dort, wo ich sie sehen kann. Alle vor das Waschbecken. Schnell!«, schrie der Mann auf Englisch. Der hielt sie mit einer Handfeuerwaffe in Schach. Er trug nur Shorts, über der sich viele, sehnige Muskeln abzeichneten. Seine kurzen schwarzen Haare bedeckte ein glänzendes gelbes Tuch, das er am Hinterkopf zusammengebunden hatte. An einer seiner Rippen schlängelte sich eine gezackte tiefschwarze Narbe entlang. Ein unangenehmer Geruch stieg Jette in die Nase. Jette vermutete, dass der von der Hose kam, die er trug. Unzählige Salzflecken verliehen der ein zähes Äußeres. Sie spürte ihr Herz in der Kehle pochen. Jack trat nach drinnen. Hinter ihm ging der Mann mit ausgestrecktem Arm, der ihm das Messer an den Hals gehalten hatte. Er hielt es in der Hand und lenkte Jack damit. Der setzte einen Fuß mit Bedacht vor den anderen. Seine Miene zeigte keine Regung. Auch Elroy, Ben und Elsa wurden hereingetrieben. Die Blondine hielt sich die Hände an den Kopf und schrie immer, wenn sie von einem der bewaffneten Männer berührt wurde. Jack stellte sich neben Jette. »Piraten«, flüsterte er.

»Was?«

»Sie wollen uns ausrauben. Verhalte dich ruhig.«

Jette merkte, wie das Zittern zurückkehrte.

»Es ist alles halb so wild.« Jack sah sie an. Mit der Hand berührte er ihre.

»Flossen nach oben!«, brüllte der Typ mit dem gelben Kopftuch. Elsa schrie bei der Heftigkeit seiner Worte auf und Jette zuckte zusammen. Sie nickte, sowohl als Antwort zu seiner Aufforderung, als auch um Jack zu bestätigen, dass sie ihn verstanden hatte.

Einer der Männer hatte einen Sack dabei. Er sammelte die Handys ein. Dann ging er in die Kabinen. Jette konnte nur vermuten, dass er dort nach Wertsachen suchte. Während ›Kopftuch‹ mit seiner Waffe auf sie zielte, und sie ermahnte, keinen Blödsinn zu machen und nicht die Helden zu spielen, grapschte der Dritte im Bunde sich den Laptop von der Bank und das restliche Equipment für die Aufnahmen.

»Nein!«, schrie Elroy und machte einen Satz nach vorn. »Da sind Aufnahmen von zwei Wochen Urlaub drauf.«

Das nächste, an das sich Jette erinnerte, war ein Knall und direkt danach ein Pfeifen auf ihrem linken Ohr. Elroy, der ein Stück vor ihr gestanden hatte, ging in die Knie und fiel wie ein Sandsack zur Seite. Ihr wurde schlecht. Auf seiner Schulter breitete sich ein roter Fleck aus, der sein weißes Polo durchtränkte. Blut. Sie hielt den Atem an. Elsa ging zu salvenartigen Schluchzern über. Elroy bewegte sich nicht.

»Zurück!«, brüllte der Mann, aus dessen Waffe der Schuss gekommen war. Jack, der sich im ersten Moment zu Elroy heruntergebeugt hatte, schrie ihn an: »Nehmt die Sachen und verschwindet. Er braucht einen Arzt!«

Jette sah bereits eine zweite Kugel durch die Luft zischen, doch nichts geschah. Stattdessen kam der Kerl mit den Rastalocken aus den Kabinen nach oben gestürmt und fragte, was hier los sei. Die drei gerieten in Streit und Jette hatte Schwierigkeiten, alles zu verstehen. Zu gebrochen war ihr Akzent und eine zweite Sprache hatte sich unter das Kauderwelsch gemischt, doch sie schnappte einige Fetzen auf. Sie haben unsere Gesichter gesehen, war einer davon, der ihr einen eisigen Schauer über den Rücken jagte.

›Muerte‹, das spanische Wort für ›Tod‹, erreichte ihre

Ohren, und das genügte, um die Panik anzuheizen, die sie seit Jacks Rat zu unterdrücken versucht hatte. Derweil zog Jack Elroy nach oben. Er war ohnmächtig geworden. Wahrscheinlich eine Schockreaktion. Jette wurde es leichter zumute, als sie erkannte, dass Elroy nicht tot war. Dennoch wurde sein Shirt mehr und mehr mit Blut getränkt und sie sah an seiner ungesunden Hautfarbe, dass es ihm nicht gut ging. Er verlor zu schnell zu viel Blut, dachte sie.

»Ein Durchschuss.« Jacks Stimme drang an ihr Ohr. »Er braucht schnell einen Arzt. Hier! Wir müssen von beiden Seiten auf die Wunde drücken.« Er griff nach hinten und angelte nach zwei Handtüchern, die neben der Spüle lagen. Der Rastamann schrie ihn an, doch Jack kümmerte sich nicht darum. Jette beobachtete in Schockstarre seine Handgriffe, ließ aber den Piraten nicht aus den Augen. Der verausgabte sich zunächst, doch dann presste er die Lippen aufeinander, ging einen Schritt nach vorn, entriss seinem Kumpel die Knarre und schlug Jack mit dem Knauf der Waffe nieder. Der verdrehte die Augen und sank zu Boden.

»Fesselt sie«, sagte er zu seinen Freunden und warf einen finsteren Blick in die Runde. Elroy wirkte wackelig auf seinen Beinen. Wenn sie alle gefesselt werden würden, wie sollten sie rechtzeitig nach einem Arzt rufen?

»Jack?« Erst ganz leise, dann wurde sie mutiger und versuchte es etwas lauter. Der Rastamann wurde auf sie aufmerksam. Sie schloss die Lippen. Jack rührte sich nicht. Er benötigte ebenso einen Arzt. Was wollten diese Männer? Jack hatte gesagt, dass es sich um Piraten handelte. Einfache Diebe, die nicht an einem Gewaltverbrechen interessiert waren. So weit die Theorie. Sie wollten sie fesseln und dann verschwinden. Sich einen Vorsprung verschaffen, bevor die

Crew sie der Polizei beschreiben konnte. Gab es einen Weg, sie daran zu hindern?

»Entschuldigung.« Jettes Stimme zitterte. »Hallo?« Sie suchte den Blick einer der Männer.

»Was willst du, Lady?«, fragte er, als sie seine Aufmerksamkeit hatte.

Jette ignorierte ihr galoppierendes Herz und atmete tief ein. »Die Männer brauchen einen Arzt. Wenn sie keinen bekommen, kann es passieren, dass der Schaden größer ist, als Sie sich wünschen.«

Er grinste. Dann schaute er auf einen seiner Kumpels, die Waffe während der ganzen Zeit auf Jette gerichtet. »Der Schaden größer ist, als Sie sich wünschen«, äffte er sie nach. ›Kopftuch‹ gackerte.

»Wenn jemand stirbt, wird die Polizei jeden Stein auf der Suche nach Ihnen umdrehen«, ergänzte sie, ohne sich ihre Angst anmerken zu lassen.

Der Rastamann kam ganz dicht vor ihr Gesicht. Sie roch Zigarren und die vergorenen Rückstände von Alkohol.

»Und wenn wir euch jetzt einen Arzt rufen lassen, versprecht ihr uns, der Polizei nichts zu sagen?« Er legte den Kopf schief. Sie nickte. Erst als er die Mundwinkel nach oben bog, erkannte sie, dass er sich über sie lustig machte. »Habt ihr das gehört?« Ein Feixen verließ seine Kehle und Jette fühlte, wie Ohnmacht sie überkam.

»Mir ist schwindelig«, stöhnte Elroy neben ihr.

»Lassen Sie ihn sich wenigstens hinsetzen!«, rief sie.

»Von mir aus.« Der Verbrecher ließ die Waffe sinken und drehte ihr den Rücken zu, als jemand nach der Knarre griff und sie ihm entwendete.

Jack.

Ein Schuss löste sich und Jette kniff die Augen zusammen. Im selben Augenblick hörte sie Holz splittern. Jack wischte mit seinem gesunden Bein über den Boden und brachte den Mann mit der Haarpracht zu Fall. Kaum lag er neben ihm, drückte er ihm die Knarre an die Schläfe. »Ich drücke ab, wenn ihr nicht augenblicklich verschwindet!«, schrie er. Die beiden anderen wechselten Blicke.

»Na, los doch! Touri. Töte den bösen Piraten«, zischte der Mann auf dem Boden und entblößte eine kräftige Zahnlücke. Jette sah, wie Jack Luft holte. Sie glaubte nicht, dass er abdrücken würde. Das war keine Notwehr und Jack war kein Mörder. Ihre Angst wuchs, als ihr klar wurde, dass jeder hier im Raum das wusste, auch der Pirat. Während sie auf Elroys Wunde drückte, trafen sich ihre und Jacks Augen. Er musste die Hoffnungslosigkeit in ihren gesehen haben, denn seine Brauen schnellten in die Höhe.

»Jette!«, rief er. »Was ist mit deinem Kopf?« Er rappelte sich auf, während Jette noch versuchte, zu verarbeiten, was er damit gemeint hatte. »Dein Ohr ...«

Der Pfeifton kam ihr wieder in den Sinn, den sie vorhin gehört hatte, und plötzlich war er da – der Schmerz. Erst ein Brennen, als hätte sich die Kopfhälfte entzündet. Dann spürte sie ein Pochen am rechten Ohr. Sie drehte den Kopf zur Schulter und tastete mit der Hand in Richtung der Quelle. Sie fühlte die klebrige Flüssigkeit zur selben Zeit, zu der sie die Blutlache auf ihrer Kleidung und der Haut drumherum sah.

Jack war dicht an sie herangerutscht. Er griff mit beiden Händen nach ihren Oberarmen. »Es hat aufgehört zu bluten, hörst du?«

Jette hörte ihn. Und dann wurde ihr schwarz vor Augen.

KAPITEL 22

Jacks Blut rauschte durch seine Adern. Sie hatten sie angeschossen! Sie lag bewusstlos zu seinen Füßen, zusammengesackt wie ein Häuflein Wäsche. Er drückte dem Abschaum am Boden die Knarre auf die Stirn, bis sie einen dunkelroten Abdruck darauf hinterließ. Sein Kopf bewegte sich wie bei einem Tennismatch im Zeitraffer zwischen diesen beiden Menschen hin und her. Zu der Frau, die es heute geschafft hatte, sein Herz zu berühren, und zur Kreatur, die ihres ebenso gut hätte durchlöchern können, wenn er nur größer gewesen wäre und in einem anderen Winkel geschossen hätte.

»Jette!« Jack rüttelte mit seiner freien Hand an ihrer Schulter. Obwohl die aussah, als hätte man auf Jette eingestochen, so war sie nicht verletzt. Das gesamte Blut stammte von ihrem Ohr, von dem man ihr ein winziges Stück weggeschossen hatte. Das musste passiert sein, als Elroy getroffen worden war. Sie hatte hinter ihm gestanden.

»Keith, lass uns abhauen. Am Strand ist Bewegung. Ich schätze, die haben die Schüsse gehört«, rief der schlaksige Typ in den schmierigen Shorts. Keith und seine Haarpracht warfen Jack einen unsicheren Blick zu. Dass die Dinge sich geändert hatten und er inzwischen zu allem bereit war, um Jette zügig zu einem Arzt zu schaffen, konnte man ihm sicher ansehen. Er löste die Waffe von der Haut des Piraten, ließ sie aber nicht sinken. Der erhob sich, nicht ohne zügig einen entsprechenden Abstand zwischen sich und Jack zu bringen, und schlich rückwärts zur Tür. Sie flohen aus der Kabine und ließen eine Gruppe verstörter Menschen zurück, die lange nicht zu sprechen wagten, selbst nachdem sie den Motor eines Bootes hatten aufheulen hören. Als klar war, dass die Bande nicht zurückkehren würde, löste sich die Anspannung.

Casey griff unter ihren Badeanzug und zückte ein Handy. »Raffiniert, oder?«, sagte sie zu Ben. Dann hielt sie es in die Runde und sagte etwas. Es dauerte einige Sekunden, bis Jack klar wurde, dass sie einen Film drehte. »Bist du irre? Wenn du nicht auf der Stelle einen Arzt rufst, hack ich das Ding in tausend Teile und schmeiß dich mit ihnen gemeinsam über Bord!«

Sie erstarrte, zog sich ein Stück zurück und nickte dann heftig.

»Jette!« Jack beobachtete mit Erleichterung, dass sie die Augen aufschlug. Er musste sich zusammenreißen, sie nicht auf die Stirn zu küssen. Jack hatte einen Arm unter sie geschoben, sodass sie nicht auf dem Boden liegen musste. Nicht nur das – er hatte sie dicht an seinen Körper gezogen. »Geht's wieder?«

Sie runzelte die Stirn. Dann nickte sie, als die Erinnerung zurückzukommen schien.

»Sie sind weg und ein Arzt unterwegs«, sagte er. Jack konnte sich nicht verkneifen, einen Blick auf Casey zu werfen, die sich beeilte, zu nicken.

»Wie geht's Elroy?« Sie löste sich von ihm und sah sich um. Er registrierte die Leere an der Stelle, an der sie ihn berührt hatte.

»Er hält sich wacker. Ben und Alex drücken auf seine Wunde und Elsa hat ihn mit Wasser versorgt. Du hast auch ein bisschen Blut verloren.«

»Ist es schlimm?«

»Kaum. Man kann deutlich größere Teile von seinem Körper verlieren, ohne zu sterben.« Er konnte sich ein Schmunzeln nicht verkneifen. Sie boxte ihm auf den Arm. Dabei rutschte sie so dicht an ihn heran, dass er wieder ihr fruchtiges Parfum riechen konnte. Er spürte die Wärme, die von ihr ausging, und ein Knistern, das wie Sand über seine Arme rieselte und die Härchen aufstellte. »Es ist nur das Ohrläppchen«, sagte er mit einer Stimme, die zwischen den Wörtern brach. Nach einem Räuspern erlangte er sein Selbstbewusstsein zurück. »Du warst nur kurz weggetreten, weil dich das Blut geschockt hat. Alles wird gut. Die Kugel hat erst Elroy und dann dich getroffen.«

Sie verzog das Gesicht und Jack musste lachen. Es war die Erleichterung, die da aus ihm sprach. Sie hatte wunderschöne, lange Wimpern. Nun drückte er sie doch an sich und küsste sie. Das Bedürfnis war aus ihm herausgebrochen. Der Abend hätte sie das Leben kosten können, wenn sie nur wenige Zentimeter weiter rechts gestanden hätte. Dann wäre es vorbei gewesen. Für immer und Jack hätte nicht mehr die Chance gehabt, sie kennenzulernen. Diese widersprüchliche Frau, die ihn in einer Sekunde zusammenfaltete, und in der anderen so aussah, als hätte sie Angst vor der ganzen Welt. Das Bedürfnis, sie vor allem zu beschützen, war heute mehrfach in ihm hochgekommen. Bisher hatte sie sich mit ihrem Verhalten dagegen gewährt und er akzeptierte das, doch vor ein paar Sekunden hatte sie in seinen Armen gelegen. Von Gegenwehr keine Spur. Möglich, dass die Ohnmacht eine Rolle gespielt hatte, doch wer wollte schon so kleinlich sein.

Jette wirkte überrascht. Der Kuss war ihm natürlich erschienen, doch jetzt holte ihn die Realität ein und er merkte, dass er mit dieser Empfindung möglicherweise allein dastand. »Wo ist die Kugel?«, fragte sie.

Ein unverfängliches Thema! Er war erleichtert. »Die steckt irgendwo da hinten in einem der Küchenschränke, würde ich vermuten.« Er löste seinen Griff um sie und sie nutzte die Gelegenheit, um aufzustehen. »Hast du Schmerzen?«

»Es brennt, aber halb so wild. Jetzt, wo ich weiß, was es ist.«

»Tapfer.«

Von draußen hörten sie Motorengeräusche. Männer kletterten an Bord. Jack war erleichtert, dass er nicht in die ganze Bürokratie involviert sein würde. Er hatte das Boot nicht gemietet und alles, was sie von ihm benötigten, war eine Zeugenaussage.

Eine gefühlte Ewigkeit später fuhr er mit einem Arzt, Elroy und Jette an Land. Sie stiegen in einen Krankenwagen. Jack hatte ein wenig diskutieren müssen, dass er bei Jette bleiben konnte, doch als sie ihnen erzählte, dass er auf den Kopf geschlagen wurde und besinnungslos war, nahmen sie ihn mit. Er dachte an Jaden, der vermutlich umsonst auf sie warten würde. Jack hatte jedes Gefühl für Zeit verloren. Sein Handy war geklaut worden, ebenso das von Jette. Ihren Rucksack hatten sie dagelassen. Einer der Krankenpfleger sagte, es wäre kurz nach sieben, und er spekulierte darauf, dass er vom Krankenhaus womöglich noch rechtzeitig im

Hotel anrufen könnte, um Jaden in die richtige Richtung zu lotsen. Nach etwa einer Stunde erreichten sie das Milton Cato Memorial Hospital. Man hatte sie bewusst nicht zum näher gelegenen Heath Center gefahren, um Elroy die beste Versorgung im Umkreis angedeihen zu lassen. Der hatte, trotz zeitweiliger Schwächeanfälle, mit seiner Platinum Card gewunken und um eine bevorzugte Behandlung gebeten. Er wirkte stabil, und nachdem man ihm im Krankenwagen einen Druckverband angelegt hatte, kam Farbe in sein Gesicht zurück.

In der Klinik hatten sich ihre Wege getrennt, und Jack, der auf eine ärztliche Untersuchung verzichtete, bestand darauf, Jette zu begleiten. Nachdem sie genäht worden war, rief er im Hotel an und bat darum, sie aus dem Hospital abzuholen. Während sie warteten, schlief Jette auf dem Stuhl neben ihm ein. Sie sah aus wie die letzte Überlebende einer Horrorhochzeit: das zarte weiße Kleid blutgetränkt, mitgenommen. Sie hatten ihre Wunde gereinigt, doch an ihrem Hals klebte nach wie vor der Beweis für die Schießerei, die an Bord von Elroys Katamaran stattgefunden hatte. Das schöne Interview, dachte Jack und grinste. Alles für die Katz. Den Laptop hatten sie mitgenommen. Sein Personal würde ihn nicht anzählen müssen, weil er einen Shitstorm in den Sozialen Medien ausgelöst hatte.

»Du warst heute Nacht die Heldin in deinem Abenteuer«, murmelte er, nachdem ihr Kopf seitlich auf seine Schulter gekippt war. Er küsste sie aufs Haar, schloss die Augen und ergab sich einen Moment lang dem Gefühl vollkommenen Friedens. Als Jaden schließlich durch die Tür trat, konnte er nicht anders, als leise zu fluchen, was der nicht bemerkte. Zum Glück. Der schlug beim Anblick von Jette die Hände vors Gesicht.

»Keine Sorge. Es geht ihr gut. Es ist nur das Ohrläppchen. Nicht das ganze Ohr.« Er hatte gewusst, dass er diese Erklärung noch das ein oder andere Mal würde abgeben müssen, als er selbst zum ersten Mal Jettes Verband in voller Größe gesehen hatte.

»Ich hätte bei Ihnen bleiben sollen«, sagte Jaden. Der kräftige Hüne schloss die Augen, während er den Kopf hin und her wiegte, als beschreibe er einen gigantischen Fehler. Seinen Fehler.

»Wir sind alle erwachsen, Kumpel. Wer konnte ahnen, dass wir auf Piraten treffen in dieser Nacht.«

»Das kommt in unseren Gewässern nicht so selten vor.«

»Tatsächlich?«

»Ja. Die Menschen in der Umgebung sind sehr arm. Ich hatte Ihnen davon heute Morgen berichtet.«

»Richtig. Sie sagten so etwas.«

»War die Polizei schnell da?«

»Relativ. Sie haben einen Arzt mitgebracht. Einer von der Crew hat sich eine Kugel eingefangen.«

Wieder dieses Kopfschütteln.

»Ein glatter Durchschuss in der Schulter. Er wird es überleben. Vermutlich ist er längst live und dreht ein Video aus dem Krankenhausbett.«

Jaden zeigte seine Zähne und streckte Jack eine Gettofaust entgegen, der die Aufforderung mit einem Schmunzeln annahm. »Ich liebe Ihren Humor, Mann! Können wir die Lady aufwecken? Dann bringe ich Sie beide ins Hotel zurück.«

Jack ließ die Frage sacken, um ein wenig Zeit zu gewinnen, dann ergab er sich in sein Schicksal und nickte. »Jette. Jaden ist da. Lass uns heimfahren«, flüsterte er. Sie schmatzte. »Jette.« Jack rüttelte an ihrer Schulter. Die Frau an seiner Seite rekelte sich. Wie ungern machte er sie wach! Er hätte sie liebend gern schlafen lassen. Nicht nur, weil sie so nah bei ihm war, sondern weil sie die Ruhe brauchte. Kurz durchzuckte ihn der Gedanke, wie es wäre, sie aus dem Auto zu tragen, sie auf die leere Seite seines Bettes zu legen und schlafen zu lassen. Doch das würde nicht geschehen. Sie hatte ihr eigenes Zimmer, mit ihrer Freundin zusammen, die sich Sorgen machte, und womöglich an der Zimmertür auf sie wartete.

»Ich will noch nicht«, tönte es zu seiner Rechten.

»Aber wir müssen los. Ich bring dich ins Bett. Es ist nur eine kurze Fahrt ...«

Jaden nickte.

»Versprochen«, sagte Jack.

Jette klappte ein Auge nach oben. Das andere folgte. Dann war sie da. Nach einem Blick auf ihren Fahrer stand sie auf. Die Beine wackelten ein wenig, doch Jaden besaß eine Wendigkeit, die man ihm nicht ansah. Er griff ihr unter die Arme, sodass sie nicht zusammensacken konnte.

»Entschuldigt. Mir geht's gut. Das ist die Müdigkeit. Wie spät ist es?«

»Nach zehn, Miss.«

»Ich werde alt«, sagte sie und runzelte die Stirn.

»Blödsinn! Du hattest einen Adrenalinrausch und zusätzlich ein wenig Blut verloren. Natürlich bist du knülle.« Wenn Jack sich mit etwas auskannte, dann mit der Belastbarkeit menschlicher Körper. »Haben Sie Wasser im Auto, Jaden?«

»Jede Menge.«

»Du wirst was trinken, sobald du dich angeschnallt hast.«

Sie nickte. Dann hakte sie sich bei Jack unter und ließ sich von ihm zum Wagen führen. Er hörte, wie sie die Füße auf dem Asphalt kaum anhob. Die Hitze hatte sie zurückerobert, seit Jaden die Glastüren vor ihnen geöffnet hatte.

Jack fragte sich, wie lange es dauern würde, bis sie die Distanz zu ihm wiederherstellte. Sie würden nicht ewig von dieser Blase umhüllt sein. Sobald die Sonne morgen früh den Osten aufbrach, verschwand diese Erinnerung unter heißem Sand, Piña Coladas und dem Geschnatter anderer Leute. Die Geschichte ihres gemeinsamen Abenteuers würde wachsen mit jedem weiteren Mal, das sie einer von ihnen erzählte. Und sie würde verlieren. Genau das, was Jack an ihr so gefiel: die Intimität. Er biss die Zähne aufeinander, wenn er an Casey zurückdachte, und ihre erste Reaktion, nachdem die Gangster verschwunden waren. Er hatte keine Lust, bei so etwas mitzumachen. Was ihm wertvoll war, hatte er niemals teilen wollen, eben weil es ihm so viel bedeutete. An diesem Abend hatte er etwas für sich wiederentdeckt und diese Erkenntnis bewegte ihn seither.

Im Wagen setzte er sich zu ihr auf die Rücksitzbank, half ihr mit dem Gurt und organisierte eine Flasche Wasser aus der Seitentasche. Jette wirkte munterer, auch wenn sie schwieg, den Blick raus auf die Straße gerichtet. Wenn er sich zu ihr beugte, konnte er die Spiegelungen der vorbeiziehenden Lichter in ihren Augen sehen. Den Ausdruck darin hätte er gern verstanden. Möglich, dass sie nachdachte, oder sie entspannte sich.

Doch in dem Augenblick, als sie zwanzig Minuten später die Einfahrt zum Hotel passierten, drehte sie sich zu ihm und sagte: »Ich muss dich was fragen.«

Jacks Herz beschleunigte.

KAPITEL 23

»Was ist los?«

»Mir ist schlecht. Glaubst du, das liegt am Blutverlust? Oder habe ich mir was eingefangen? Bakterien in der Wunde? Hast du gesehen, welches Schmerzmittel sie mir vorhin gegeben haben? Eine amerikanische Marke, die ich nicht kenne. Vielleicht ist die in Europa nicht einmal zugelassen.« Kleine rote Flecken breiteten sich auf ihrem Hals aus, und auch wenn Jack von dieser Transformation zunächst fasziniert war, wurde ihm doch schnell klar, dass er Jette aus dieser Übererregung holen musste.

»Sch, sch.« Er griff nach ihren Händen und massierte die Ballen. »Es ist alles in Ordnung. Das Mittel ist harmlos, und dir ist schlecht, weil du heute Abend noch nichts gegessen hast. Im Grunde hattest du auch nichts Richtiges zu Mittag, wenn du dich erinnerst. Das ist alles.«

Ihr Blick verriet Skepsis.

»Pocht deine Wunde?«

»Nein.«

»Dann vergiss die bakterielle Infektion. Ist dir kalt?«

»Himmel, nein!«

»Also auch kein Fieber. Dein Körper hatte inzwischen jede Menge Zeit, um neues Blut zu entwickeln. Trink viel! Das kann niemals schaden und dann sollten wir etwas essen gehen.«

Jette begutachtete ihren Aufzug. »O Gott, ich glaube nicht, dass ich die Kraft besitze, mich umzuziehen, und so kann ich nicht durchs Gelände laufen.«

Dem konnte Jack nicht widersprechen. Außerdem hatte ein winziger Lichtblick am Horizont von ihm Besitz ergriffen. Es gab eine Chance, ihre Blase noch eine Weile aufrechtzuerhalten, bevor sie am Morgen zerplatzen würde. »Jaden, würden Sie uns beide am Eingang zu meinem Zimmer herauslassen?«

So schockiert sah sie gar nicht aus, wie er erwartet hatte.

»Ich bestell dir aufs Zimmer, wonach dir ist, und dann gehst du zu Heidi. Sie schläft vielleicht schon, was es schwer machen wird, auf eurem Zimmer zu essen.«

»Ich könnte ein Pferd verspachteln.«

»Auch das.« Ihre Hände hielt er immer noch in seinen und sie zog sie nicht weg. Es waren nur ein paar Meter. Bald an der Zeit, auszusteigen. Doch Jack setzte alles auf eine Karte. Sie war wach. Eine andere Situation als im Krankenhaus, als sie an seiner Schulter nach Erholung gesucht hatte. Er drückte ihre Hände, legte den Arm um sie herum und zog sie dicht an sich heran. Dass er den Atem dabei angehalten hatte, durfte sie nicht merken. Immerhin war ihm diese Bewegung lässig von der Hand gegangen. Und siehe da! Sie ließ es geschehen, entspannte sich unter seiner Umarmung und schmiegte sich an seine Schulter. Das Ausatmen hatte er sich verdient. Ein kurzer Triumph, denn schon stoppte der Wagen. Jaden stieg aus und öffnete die Tür auf Jettes Seite. Er reichte ihr seine Hand und Jack musste sie aus seiner Umarmung entlassen. Kaum hatte sie die Füße nach draußen gesetzt, spürte er Einsamkeit.

Die machte ihn nervös.

Kein gutes Zeichen, Alter, dachte er. Als er neben Jette stand, sie sich bei Jaden ein ums andere Mal bedankt hatte, und der dann aufbrach, war der Moment vergangen, in dem er sie unauffällig in den Arm nehmen konnte. Er wusste, wenn er es jetzt tat, würde es etwas bedeuten.

»Wir sollten ein großzügiges Trinkgeld für ihn dalassen. Ich werde mich morgen gleich darum kümmern«, sagte Jette. Sie gähnte kräftig, streckte sich, während Jack ihr zustimmte, und setzte einen Fuß nach vorn, wobei sie leicht umknickte. Dieses Mal war es Jack, der sie auffing und nicht wieder losließ, bis sie das Zimmer erreicht hatten.

»Das ist eines meiner komfortabelsten T-Shirts. Ich lege es dir ins Badezimmer. Dort findest du frische Handtücher und wenn du geduscht hast, ist das Essen da.« Jack zeigte ihr das schwarze Shirt mit dem ›Alice in Chains‹-Aufdruck, bevor er es auf den Hocker im Badezimmer legte.

»Ich danke dir«, sagte Jette, beugte sich nach vorn und küsste ihn auf die Wange.

Jack verstand das als Aufforderung, den Raum zu verlassen, damit sie sich frisch machen konnte. Er hatte zuvor mit dem Zimmerservice telefoniert und für sie beide gegrillten Mahi Mahi und zum Dessert Weiße-Schokolade-Käsekuchen bestellt. Man hatte ihm versichert, dass das Essen in dreißig Minuten bei ihnen auf der Terrasse serviert würde. Er rückte Tisch und Stühle zurecht, fand ein einem Kerzenleuchter nachempfundenes LED-Licht auf einem Buffet im Flur, wusch seine Hände, Gesicht und Oberkörper im Pool und entschied sich schließlich, in ein frisches Hemd zu wechseln. Nachdem er auf der Terrasse auf- und abgetigert war, ließ ihn Jettes Stimme zusammenfahren, die ohne Vorwarnung hinter ihm auftauchte.

»Ich sollte Heidi irgendwie Bescheid geben. Sie macht sich sicher Sorgen und hat bestimmt hundertmal versucht, auf meinem Handy anzurufen.«

Jack konnte sich Heidi nicht als Kontrollfreak vorstellen. Dieses Verhalten passte eher zu Jette. »Lass uns erst essen«, sagte er, ohne eine Erklärung abzugeben. Wie konnte er auch in Worte fassen, dass ihre Seifenblase zerplatzen würde, sobald der Erste aus ihrer Clique hier auftauchte.

»Okay.« Jettes Worte waren nur ein Windhauch. Sie musste es spüren, die Veränderung, die sich an diesem Abend zwischen ihnen vollzogen hatte.

Die Türglocke läutete und Jack riss sich von ihrem Blick los, um dem Zimmerservice zu öffnen.

Wenig später saßen sie am Tisch, ließen sich den Fisch schmecken und tranken einen exquisiten kalifornischen Chardonnay.

»Wieso redest du nie über dein Geschäft?«, wollte Jette wissen.

Seit Jack sie eingehüllt in sein T-Shirt auf der Terrasse gesehen hatte, wie sich ihre Kurven unter der gerade geschnittenen Baumwolle abzeichneten, das Shirt eben lang genug, um ihre Pobacken zu bedecken, fiel es ihm schwer, sich zu konzentrieren. »Was?«

»Die Fitnessstudios? Es sind doch mehrere?«

»Ja. Zwei in Manhattan und eines in Brooklyn.«

»Wow.«

»Ich bin irgendwie nicht daran interessiert.«

»An den Studios?« Sie zog den Dip näher zu sich heran.

»Nein. Daran, dass die Leute meinen Background nutzen, um sich ein Bild von mir zu machen.«

»Komischer Kauz!« Sie grinste. »Ist das nicht normal, wenn man sich ein Bild von seinem Gegenüber macht?«

»Ja. Vielleicht. Wenn du einen normalen Job hast. Aber sobald du Erfolg hast, steht das für alle im Vordergrund.«

»Du hast Angst vor Leuten, die dich ausnutzen wollen?«

»Nein. Es ist vielmehr so, dass ich nicht zwischen Interesse an mir oder meiner Popularität trennen könnte. Es geht mir nicht ums Geld.«

Sie betrachtete ihn eine Weile. »Du konntest mich nicht leiden, als wir uns kennengelernt haben, habe ich recht? Du hast es mir übel genommen, dass ich keine Rücksicht genommen und dich umgerissen habe.«

Jack rieb sich den Nacken. »Du hattest Mitleid. Das war viel schlimmer.«

Sie lehnte sich zurück und beobachtete ihn eine Zeit lang, während sie ihr Essen kaute. Jack verspürte keinen Drang, etwas zu sagen. Er mochte es, wenn ihr Blick über ihn glitt. Das bedeutete, sie dachte nach. Über ihn.

»Das ist ein Background, den du nicht verbergen kannst. Habe ich recht?« Ihre Augen funkelten. »Du kannst nicht vermeiden, dass die Leute den Verlust deines Fußes berücksichtigen, wenn sie dir begegnen. Und womöglich Mitleid haben. So wie ich. Ich geb's zu. Wieso hat dich das so wütend gemacht?« Sie sah aus, als müsste man ihr die volle Punktzahl auf ihrem Spielerkonto gutschreiben. Tatsächlich hatte sie ins Schwarze getroffen. »Deine Verärgerung darüber hast du an mir ausgelassen!«

Jack stocherte auf seinem Teller herum.

»Jack Foster! Das hat mir schlaflose Nächte eingebracht!«

»Jetzt schon?« Ein Lächeln breitete sich auf seinem Gesicht aus.

Sie boxte ihm auf die Schulter. »Mach dich nicht lustig!« Das Lächeln erstarb; an seine Stelle rückte Interesse. »Das tue ich nicht«, sagte er.

»Nein, ehrlich. Wieso hat dich das gestört?«

Er wollte Zeit schinden, doch sie hatte ihn im Schwitzkasten. Er konnte natürlich lügen, sie hängen lassen mit einer Antwort, die unbefriedigend war, für beide Seiten oder er ließ die Schilde fallen. Möglich, dass das der Moment war.

»Ich hatte dich gesehen, wie du mit deinem Koffer zu deinem Zimmer gegangen bist. Wir waren einige Meter hinter euch, doch dicht genug, um das bezaubernde Lächeln zu sehen, das du deiner Freundin zugeworfen hast.«

Jette hatte aufgehört, zu kauen. Sie sagte nichts. Jack konnte trotz der schummrigen Beleuchtung erkennen, dass sie rot wurde. Er war ihr also nicht gleichgültig. Erwartete sie, dass er weiterredete? Er sollte es tun, sonst würden sich die Fragezeichen in ihren wunderschönen Augen niemals auflösen.

»Ich fand dich interessant. Sehr sogar. Dann hast du mich umgerissen und ...« Er zögerte. Die ganze Sache klang zu albern, jetzt, da er es aussprach. »Du hast mich angesehen wie einen Krüppel, der mit seinem Pfleger unterwegs ist. Ich schätze, das hat meinen Stolz verletzt.«

»So habe ich das nicht gemeint«, hauchte sie, doch in ihrem Blick lag Zurückhaltung, sie wirkte fast ... ertappt. Sie blickte über den Tisch und ihren Teller. Nervös. Die Stille dehnte sich und Jack suchte nach einer Ablenkung.

»Du hast ein Haus, habe ich gehört.«

»Ja!« Sie klang erleichtert. »In einem kleinen Dorf in der Nähe von Lüneburg. Ach, das wirst du nicht kennen.« Mit einer Geste bedeutete sie ihm, Gesagtes sofort wieder zu vergessen. »Nicht weit von Hamburg.«

»Ah.«

»Emma hat dort früher gelebt und Heidi wohnt praktisch gegenüber.«

»Schön. Du bist in die Nähe deiner Freunde gezogen.«

»Ja. Na ja. Es war ein bisschen Zufall. Meine Tante hat mir das Haus vor einiger Zeit vererbt. Ich war in meiner Kindheit oft dort. So habe ich Heidi kennengelernt.«

»Sie ist bestimmt glücklich, dich in ihrer Nähe zu haben.«

»Mag sein.«

»Du klingst nicht überzeugt.«

»Doch. Es ist nur ...«

»Was. Spuck's aus!«

»Es ist schön.« Ihre Mimik passte nicht zu ihren Worten. »Ich musste nur gerade daran denken, dass wir in wenigen Tagen alle zurückfliegen.«

»Und das macht dich traurig, weil ...« Er hob die Brauen.

»Nicht traurig, nur ... ja, ein bisschen traurig vielleicht.« Etwas lag ihr auf dem Herzen. Schwer musste es dort lasten, denn Jack spürte, wie sie mit etwas kämpfte. Er streckte die Hand über den Tisch aus und griff nach ihrer. Sie war warm, zart und eine Gänsehaut lief über seinen Rücken, als Jette die Finger leicht bewegte. Sie zog sie nicht weg, doch ein Blick traf ihn; in dem lag Sehnsucht wie ein süßes Versprechen.

»Es wird dann alles so wie vorher sein«, flüsterte sie. Ein Kloß formte sich in seinem Hals. Ihren Blick heftete sie auf den Teller. Jack sah, dass er leer war, und schob das Dessert in ihre Richtung. Das munterte sie auf.

»Was meinst du damit?«

»Einfach alles. Es klingt so undankbar, wenn ich das sage. Ich habe ein eigenes Haus, nette Freunde in meiner Nähe, auf die ich zählen kann, einen guten Job, bin mein eigener Herr ...«

»Aber dir fehlt etwas.«

»Ja.«

»Hast du eine Idee, was das sein könnte?«

Sie überlegte. »Ich weiß nicht. Bis auf das Erbe habe ich für alles in meinem Leben hart gearbeitet. Es gab einen Plan ... für Etappen, die ich erreichen wollte. Bis auf eine eigene Familie habe ich fast alles geschafft.«

War es übergriffig zu fragen? »Ist es das, was dir fehlt? Getrappel von Kinderfüßen in deinem Haus?«

Sie zog die Augen zu Schlitzen. »Bis vor Kurzem habe ich das gedacht.«

»Jetzt nicht mehr?«

Sie schüttelte den Kopf. Auf einmal passierte etwas in ihrem Gesicht. Jack wurde Zeuge, wie sie gedankliche Bausteine an die richtige Stelle setzte. »Dann wäre ich fertig, oder?« Mit weit aufgerissenen Augen sah sie ihn an.

»Was?«

»Dann hätte ich alles auf der Liste abgehakt.«

Langsam dämmerte ihm, worauf sie hinauswollte. »Wie alt bist du, Jette?«

»Zweiunddreißig.«

»Kein Alter, um in Rente zu gehen.«

Ihre Blicke trafen sich. »Exakt.«

»Versteh mich nicht falsch! Ich denke nicht, dass mit Kindern das Leben vorbei ist. Im Gegenteil. Doch sie sollten kein Etappenziel sein.«

»Richtig.« Sie nickte heftig. »Mein ganzes Dasein besteht aus solchen Etappen. Was stimmt mit mir nicht? Ich sollte glücklich sein, wenn ich ein Ziel erreicht habe, doch der Hunger nach dem nächsten wächst im selben Moment.«

»Das ist menschlich, meinst du nicht?«

Sie schüttelte den Kopf.

Jack betrachtete sie eine Weile, diese wunderschöne, verwirrte Frau mit dem Verband auf ihrem rechten Ohr, der aussah, als trüge sie einen Kopfhörer. »Du wirkst unglücklich.«

Sie atmete tief ein. Ein Einwand blieb aus.

»Nach welchen Maßstäben hast du dir diese Bucket List zusammengestellt?«

»Wie meinst du das?«

»Na ja. Wie der Name schon sagt. Eine Bucket List, und das ist es ohne Zweifel, erinnert doch immer an unser Ende. Die Dinge, die ich machen will, bevor ich sterbe. Doch statt Bungee-Jumping und Schwimmen mit Haien steht auf deiner ein Haus, ein fester Job und verlässliche Freunde.«

»Ich bin eben bodenständig und genügsam. Was ist daran verkehrt?«

»Nichts!« Er winkte ab. »Wenn das genau du bist.«

»Aber das sind doch Dinge, von denen viele Menschen träumen.«

»Richtig. Doch sie würden sie nicht als Etappenziele bezeichnen. Im Idealfall füllen sie ihr Leben mit ...«

»... mit mehr Leben auf«, ergänzte Jette.

»Exakt!«

Sie nickte.

»Natürlich nicht jeder. Aber du hast bereits die Erkenntnis, dass dein Leben dich langweilt.«

Das schockte sie, das konnte er sehen. Auch hier widersprach sie nicht. Sie griff zu ihrem Verband. »Der Abend war eine Katastrophe.« Das folgende Grinsen passte nicht zu ihren Worten.

»Aber du hast dich lebendig gefühlt.«

»Ja.« Jack konnte geradezu spüren, wie das gehauchte Wort seine Wange streifte. »Danke dir.«

»Ich habe damit nichts zu tun. Aber vielleicht treffen wir Keith und seinen kahlköpfigen Freund noch mal. Dann kannst du dich bei denen bedanken.«

»Gott bewahre!« Jetzt griff sie nach seiner Hand und drückte sie. »Was ich sagen wollte, ist: Danke, dass du mir dieses Leben gezeigt hast. Ach, das kam jetzt schon wieder falsch rüber.«

Jack prustete gerade, weil er sich an seinem Wein verschluckt hatte.

»Ich meine: Danke, dass wir zum Wasserfall gefahren sind und danach auf das Boot. Wäre es nach mir gegangen, hätten wir den Pavillon gewählt und danach hätte ich mit Heidi den ganzen Tag am Strand gelegen.«

»Gern geschehen.«

»Ich beneide dich, um das Leben, das du führst. Unabhängig, in der Natur unterwegs. Du bist unabhängig, doch bei dir haben die Worte eine ganz andere Bedeutung als bei mir.«

Jack hielt ihre Hand fest in seiner. Er spürte, wie ihr Blut pulsierte. Ihre Lippen, leicht geöffnet, schienen ihn einzuladen. Ihre Worte hatten ihn berührt, ihm die Augen dafür geöffnet, dass in dieser Frau etwas anderes steckte als oberflächliche Vergnügungssucht. Eine Ahnung, die ihn in den letzten Stunden immer wieder ereilt hatte, nur war er zu stur gewesen, ihr gedanklich nachzugehen. Wie lange war es her, dass er so jemanden getroffen hatte? Jack leckte sich über die Unterlippe und erhob sich. Gerade eine Armlänge trennte sie beide. Er war sich der funkelnden Sterne über ihnen bewusst, hörte das sanfte Plätschern des Pools zu ihren Füßen und das Surren der Grillen in den Beeten. Die Tropen, die ihn nie fasziniert hatten, zogen ihn plötzlich magisch an mit ihren heißen Nächten. Sein Puls schlug ihm bis zum Hals und er träumte in Gedanken von einer gemeinsamen karibischen Nacht, während er sich ihr näherte.

»Jette! Da bist du ja! Wir hörten alle, es hätte einen Unfall gegeben, doch niemand wusste Genaueres. Gott! Bin ich erleichtert, dass es dir gut geht!«

Jacks Kopf schnellte herum zu dem Mann, der soeben aus dem Wasser gestiegen kam. Jetzt stand er schon neben ihrem Tisch und tropfte.

»Florian!« Jette sprang auf. Der schmiedeeiserne Stuhl fuhr scheppernd nach hinten. »Was machst du hier?«

Der Mann umrundete den Tisch und griff nach Jettes Hand – nach ebendieser, die Jack vor wenigen Sekunden gehalten hatte.

»Jette! Wer hätte gedacht, dass ich dich so dicht beim Pool finde? Ich wollte mich kurz erfrischen, bevor ich auf die Suche nach dir gehe. Ich musste dich sehen. Ich war so ein Arschloch! Das wollte ich dir sagen. Ich will dich nicht verlieren und ich habe einen Ozean überquert, um dir das zu sagen.« Jetzt kniete er sich hin. Der Kerl kniete sich hin!

»Kannst du mir noch einmal vergeben, dass ich so ein egoistischer Ignorant war, Jette Jürgens?«

Puh. Das war knapp. Kein Ring.

Jette zog ihn nach oben. »Ich ...«

»Ich verstehe deine Verwirrung. Lass uns irgendwo in Ruhe sprechen.« Er warf einen Blick auf Jack. Der Typ hatte Nerven!

Jette nickte. Jack konnte hören, wie die Seifenblase platzte.

KAPITEL 24

Florian stand direkt vor ihr und redete über Vergebung. Was für ein aberwitziger Tagtraum! Jette suchte in Jacks Gesicht nach einem Anhaltspunkt dafür, dass sie übergeschnappt war oder eine andere Erklärung. Etwas, das zur Realität passte. Sie fand nichts. Er starrte auf den Besucher, als käme er von einem anderen Planeten. Das kam er tatsächlich – aus Jettes altem Leben. Er war ein Freund. Ein Freund, mit dem sie sich immer mehr vorgestellt hatte. Eine Beziehung, Ehe, Kinder. Er war gekommen, um sie zu sehen. Um ... ja, was eigentlich?

Jack hob die Hände und ging in sein Zimmer. Er zog die Terrassentür hinter sich zu und ließ sie allein. Florians Spruch hatte er als Aufforderung verstanden und bereitwillig das Feld geräumt. Sie hing dem Gedanken eine Weile nach.

»Du Arme! Was ist mit deinem Gesicht passiert?«, fragte Florian und holte sie zurück.

»Schießerei«, sagte sie und starrte Jack hinterher, der im Wohnzimmer gerade das Licht gelöscht hatte. Ihr wurde klar, dass ihnen das nicht mehr Privatsphäre verschaffte. Im Gegenteil. Sie konnten ihn nicht mehr sehen. Er sie schon, wenn er wollte. Jette hatte das Gefühl, dass er nicht wollte.

»Florian, wie kommst du her?«

»Mit der Neunzehn-Uhr-fünfzehn-Maschine.«

»Ich meine, wie bist du so schnell ... also, wir haben doch gerade erst noch telefoniert und schon.«

Er fuhr sich mit den Fingern durch sein lockiges Haar. »Das war gestern Abend gegen neun Uhr deutscher Zeit. Ich habe mich danach entschieden. Ganz spontan. Ist das nicht großartig? Ich wollte immer schon mal spontan in so ein Abenteuer starten. Ich habe den Flug um sieben Uhr morgens ab Hamburg gebucht und dann im Hotel angerufen. Sie sind nicht ausgebucht!«

»Okay. Ja. Aber, warum ...«

»Ich hatte plötzlich das Gefühl, dass du mir entgleitest. Bei unserem letzten Telefonat lagen so Schwingungen in der Luft.«

»Ich? Dir? Entgleiten?«

»Ja. Hast du geglaubt, dass ich dafür keine Antennen habe? Du hattest einmal erwähnt, du würdest mich mitnehmen und plötzlich fühlte sich das wie eine gute Idee an.«

»Aber wieso hast du nichts gesagt? Du hättest anrufen können.«

»Stimmt. Ich kann es dir nicht sagen. Sollte eine Überraschung werden, ich bin ein spontaner Mensch. Es fühlte sich richtig an.«

Sie musste schmunzeln. Tatsächlich war das eine romantische Idee von ihm gewesen. Und sie hatte ihn nie so eingeschätzt. Die Seite war neu. Plötzlich wurde sie von Müdigkeit überrollt.

»Du sag mal, macht es dir etwas aus, wenn wir uns morgen weiter unterhalten. Ich muss mich ausruhen und ich merke, wie die Schmerzmittel nachlassen.«

»Natürlich. Ich bring dich zu Heidi. Sie ist krank vor Sorge.«

Sie folgte ihm am Gebäude vorbei nach vorn zur Straße. Florian hinterließ nasse Fußtapsen. Seine enge Badehose ließ ihn irgendwie nackt aussehen. Sie sah sich um, als sie vor dem Haus ankamen, und war erleichtert, als sie erkannte, dass sie allein waren.

»Und du hast einfach so eben ein Flugticket und die Übernachtung in diesem sündhaft teuren Hotel bezahlt, nur um bei mir zu sein?«, fragte sie.

Florian drehte sich um und schenkte ihr ein großes Lächeln. »Logisch. Witzige Geschichte. Ich traf Heidi beim Essen, nachdem ich angekommen war, und das Brautpaar hat sich zu uns gesellt. Es ging ihnen schon viel besser. Heidi meinte, eine Grippe hätte sie zuvor ans Bett gefesselt. Als der Bräutigam hörte, dass ich dein Freund bin, hat er darauf bestanden, die Kosten für die Suite zu übernehmen. Ein feiner Kerl!«

Jette schluckte. Sie kannte Terry kaum und schon musste er für sie sein Portemonnaie öffnen.

»Da vorn ist mein Appartement. Sei mir nicht böse! Wir unterhalten uns morgen, ja? Es war ein langer Tag für mich.«

Er ergriff ihren Arm und drückte ihn eine Weile. Jette befürchtete, gleich aufs Pflaster zu schlagen, wenn sie nicht bald Richtung Zimmer aufbrechen konnte.

»Jette. Danke. Es ist schön, wieder in deiner Nähe zu sein. Ich habe dich vermisst.« Dann streckte er die Arme aus, zog ihren Kopf zu sich ran und küsste sie. Jette sah, wie Sterne vor ihren Augen explodierten. »Aua!« Er hielt ihr verwundetes Ohr fest umklammert.

»O Gott! Entschuldige! Ich bin so ein Tollpatsch!«

»Macht ja nichts.« Sie hatte diesen Moment versaut. Irgendwie streifte sie ein schlechtes Gewissen. Nächtelang ohne zu schlafen war sie diesen Augenblick immer und immer wieder durchgegangen. Jetzt war er vorbei und würde nie zurückkommen. Niemals. Kein Kribbeln. Es hatte kein bisschen gekribbelt und das lag an ihr. Schöner Mist!

»Dann erhol dich gut. Wir sehen uns zum Frühstück. Ich ruf dich an.«

»Nein. Mein ...« Aber da hatte er sich schon umgedreht und ging in die entgegengesetzte Richtung.

»Meinetwegen«, murmelte sie und lief zur Tür. Sie würden sich auch so wiedertreffen. Er wusste ja, wo sie wohnte. Ein kuschliges, weißes Bett erwartete sie. Jette konnte sich nichts Himmlischeres vorstellen.

»Ach, du Scheiße! Was ist denn mit dir passiert?« Ihre Freundin öffnete die Tür auf Jettes Klingeln hin. »Was ist mit deinem Ohr? Komm rein! Du siehst ja furchtbar aus. Wurdet ihr überfallen? Wie geht es Jack?«

Jack. Seinen Namen zu hören, brachte die Geschehnisse für Jette wieder in die richtige Reihenfolge. »Er ist unverletzt.«

»Setz dich hier an den Tisch! Willst du was essen? Wir haben uns solche Sorgen gemacht. Warte hier! Ich sag schnell Emma und Terry Bescheid, dass du wieder zu Hause bist.«

Süß, dachte Jette. Heute hatte zum zweiten Mal jemand in ihrem Umfeld dieses Hotel als ›Zuhause‹ bezeichnet. Heidi blieb nur kurz am Telefon. Sie konnte sie plappern hören, doch dann würgte sie ihr Gegenüber ab.

»Erzähl!«, sagte sie, als sie zurückkam. Sie legte vor Jette einen Schokoriegel aus der Minibar ab und schob ihr ein geöffnetes Wasser hin.

»Nein, danke. Ich habe eben mit Jack gegessen.«

»Ihr habt schon gegessen?«

»Wenn dich das so irritiert, dann will ich nicht wissen, was du zum Rest der Geschichte sagst.«

»Nein, nein. Es ist nur, weil ... Pustekuchen! Schieß los!«

»Hat das nicht Zeit bis morgen?« Jette konnte sich kaum auf den Beinen halten, doch dann sah sie Heidis Gesichtszüge jegliche Spannung verlieren. Sie wollte nicht für eine schlaflose Nacht ihrer Freundin verantwortlich sein, also nahm sie einen großen Schluck von dem Wasser und erzählte die Geschichte, so kurz es ging.

»Man hat dir heute Nacht fast eine Kugel in den Kopf gejagt. Habe ich das richtig verstanden?« Heidi umklammerte Jettes Hände, die auf dem Tisch lagen.

»Nicht vorsätzlich.«

»Aber es hätte passieren können. Du feierst also heute deinen zweiten Geburtstag!«

»Wenn du es so sehen willst.« Jette dachte darüber nach. Es war nicht verkehrt, von Wiedergeburt zu sprechen. Sie fühlte sich schon den ganzen Abend wie ein anderer Mensch. Nicht, als würde sie in fremder Haut stecken. Sondern, als wäre sie endlich am richtigen Ort.

»Was hat Jack getan, um dich zu beschützen?«

»Er ist ohnmächtig geworden.«

»Was?«

»Na ja, nur kurz. Man hatte ihm mit dem Kolben der Pistole auf den Kopf geschlagen. Ich kann dir nicht sagen, wie lange er weg war. Er muss wieder zu sich gekommen sein, ohne dass wir es bemerkt haben. Er wollte die Piraten täuschen und hat am Ende dem einen die Knarre abgenommen.«

»Respekt! Das hätte ins Auge gehen können, auch wenn die erst nicht vorgehabt haben, euch zu verletzen.«

»Ja, das war haarig.« Jette stand auf und ging zu ihrem Bett, um den Pyjama unter der Decke hervorzuholen. Sie zog sich das Shirt über die Ohren und legte es auf die benachbarte Couch.

»Und den Rest des Abends?«, fragte Heidi.

»Ich wurde im Krankenhaus genäht und wir haben uns vom Hotelpersonal abholen lassen.«

»Und?«

»Und was?«

»Süße! Wo ist das Kleid, das du heute Morgen getragen hast? Das Shirt hier gehört sicher nicht in deinen Kleiderschrank.« Heidi hob es an und faltete es auseinander.

»Es gehört Jack. Guck nicht so! Er hat es mir geliehen, weil ich ausgesehen habe wie Uma Thurman in ›Kill Bill‹.«

Heidi hörte nicht auf, zu grinsen.

»Was?«

»Nichts. Ich stelle nur fest, dass ich überhaupt keine negativen Schwingungen von dir gegenüber Jack mehr auffange.«

»Es war ein langer Abend, okay. Da bahnt sich nichts Romantisches an, falls du das meinst.« Jette wandte sich ab, um sich anzuziehen. Der letzte Satz hatte sie selbst enttäuscht. Die Ereignisse waren wie Sternschnuppen an ihr vorbeigezogen. Was war passiert? Sie konnte sich kaum erinnern. Alles ging schnell, eine Fülle an Erlebnissen und Eindrücken. Da war dieses Gefühl in ihrer Magengegend –

und dann kam Florian und der Abend kippte ab in eine Art surreale Geschichte. Alles, was sie sich immer gewünscht hatte. Das war eingetreten. Das Abenteuer, das Adrenalin, neue Erfahrungen und ein Mann, der ihr seine Liebe gestand. Moment! Hatte er es so formuliert? Sie konnte sich nicht erinnern. Ihr Kopf schmerzte bei dem Versuch, seine Worte noch einmal hervorzuholen.

»Apropos Romantik. Ich habe Florian getroffen. Er sagte, er hätte mit euch zu Abend gegessen. Geht's Emma und Terry wieder besser?«

Heidi schlug beide Hände zusammen. »Du hast ihn schon getroffen? Warte! Was interessiert dich jetzt am meisten? Wie es Emma und Terry geht?«

Jette zuckte die Achseln. »Erzähl einfach, was du weißt.«

»Ich bin sprachlos, ehrlich gesagt. Wenn ich allein gewesen wäre, hätte ich ihn genötigt, sich eine andere Insel zu suchen, auf der er schlafen kann!«

»Du übertreibst.« Jette legte sich auf ihre Seite. Heidi ging ums Bett herum und setzte sich darauf. »Ich war noch viel zu nett. Was will er hier? Er wird dir deinen schönen Urlaub verderben. Du warst auf dem besten Weg, deinen Alltag zu Hause zu vergessen.«

»So schlimm ist mein Alltag nicht.«

»Das meine ich nicht. Sondern den Termindruck und die freudlose Liaison mit Florian.«

»Wir haben nichts miteinander!«

»Eben! Was will er dann hier?«

»Keine Ahnung!« Jette schloss die Augen. Nahe dem fehlenden Stück ihres Ohres fühlte sie ihren Herzschlag.

»Du warst richtig depressiv, weil er dich hat so hängen lassen, und gerade, wo du ein bisschen aufblühst, kommt er um die Ecke.«

Jette drehte sich zu ihrer Freundin und schlug die Augen auf. »Er sagt, dass er mich vermisst hat.« Das war doch romantisch.

»Ich kaufe ihm das nicht ab!«

»Er ist kein Monster. Bloß, weil er nicht früher etwas mit mir angefangen hat, ist er kein schlechter Mensch, Heidi.«

»Ich sage dir, der nutzt dich aus.«

»Ich wüsste nicht, was er davon hat. Glaubst du, er zwingt sich, mich zu mögen? Ich bin keine reiche Erbin. Vergiss das nicht!«

»Vielleicht hast du ja im Lotto gewonnen und weißt es nur noch nicht. Und nach zwei Wochen stürmischer Romanze in der Karibik heiratet ihr unterm Sternenhimmel und am nächsten Morgen erleidest du einen tödlichen Badeunfall.« Heidis Lächeln hatte etwas Makabres.

»Du solltest Schriftstellerin werden.«

»Was will er hier, Jette? Ich sehe doch, wie glücklich du bist. Da ...«

»Glücklich?« Jette zeigte auf ihren Verband.

»Ja. Trotz der Verletzung und den traumatischen Erlebnissen. Als du vorhin davon erzähltest, klang es wie eine Räuberpistole. Ich war fast geneigt, zu bereuen, dass ich nicht dabei gewesen bin. Das klingt gar nicht wie die ängstliche Jette, die ich kenne. Das freut mich für dich.«

Jette starrte an die Decke. Was sollte sie auch dazu sagen?

»Er wird dich wieder in die devote Haltung zwingen, in der du vorher festgesteckt hast.«

»Ich bin erwachsen, Heidi. Glaubst du nicht, dass ich das verhindern kann?«

»Wenn es dir bewusst ist.«

Jette quälte sich wieder nach oben. »Ich bin total überreizt. Einige Szenen des heutigen Abends ziehen an mir in Nebelschwaden vorbei, und ich kann nicht einmal sagen, ob sie sich so zugetragen haben oder ob ein Teil aus meiner Fantasie rührt. Ich brauche Schlaf. Florians Ankunft hat mich überrascht. Aber war das nicht das, was ich mir immer gewünscht habe? Er hat mich heute Abend überrumpelt. Das gebe ich zu. Ich war deshalb vielleicht etwas ruppig oder unhöflich. Das hat er nicht verdient. So lange war ich in diesen Mann verliebt. Ich will es nicht überstürzen, darüber nachzudenken. Das würde nur wieder alles versauen.«

»Wow!«

»Was?« Sie wollte nur ohnmächtig werden.

»Du hast von eurer Liebe in der Vergangenheit gesprochen. Das nenne ich einen Fortschritt.«

»Das war ein Versehen. Um diese Zeit kannst du nichts mehr von mir erwarten.«

»Und dennoch bist du ihm nicht gleich in die Arme gefallen, oder?«

»Nein.«

»Jette! Man denkt nicht darüber nach, ob man in jemanden verliebt sein will.«

»Auch das habe ich nicht so gemeint. Ich sage nur, dass ich erschöpft bin und Ruhe brauche. Über Florian denke ich morgen nach. Du hast übrigens noch gar nichts zu Emma und Terry gesagt. Denen ging es doch so schlecht. Sind sie wieder fit?«

Heidi strich die Bettdecke glatt. »Ja.«

Die Stille hätte Jette nutzen können, um die Augen endgültig für diesen Abend zu schließen. Doch sie war völlig ungewöhnlich für Heidi. »Was ist los?«, fragte sie deshalb. Ihre Freundin war schon auf dem Weg ins Badezimmer.

KAPITEL 25

Als Jette am nächsten Morgen wach wurde, fand sie, dass die Sonne ganz besonders kräftig ins Zimmer schien. Sie rief nach Heidi, doch bekam keine Antwort. Die zweite Betthälfte war nicht gemacht, aber zumindest ordentlich hinterlassen worden. Jette fiel ein Zettel auf, der auf dem Kopfkissen lag. Wie mysteriös!

Ich wollte dich nicht wecken. Bin zum Frühstück gegangen.

Sie schwang die Beine aus dem Bett und streckte sich. Während der wenigen Schritte bis zur Dusche kam die Erinnerung zurück. Das Boot, der Schuss, Jack, das Dinner und ... Florian. Ein leichter Druck legte sich auf ihre Brust und sie überlegte, ob sie die Nacht über schief gelegen hatte. Das musste eine Verspannung sein. Sicher die Anstrengung des gestrigen Tages. Sie legte den Kopf in den Nacken, ein wenig schief, damit der Verband nicht durchtränkt wurde, und schloss die Augen. Nichts ergab einen Sinn. Was war gestern nur mit ihr geschehen? *Wenn du aufhörst zu suchen, wird das Glück dich finden.* Wer hatte das zu ihr gesagt? Oder stand dieser Spruch auf einem der Dutzenden Instagram-Posts, die sie sich zum Thema positives Mindset reinzog? Jette konnte nie genug davon bekommen. Sie gaben ihr das Gefühl, sich weiterzuentwickeln.

Ihr fiel auf, dass sie innerhalb eines Tages mit Jack größere Sprünge gemacht hatte als in den Jahren davor. Jack. Hhhmm. Er war so nett zu ihr gewesen. Erst hatten sie sich nicht ausstehen können, doch wie sich herausstellte, war das alles ein großes Missverständnis. Er war ... ein Schauer durchlief ihren ganzen Körper. Er war ein schöner Traum. Das war er. Sie öffnete die Augen. Außerhalb ihrer Welt und nicht ihre Kragenweite.

Das ist typisch, dachte sie. Enttäuschung kühlte sie von innen heraus runter. Wie sie es gestern Jack gegenüber beschrieben hatte. Jedes Mal, wenn sich einer ihrer Träume erfüllte, entstand schon der nächste. Nie war sie zufrieden mit dem, was sie hatte. Warum verliebte sie sich in einen Mann, der sie zunächst wie den letzten Dreck behandelt hatte? Offensichtlich zog sie das an. Sah wie ein Muster aus. Männer, die für sie unerreichbar waren, reizten sie am meisten. Sie überlegte, wie sehr es sie damals aufgebracht hatte, wie er mit ihr umgegangen war. Doch in diesem Moment, unter der Dusche, konnte sie das damalige Gefühl von Wut nicht heraufbeschwören. Stattdessen spürte sie ein Kribbeln auf ihrer Haut, dann die Gänsehaut. Sie stellte das Wasser ein paar Grad wärmer und versuchte, die Muskeln zu entspannen.

Schluss damit! Das war lächerlich. Ein Mann wie Jack war nett zu ihr, höflich, ja. Er hatte gute Manieren, doch er interessierte sich sicher nicht für sie. Frauen, die mit Jack zusammen waren, mussten sportlich sein, makellos und tough. Jette sah keinerlei Potenzial dafür in sich. Außerdem war er kein Mann, der sich binden wollte. Das hatte sie gestern Elroy sagen hören. Was, zum Teufel, machte sie da? Es stand überhaupt nicht zur Debatte, ob er sich binden wollte oder nicht! Sie würde sich nur lächerlich machen, wenn sie dem nachjagte. Diesem Gedanken, der schon wieder ein Kribbeln bei ihr verursachte. Wie hatte er das nur in dieser kurzen Zeit geschafft? Womöglich lag es an den ungewöhnlichen Umständen, die sie gestern zusammengeschweißt hatten. Das passierte doch mit Leuten, die gemeinsam in traumatische Situationen kamen, oder?

Sie stellte das Wasser ab und setzte einen Fuß nach draußen. Der Spiegel war beschlagen, doch durch den Wasserdampf konnte sie ihren Verband am rechten Ohr sehen. Jette erschrak. Sie war gestern zu müde, um genau hinzusehen. Die Schmerzen hatten sie betäubt. Ob sie ihre Haare über den Verband drapieren konnte? Dazu würde sie sie offen tragen müssen. Egal! Hauptsache, sie sah nicht mehr so aus, als würde sie sich eine Tasse ans Ohr halten.

Eine halbe Stunde später lief sie Richtung Frühstücksrestaurant. Sie waren alle da. Emma, Terry, Heidi, Jack – und Florian. Jette bemerkte, wie sie die Lippen aufeinanderpresste, als sie einen Blick von Jack auffing. Sie tastete nach ihrer Frisur. Die Haare offen zu tragen, machte sie immer nervös. Sie ließen sich nie bändigen und bei dieser Luftfeuchtigkeit drehten sie sich stärker und vergrößerten den Umfang ihres Kopfes auf unelegante und unschöne Weise. Sie zupfte an ihrem Seidenkleid, das sich bei jedem Schritt ein Stückchen nach oben schob. Heute war der Wurm drin. Jacks Blick hatte auf ihr geruht. Das war ihr nicht entgangen. Er fragte sich bestimmt, ob sie mit dem falschen Fuß aufgestanden war, weil sie so derangiert wirkte. Hitze stieg ihr in den Kopf. Der Einzige, der ihr den Rücken zuwandte, war Florian. Er erschien ihr wie ein Anker, der sie nicht anstarrte und verunsicherte, als sie den Weg entlang kam.

»Guten Morgen, Süße!«, sagte Heidi, sobald sie in Hörweite war. Sie stand auf und zog einen Stuhl vom Nachbartisch zu ihnen heran.

Florian drehte den Kopf, machte große Augen und tat es Heidi gleich. »Setz dich doch hierhin. Hier ist Schatten.«

Jette nahm sein Angebot an. Es war der kürzere Weg. Bis zu Heidi hätte sie um den Tisch herum und an Jack vorbeilaufen müssen.

Ihre Freundin sah nicht erfreut aus und setzte sich, ohne ein Wort zu sagen.

»Du siehst toll aus«, sagte Emma. »Geht's dir besser? Jack hat uns schon die gesamte Story erzählt. Das muss aufregend gewesen sein!«

»Ich fühl mich gut.«

Das war eine Lüge. Beobachtet fühlte sie sich. Wieso starrten sie alle an? Die Stille bei Tisch war doch erst eingetreten, als man sie entdeckt hatte. Sie tastete zu ihrem Ohr und zuckte zusammen, als sie gegen den Verband stieß.

»Alles in Ordnung?« Die Frage kam von Jack. Jetzt musste sie ihn ansehen. Und in diesem Moment, in dem Augenblick, in dem sie die Wimpern hochschlug und in seine Augen schaute – Augen, in denen sie Sorge sah, Sorge um sie –, wusste sie es. Er bedeutete ihr etwas. Er war keine Laune, kein Etappenziel, ihr Körper zog sich zusammen bei dem Gedanken, dass sie ihm niemals nahe sein könnte. Ihre Kehle wurde enger. Das Herz klopfte in ihrer Brust. Sie wollte nichts sehnlicher als mit ihm allein sein. Mit ihm auf seiner Terrasse, neben einem glitzernden Pool, sanftes Grillengezirpe im Hintergrund, aus der Ferne das Rauschen der Wellen, wie sie den Strand erreichten. Nur sie zwei allein. Er würde ihr etwas aus seinem Leben erzählen, von dem sie nichts wusste. Sie wusste überhaupt nichts über ihn. Wie er in der Schule gewesen war, ob er sich als Junge geprügelt hatte, wie sein Verhältnis zu seinen Eltern war und ob er Weihnachtsschmuck liebte. Mochte er Hunde? Was hatte er empfunden, als er mitten auf einem Höhepunkt seiner Karriere vom Leben in die Tiefe geworfen worden war? Hatte ihn das verändert? War er seitdem ein anderer Mensch? Hätte sie sich in den alten Jack auch verliebt?

Sie sog geräuschvoll die Luft ein. Stopp! In der Realität trennten sie ein Ozean und zwei verschiedene Leben. In dieser Welt suchte er das Abenteuer und sie sehnte sich nach Sicherheit. Sie wusste nicht einmal, ob sie auf Dauer ihr Dasein umkrempeln konnte. Er würde es nicht tun. Und das Wichtigste: Das war kein Märchen. Diese Distanzen ließen sich im wahren Leben nicht überbrücken. Da musste die Willenskraft auf beiden Seiten groß genug sein und sie kannte seine Gefühle nicht. Sie konnte sich in einen Tagtraum flüchten, in dem er alles über den Haufen warf, seine Abneigung einer Bindung gegenüber und sie, die unscheinbare Deutsche, für ihre inneren Werte liebte. Oder sie akzeptierte, dass sie so eine Schwärmerei nicht noch einmal überstehen würde. Neben ihr saß der Mann, nach dem sie sich so lange gesehnt hatte, und er wollte sie. Ohne Wenn und Aber. Das war doch ein bisschen Hollywood, oder?

»Willst du zurück aufs Zimmer?« Wieder Jack. Sie hörte seinen Stuhl über den Steinboden kratzen, als er andeutete, aufzustehen.

»Jette ist aus härterem Holz geschnitzt«, sagte Florian. »So schnell wirft sie nichts um, nicht wahr?« Er zwinkerte Jette zu und legte ihr die Hand auf den Arm. Jack setzte sich wieder.

Sofort spürte Jette den Verlust einer entgangenen Chance. Er wollte sie aufs Zimmer begleiten. Sie hätte Ja sagen können und wenn sie dort angekommen wären, dann ... ja, was eigentlich? Er würde auf dem Absatz kehrtmachen und sie ihrem Bett und verordneter Ruhe überlassen. Nichts weiter.

Schlag dir das aus dem Kopf! Warum sollte mehr geschehen? Die Tatsache, dass du den gestrigen Abend rückblickend als romantisch empfindest, zeigt nur, wie sehr du dich nach einer Beziehung sehnst. Lass dich nicht verwirren!, dachte sie. Jette schloss die Augen und atmete tief ein und wieder aus. »Florian hat recht. Es geht mir gut.«

»Na, also. Wie sieht es aus? Wollen wir einen Strandspaziergang machen, Schatz?«

Sie presste die Kiefer aufeinander. Ein Reflex. Gezielt lockerte sie jeden Muskel. Er griff nach ihrer Hand und drückte sie. Jette war sich der Stille und der Blicke auf ihr bewusst. Sie schaute in die Runde. Emma hatte aufgehört zu kauen. Kein Wunder. Sie hatte ihr von Florian nichts erzählt, obwohl sie es vorgehabt hatte. Das war etwas, das sie mit ihrer Freundin hatte besprechen wollen. Doch Emma hatte so sehr in den Hochzeitsvorbereitungen gesteckt und war so weit weg gewesen, dass Jette die wenigen Minuten, die sie am Telefon hatten, nicht mit traurigen Geschichten über ihr Liebesleben vergeuden wollte. Jetzt hatte wieder die Zeit gefehlt, um die beiden auf Florian vorzubereiten. Jette nahm Anlauf, um sich für die großzügige Einladung von Terry zu bedanken, als ihr im selben Augenblick klar wurde, dass sie nicht für Florian sprechen konnte. Sie waren nicht verheiratet und eine Danksagung von ihrer Seite würde komisch wirken. Aber etwas musste sie tun, etwas sollte sie sagen. Was hatte Terry für einen Eindruck von ihr, wenn ihr Freund unerwartet auftauchte, ohne dass sie ihn angemeldet hatte? Ihr Freund. Hmm. Sie hatte ihn nie so genannt. Es fühlte sich komisch an. Jetzt, da es real wurde.

Plötzlich war der Moment gekommen. Ganz unspektakulär hatte er sich unbemerkt angeschlichen und sie vor vollendete Tatsachen gestellt. Genauso wie Florian. Eine schräge Entwicklung. Sie konnte sie nicht fassen.

»Wollen wir los?«, fragte Florian von der Seite. »Ich könnte einen kleinen Verdauungsspaziergang vertragen.«

»Lass sie doch erst mal was essen!«, platzte Heidi heraus. Der Tisch wackelte leicht und Jette erkannte, dass Emma Heidis Knie angestoßen haben musste. Die blickte zur Seite. So war es also. Florians Anwesenheit war ihnen gar nicht recht und sie hatten ihn nur aus Höflichkeit eingeladen. Jette konnte die Einigkeit spüren, die zwischen den Freunden herrschte. Sie fühlte sich ausgeschlossen. Überflüssig. Das war so unfair!

Die beiden hatten ihre Pinguine gefunden. Gut! Vielleicht hatte Heidi mit ihrem gerade Ärger. Doch sie hatten zwei reizende Kinder, ein wunderschönes Haus und ein gemeinsames Leben erlebt, selbst wenn der Alltag sie auf die Probe stellte. Doch Jette? Sie war immer allein gewesen. Schon als Kind. So hatte sie sich dauerhaft gefühlt. Einsam mit ihren Problemen. Sie hatte ihre Freundinnen, doch fühlte sie sich mit ihren Empfindungen unverstanden. Sie zog sich zurück und isolierte sich, wenn es ihr nicht gut ging, weil sie gelernt hatte, ihre Probleme selbst lösen zu müssen. Wahrscheinlich hatte sie Emma deshalb nichts von Florian erzählt. Erst hatte sie Stress mit ihrem Mann gehabt und dann Terry kennengelernt und das ganze letzte Jahr auf

Wolke sieben geschwebt. Wie könnte Emma sich in Jettes Haut hineinversetzen? Sie hätte ihr nur geraten, das Singledasein zu genießen, solange es währt. Als wenn sie das könnte! Eine eingebildete starke Schulter an ihrer Seite war da besser als gar keine, doch das konnte sie zu keiner ihrer Freundinnen sagen. Die würden sie für bedürftig halten.

Aber jetzt war er hier. Er war gekommen wie ein weißer Ritter auf einem Pferd, um rechtzeitig vor der Hochzeit an ihrer Seite zu stehen. Um sie zu retten. Ein unglaublicher Liebesbeweis. Mochten die Mädels das erkennen oder nicht! Jette hatte nicht vor, dieses Erfolgserlebnis kaputtreden zu lassen.

»Kein Problem. Ich nehm mir ein Sandwich vom Buffet mit«, sagte sie und stand auf. Wieder diese Stille bei Tisch. Was war denn heute mit denen los?

KAPITEL 26

»Großartig!« Florian strahlte sie an und das machte sie glücklich. Sie wusste nicht, wann er sie schon einmal so angesehen hatte. Das war ... sie suchte nach dem richtigen Wort. Das war richtig nett. Er war ein netter Kerl. Sie ließ seine Hand nicht los, auch wenn sie es umständlich fand, sich so verhakt aus dem Sitz schälen zu müssen. Als sie an Jack vorbeikam, um Richtung Buffet zu gehen, spürte sie Schweiß auf der Stirn. Hoffentlich fiel ihm nicht auf, wie nervös er sie heute machte. Sie löste sich von Florian und lief allein weiter. Der reinste Spießrutenlauf!

»Was macht dein Buch?«, fragte sie ihn, nachdem sie außer Hörweite waren.

»Es läuft, Süße. Es läuft. Ich habe den Laptop dabei. Wenn es dich interessiert, schicke ich dir gern den neuesten Teil.«

»Ich habe kein Endgerät dabei«, sagte sie und schmunzelte.

»Willst du auf meinem lesen? Das ist kein Problem. Nachher am Pool? Gott! Dieser Terry muss stinkreich sein, wenn ich mir überlege, was ihn diese Hochzeit hier kostet!«

»Du weißt, was er ausgibt?«

»Natürlich nicht! Aber es ist nicht schwer zu erraten, dass es ein Vermögen sein muss.«

»Das glaube ich auch. Hast du ... ich meine, du hast versucht, ihm auszureden, dass er dich einlädt, oder?« Jette beobachtete ihn von der Seite.

»Ja. Was denkst du denn? Er ließ nicht mit sich reden. Ich hatte ja längst eingecheckt. Dennoch. Er bestand darauf und ist sofort mit mir zur Rezeption gegangen, als wir uns kennenlernten. Feiner Kerl.«

»Das ist er. Ich meine, so gut kennen wir uns nicht. Aber nach allem, was ich bisher gesehen habe ... und Emma ... sie ist so glücklich mit ihm. Ich freue mich für die beiden. Eigentlich dachte ich, sie wären erkältet, aber offensichtlich haben sie sich schnell erholt.«

»Weißt du, ich denke, dass mir der Urlaub hier guttun wird. Die Schreiberei hat mich in den vergangenen Wochen eingenommen. Ein Achtzehn-Stunden-Tag war da keine Seltenheit. Du hast ja gemerkt, wie gestresst ich die letzte Zeit vor deiner Abreise war. Es ist schön, die Reserven wieder auftanken zu können. Und das mit dir gemeinsam zu tun, macht das Ganze umso wertvoller.« Er hakte sich bei ihr ein. Jette hatte das Gefühl, als würde er sie nach unten in den Sand ziehen.

»Was? Ach so, ja.«

»Wo bist du denn mit deinen Gedanken?«

Sie dachte an Jack, doch das konnte sie Florian nicht sagen. So ein Mist! Warum spukte er jetzt in ihrem Kopf herum, wo doch Florian romantische Anwandlungen bekam?

»Ich bin ein bisschen durch den Wind, wegen gestern. Immerhin ist mir fast der Kopf weggeschossen worden.« Sie übte sich an einem Lächeln.

Florian sah aufs Meer hinaus und tätschelte ihren Arm. »Was für eine Inspiration!«, sagte er. Er breitete die Arme aus, atmete tief ein. Dann drehte er sich zu Jette, ließ die Lider sinken und küsste sie.

Nicht mit Zunge!, war das Erste, das Jette durch den Kopf schoss. Sie trat einen Schritt zurück. »Entschuldige. Flo, ich weiß, dass ich gegensätzliche Signale an dich aussende ... aber ich kann das nicht.«

»Was kannst du nicht?«, fragte er. Sein Schlafzimmerblick glitt über ihr Gesicht. Es fühlte sich an, wie von einer Nacktschnecke abgeleckt zu werden.

»Ich bin immer noch ganz durcheinander«, sagte sie. Tränen schossen ihr in die Augen.

»Jette, ich versteh dich nicht. Du bist doch all die Jahre so etwas wie mein Groupie gewesen.«

»Dein ... was?«

»Du betest mich an.«

Jetzt spürte Jette die Nacktschnecke über ihren ganzen Körper gleiten. Sie schüttelte sich. »Ich mochte dich ... ich meine, ich mag dich gern, Flo.«

»Süß, wie du mich plötzlich Flo nennst. So selbstbewusst kenne ich dich gar nicht.« Er streichelte ihren Arm.

Jette ignorierte die kalte Gänsehaut, die sich bis zu ihrem Ohr zog. Schließlich hatte sie diesen Mann geliebt. Allerdings fiel es ihr momentan schwer, dieses Gefühl aufzurufen. Hatte sie es verdrängt oder sich nur getäuscht? War Einsamkeit der Filter, durch den sie auf die Beziehung zu Florian gesehen hatte?

»Es steckt viel Wahrheit in dem, was du sagst.« Jetzt war es ausgesprochen. Sie schwankte.

»Das habe ich gespürt.« Dieses Mal hauchte er seine Worte nur. Mit einem leidenschaftlichen Blick senkte er seine Lippen wieder auf ihre. Sie ließ es zu. Sie spürte, wie er sich dichter an sie drängte und ihren Körper umfasste. Sie saß fest. Nicht nur in seinem Klammergriff, auch mit der Entscheidung, die sie eben getroffen hatte. So etwas konnte man nicht zurücknehmen. Sollte sie gehen? Ihn wegstoßen und den Kopf freikriegen? Möglich. Möglich, dass sie schon wieder alles verbockte. Das konnte ein weiterer Schritt sein, auf dem Weg zu einem einsamen Dasein. Dabei hatte Florian auf ihrer Liste immer ganz oben gestanden.

Die Liste.

Erneut musste sie an Jack denken. Das tat weh. Er war nicht die Lösung. Wieder eine Schwärmerei, die zu nichts führte.

Sanft löste sie sich von ihm. In seinen Augen lag Sehnsucht, um die Lippen spielte ein seliges Lächeln. Er hatte nichts von ihrer Zerrissenheit mitbekommen.

»Ich fühle mich erledigt. Lass uns zurückgehen«, sagte sie. Die Hitze machte ihr mit einem Mal zu schaffen und die Blautöne um sie herum wirkten, als hätte man den Kontrast zu hoch gedreht. Sie brannten in ihren Augen.

»Geh schon mal vor, Süße. Ich genieße noch ein wenig den Klang der Wellen.« Florians Augen suchten einen Punkt in der Ferne, einen Sehnsuchtsort, zu dem Jette derzeit keinen Zugang hatte. Sie spürte eine Schwere auf ihren Gliedmaßen, die sie runterzog.

»Bis später«, sagte sie und ließ ihn stehen. Auf dem Rückweg hatte sie endlich die Chance, das Sandwich zu essen. Es lag ihr immer noch im Magen, als sie nach wenigen Minuten die ersten Villen des Resorts erreichte. Von

Weitem konnte sie sehen, dass die Gruppe nicht mehr beim Frühstück saß. Das Gefühl, allein dazustehen, kehrte zurück. Waren sie zu einem gemeinsamen Ausflug aufgebrochen oder planten die Hochzeit? Womöglich lagen sie alle am Strand, tranken ein paar Cocktails und lachten über Witze, die Heidi zum Besten gab. Jettes erster Impuls war es, sich auf ihr Zimmer zurückzuziehen und dort den Abend abzuwarten. Doch sie kämpfte dagegen an. Das war Emmas Hochzeit. Sie musste an der Seite ihrer Freundin sein, ganz gleich, wie sie sich fühlte. Dazu war es wichtig, über ihren eigenen Schatten zu springen.

Sie wanderte durch die Anlage, doch konnte sie weder Heidi noch das Brautpaar entdecken. Im Grunde hatte sie nicht nach ihnen Ausschau gehalten. Jack war es gewesen, den sie unter den Restaurantgästen gesucht hatte, nach dem sie am Strand schaute, und den sie auf seiner Terrasse zu entdecken hoffte oder im Pool. Fehlanzeige. Jette schloss die Tür auf und betrat ihr Zimmer.

»Schon wieder zurück von deinem Tête-à-Tête?« Heidi holte soeben ihren getrockneten Bikini vom Terrassenstuhl. Jette sagte kein Wort. Sie schloss die Tür und schlurfte ins Zimmer.

»Du siehst etwas grün aus. Setz dich mal hin. Warte! Ich hol dir ein Wasser.« Bei so viel Fürsorge spürte Jette die Wärme in ihr Herz zurückkehren.

»Danke.« Sie nahm einen großen Schluck.

»Soll ich einen Arzt rufen?«

»Es geht schon.«

»Ich würde mir gern mal dein Ohr ansehen. Lass mich den Verband lösen.«

»Okay.«

Heidi zog vorsichtig, um keine Haare auszureißen.
»Das sieht besser aus, als ich erwartet habe. Das Loch wirst du allerdings neu stechen lassen müssen.«
»Durch die Nase vielleicht.«
Heidi lachte. »Dein Humor kommt zurück. Was ist los? Bist du müde wegen gestern?«
»Nein. Glaube nicht. Ich bin nur platt.« Sie nahm einen weiteren Schluck.
»Du hättest Jack hören sollen. Er hat allen erzählt, wie mutig du warst, um diesem Elroy zu helfen. Du musst ihn beeindruckt haben.«
»Wen? Elroy?«
»Jack! Du Dummerchen.«
»Er will nur höflich sein. Er hat mehr riskiert. Er hat quasi mit dem Mann um die Waffe gekämpft.«
Heidi betrachtete sie eine Weile. »Du hast diese Stimmung wegen Florian, richtig? Hat er dir einen Antrag gemacht?«
»Was?«
»An deiner Reaktion sehe ich, dass du gar nicht so erfreut darüber wärst.« Dass sie damit nicht gerechnet hatte, konnte Jette ihr ansehen.
»Er hat mir keinen Antrag gemacht. Florian ist ein netter Kerl, aber wir passen nicht zusammen.«
»Was? Das sind ja ganz neue Töne. Sicher, dass sie dir gestern nur einen kleinen Hautlappen weggeschossen haben?«
»Witzig!«
»Nein! Ich freu mich für dich. Wann reist er ab?«
»Er reist doch nicht ab!«

»Aber was will er denn hier, wenn er dich nicht begleitet?«

»Ich kann ihn doch nicht heimschicken, wenn er den ganzen Weg extra wegen mir auf sich genommen hat.«

»Das gilt es noch zu klären. Aber du hast recht. Er sollte so schlau sein und selbst auf den Gedanken kommen, dass er hier nicht erwünscht ist.«

»Heidi! Das ist unfair. Wir sind befreundet. Das kann ich nicht von ihm verlangen.«

»Und er weiß das nur zu gut.«

Jette war diese Streiterei leid. Heidi hatte ihn nie gemocht. Das war kein Geheimnis. Warum sollte sich etwas daran ändern, sobald Jette ihre Schwärmerei aufgab.

»Was habt ihr jetzt vor?«, fragte sie.

»Terry und Emma sind zum Flughafen gefahren und holen eine alte Freundin ab, die aus Deutschland anreist. Ich wollte mit Jack in die Stadt fahren.«

»Und dafür brauchst du deinen Bikini?«

Mist! Dieser Satz war Jette so rausgerutscht. Das Letzte, was sie wollte: einen Wettbewerb mit ihrer Freundin um einen Mann.

Heidi entblößte zwei perfekt gepflegte Zahnreihen. »Wir wollten danach ein bisschen schwimmen gehen.«

Jette fühlte sich elend. Doch da sie kein Recht zu dieser Empfindung verspürte, schluckte sie sie herunter. »Ich wünsche euch viel Spaß!« Sie wandte sich ab und ging zu der offen stehenden Terrassentür.

»Den werden wir haben, meine Liebe«, flötete Heidi. Jedes einzelne Wort bohrte sich wie ein Stachel unter Jettes Haut und blieb dort stecken. Sie unterdrückte ein Zittern. Auf die Terrasse zu gehen ... dazu hatte sie keine Lust mehr. Sie wollte ins Bett, sich die Decke über den Kopf ziehen und die Augen schließen.

Eine Hand griff nach ihrem Arm. »Weil du jetzt deine Handtasche schnappst und mitkommst«, hörte sie ihre Freundin sagen.

KAPITEL 27

Jack wartete im Taxi und brütete vor sich hin, als er die beiden den Weg herunterkommen sah. Sie trug die Haare offen, wie beim Frühstück. Das Sonnenlicht fing sich in ihren vollen Locken, das Seidenkleid schmiegte sich bei jedem Schritt um ihre Kurven – Jack senkte seinen Puls, indem er die Atmung verlangsamte. Wo hatte sie den kleinen Wichtigtuer gelassen? Er hatte den beiden entkommen wollen, nur deshalb war er auf Heidis Vorschlag eingegangen, den Vormittag in der Stadt zu verbringen. Jetzt saß er in der Falle. Nicht nur, dass er fürchtete, eine weitere Geschichte aus dem Leben des Autors ertragen zu müssen. Jedes Mal, wenn Jette ihn berührte, drehte sich Jack der Magen um.

Heidi zwinkerte ihm zu, als sie den Wagen erreichten und Jette auf die andere Seite ging. Glücklicherweise hatte er sich nach vorn gesetzt. Der nervige Schriftsteller würde sich zwischen die Mädels quetschen müssen. »Na, dann los!«, sagte Heidi. Jack hörte beide Türen schlagen.

»Was ist mit ...«

»Der bleibt hier. Fahren Sie los!« Sie klang, als wäre sie auf der Flucht. Ihm sollte es recht sein. Er nannte dem Fahrer die Adresse, die er für die Haupteinkaufsstraße in Kingstown hielt, und spürte erleichtert, dass er kurz darauf in den Sitz gedrückt wurde. Das Taxi verließ die Anlage und führte sie durch üppige Palmenhaine in den Süden der Insel.

Jack hielt den Blick abgewandt von den weißen Häusern am Straßenrand, die ihn blendeten, bis kleine Sterne vor seinen Augen tanzten. Er folgte stattdessen den Rissen im ausgeblichenen Asphalt, die zu groben Löchern wuchsen und das Taxi ein ums andere Mal in die Tiefe zogen. Das Holpern lullte ihn ein, so weit hatte er sich wegziehen lassen, raus aus diesem Wagen, weg von der Insel an einen Ort so dunkel, dass er Erholung fand. Ein Ort, den er schon kannte.

Der Fahrer ließ sie an einer Straße mit winzigen Boutiquen in pastellgetünchten Häusern heraus. Zu diesem Zeitpunkt konnte Jack Jette nicht länger ignorieren, ohne unhöflich zu wirken.

»Wie geht es deinem Ohr?«, fragte er.

»Besser. Ich konnte den Verband abmachen.« Sie suchte Heidis Blick, was ihm verdeutlichte, dass sie sich unwohl mit ihm fühlte. Er hatte sich am Vorabend zum Narren gemacht. Wie hatte er annehmen können, dass sie Single war? Zu seiner Verteidigung: Niemand hatte etwas davon gesagt, dass der Mann später anreisen würde. Jack hatte deshalb ganz automatisch angenommen, dass sie allein war. Andererseits hätte er es ahnen müssen.

»Was hattet ihr hier vor?«, fragte Jette.

»Wir wollten ein wenig durch die Geschäfte bummeln. Also ich wollte das. Jack hat sich nur bereiterklärt, mich zu begleiten, damit ich hier nicht allein durch die Straßen laufe.« Heidi schwang sich ihre große Strandtasche über die Schulter und zog den Sonnenhut in die Stirn.

Sie wand sich. Das konnte Jack sehen. Alles nur wegen seines plumpen Versuches, eine romantische Situation zu erzeugen. »Was haltet ihr davon, Mädels, wenn ich mich in das Café da hinten setze, einen Americano trinke und ihr schlendert durch die Boutiquen. Wenn ich ehrlich bin, dann ist das nichts für mich.«

Ein Blick von Jette zu Heidi, der Beifall ausdrückte. Sie wollte ihn loswerden.

»Einen Kaffee können wir auch gemeinsam trinken«, sagte Heidi und vergrößerte seine Qualen. Schon steuerte sie das Lokal an und stürmte als Erste durch die Tür. Er und Jette standen unschlüssig davor. Wer von ihnen sollte als Nächster eintreten? Jack blieb stur. Immerhin war er ein Gentleman. Sie schob sich vor ihm in den dunklen Raum, in dem die Holzjalousien für Kontrast zwischen Licht und Schatten sorgten. Jacks Blick wanderte nach unten. Zum Teufel mit diesem Florian! Er war nicht hier, oder? Er legte eine Hand auf ihren Rücken und steuerte sie durch das Lokal. Es war nicht seine Art, ohne Grund die Führung zu übernehmen, doch er konnte dem Bedürfnis nicht widerstehen, sie zu berühren.

Ihre Muskeln verspannten sich und er ließ den Arm sinken. »Hier drüben?«, fragte er und warf einen Blick zu dem Tisch in der Ecke. Jette nickte. »Alles in Ordnung?«

»Natürlich«, sagte sie. Tatsächlich spielte ein kühles Lächeln um ihre Mundwinkel.

»Entschuldigt mich eine Minute. Ich muss mal zur Toilette«, sagte Heidi und sprang auf, noch bevor sie richtig gesessen hatte. Den Hut, die Sonnenbrille und die Tasche warf sie auf den Tisch und stolzierte davon. Jette atmete so geräuschvoll aus, als wäre sie ein Luftballon, dem man die Freiheit schenkte.

»Was ist los?«, fragte Jack. Er hatte genug davon, um den heißen Brei herumzureden. Sie wollte nicht in seiner Nähe sein, das war offensichtlich. Doch das sollte sie ihm verdammt noch mal direkt sagen. Die Verwirrung in ihrem Gesicht kaufte er ihr nicht ab. »Du bist wie ausgewechselt. Hast du Schmerzen?« Er konnte nicht verhindern, dass seine Stimme beim letzten Satz weicher wurde.

»Mir geht's gut.« Das allererste Mal sah sie ihn heute geradeheraus an. Er hatte darauf gewartet und nun bereute er es. Dieser Blick ging tief in ihn hinein. So tief, dass er sich verletzlich fühlte und ausgeliefert. »Es ist viel passiert, in den letzten Stunden.«

Er würde lügen, wenn er nicht wüsste, was sie damit meinte. Ihr Freund war aufgetaucht. Der Mann an ihrer Seite. Was sollte er sagen? Ein Vorwurf war nicht angebracht. Sie hatte ihm zu keinem Zeitpunkt etwas vorgemacht. Also nickte er nur, fuhr mit der Hand über das spröde Holz der Tischplatte und hielt nach dem Kellner Ausschau – oder nach Heidi, je nachdem, wer zuerst auf ihn zukommen würde, um ihn zu erlösen.

Keiner von beiden eilte ihm zur Rettung und befreite ihn aus seiner misslichen Lage, stattdessen ging die Tür auf und Terry kam herein. Er schlenderte wie ein Cowboy auf ihn zu, der sich zuvor bei Hackett London eingekleidet hatte, versprühte hochkarätiges Hamptons-Flair und wertete diesen Laden damit um dreihundert Prozent auf.

»Was machst du denn hier?«, fragte Jack. Er stand auf und streckte seinem Freund die Hand entgegen, der ihn freundschaftlich in die Arme zog.

»Emma und Henriette haben im Vorbeifahren die Boutique nebenan entdeckt und daraufhin das Taxi gestoppt. Ich hole dem Fahrer und mir einen Kaffee, um ihn bei

Laune zu halten.« Er schnitt eine Grimasse, um kurz darauf ein strahlendes Lächeln herauszukehren.

»Hey, Jette. Geht's dir gut? Wo ist dein Verlobter?«

»Verlobter?« Jack drehte sich zu ihr um. Es klang beinahe so, als hätte sie das Wort im selben Atemzug ausgesprochen wie er, doch das mochte auch ein Echo in seinem Kopf gewesen sein. So hatte ihn diese neue Information aus der Fassung gebracht.

»Er ist nicht mein Verlobter!«, fauchte Jette.

Aha. Merkwürdig. »Was ist er dann?«

Terry hob die Hände und trat einen Schritt zurück. »Entschuldigt. Man erwartet mich schon am Tresen.«

Jack beobachtete ihn, wie er bei einer jungen Verkäuferin zwei Kaffee und einen Donut bestellte. Er nahm alles to go, winkte den beiden und verließ das Café schneller, als höflich gewesen wäre. Kein Wunder! Er wollte nicht in irgendwelche Streitereien hereingezogen werden. Jack wäre ihm gern gefolgt.

»Jack?«

»Ja?«

»Was willst du trinken?«

Er drehte sich um und blinkte in die ungeduldigen Augen einer Kellnerin, die aussah, als hätte sie heute Besseres zu tun gehabt, wäre aber dennoch zur Arbeit erschienen, um sich mit unbequemen Gästen wie ihm abzuquälen.

»Einen Cappuccino, bitte«, sagte er zu Jette, die die Frage gestellt hatte. Verdammt! Er hatte einen Americano trinken wollen. Die Situation wuchs ihm über den Kopf.

»Für mich das Gleiche bitte.«

Die Frau verschwand und Jack fragte sich, was Heidi so lange im Waschraum machte. »Sollten wir nach ihr suchen?«

Jette zögerte, dann verstand sie. »Nach Heidi? Nein, ich wette, die spielt in ihrem Handy.«
»Was?«
»Schon gut.«
Stille trat ein und Jack kam zum ersten Mal ins Bewusstsein, dass dieses Lokal nicht klimatisiert war.
»Wir sind nicht verlobt«, sagte Jette.
»Warum behauptet Terry dann so etwas?«
»Das musst du ihn fragen.« Dieser schnippische Tonfall brachte Jack zunächst zum Schweigen.
»Ich wollte nicht andeuten, dass du dich nicht in deiner eigenen Beziehung auskennst«, flüsterte er.
Sie rutschte auf ihrem Stuhl hin und her. Verständlich, dachte er. Die Dinger waren unbequem. Möglich, dass sie ihm etwas hatte sagen wollen, doch ihre Lippen blieben verschlossen. So sollte es sein. Er wollte sich nicht in eine Fantasie hineinsteigern und mehr ersehnen, als er haben konnte. Es hieß, an dieser Stelle einen Schlussstrich zu ziehen und all den Kontras Raum zum Atmen zu geben. Sie war liiert, sie wohnte auf einem anderen Kontinent, er war ihr nicht wichtig genug, um ihn über ihren Beziehungsstand aufzuklären. Wahrscheinlich war sie überhaupt nicht auf die Idee gekommen, dass das notwendig wäre. Auch das sprach nicht gerade für Jack.

Alles in allem musste er an einen eleganten Abgang denken. An einen Weg, den zu beschreiten ihm leichtfiel und die kommenden Tage nicht zu einer Tortur werden ließ.

»Na? Was liegt an?« Heidi war zurück und blickte sie voller Erwartung an.

»Terry und Emma sind gerade mit ihrem Gast hier vorbeigekommen. Was haltet ihr davon, wenn wir zurück ins

Hotel fahren? Vielleicht wollen sie gemeinsam essen gehen. Durch Emmas Krankheit haben wir kaum Zeit miteinander verbracht.« Heidi spielte mit der Kordel ihrer Tasche, während Jette mit ihr sprach. Sie wirkte abgelenkt und reagierte nicht. Jack begrüßte den Vorschlag. Eine Chance, sich zurückzuziehen! Der Trip würde nicht besser werden. Er musste ihr aus dem Weg gehen.

»Na, dann lasst uns aufbrechen. Ich hole unsere Bestellung vorn am Tresen ab und ihr seid mich los.« Er spürte die Blicke der Mädels in seinem Rücken. Was für ein Freud'scher Versprecher, Jack. Das kannst du aber besser. Du wirkst wie eine beleidigte Diva. Langsam sah er über die Schulter.

»Dann können wir los, wollte ich sagen.« Er zwang sich zu einem Lächeln. In Jettes Augen las er, dass sie es ihm nicht abkaufte. Schlaues Mädchen.

KAPITEL 28

Die Frau war absolut reizend. Jette konnte verstehen, warum Emma sich sofort mit ihr angefreundet hatte. Henriette war ein Muttertyp, wenn es um warme Ratschläge und wohlmeinende Motivation ging, doch sie trat nicht im Geringsten mütterlich auf. Zumindest nach Jettes Vorstellung. Sie bewunderte sie für das Selbstvertrauen, mit dem sie sich kleidete, und die Weiblichkeit, die sie versprühte. Dem Äußeren nach eine Sophia Loren, im Gespräch erinnerte sie Jette an ihre reizende ältere Nachbarin, die sie sonntags meist auf einen Kaffee einlud und ihr Geschichten aus dem Dorf erzählte. So zum Beispiel den tatsächlichen Grund, weshalb vor fünf Wochen ein Krankenwagen vor Frau Heinzelmanns Tür gestanden hatte. Nicht, weil sie gestürzt war, sondern weil ihr Liebhaber mit nacktem Hintern einen Glastisch zerstört hatte. Bei dem Mann hatte es sich um den Noch-Ehemann von Frau Richter gehandelt. Einer Dame aus der Parallelstraße.

Nachdem Emma und Terry zu einem Treffen mit der Event-Planerin aufgebrochen waren, blieben Heidi und Jette mit Henriette an einem Tisch in der Nähe des halbmondförmigen Pools zurück.

»Ich kann kaum glauben, dass ich ein Jahr später wieder in diese Hitze gekommen bin.« Henriette tupfte sich mit einer Serviette die Stirn ab.

»Du warst dabei, als sie sich kennengelernt haben, richtig?« Jette hoffte auf eine romantische Geschichte, um sich von ihrem eigenen Chaos ablenken zu können.

»Ich habe Emmas Achterbahnfahrt der Gefühle miterlebt. Terry habe ich vorhin erst richtig kennengelernt. Hat sich damals im Hotel nur einmal vorgestellt. Ich kannte ihn aus den Erzählungen von Emma. Ich liebe solche Storys! Ihr nicht auch? Erinnert mich an die Zeit, als ich verliebt war. Wie ein Jungbrunnen.« Sie schnappte sich ein Eclair vom Teller vor ihnen. »Ich kann nicht genug davon bekommen.« Jette überlegte, ob sie die Leckereien oder die Liebesgeschichten meinte. Im Grunde kam es auf dasselbe heraus.

»Dann solltest du dich mit Jette unterhalten. Sie hat eine ganz wundervolle erlebt, seit sie hier ist. Die wirst du mögen.« Heidi imponierte der Blick nicht, den Jette ihr zuwarf. Sie reckte das Kinn nach oben und grinste.

»Schieß los! Oder soll ich uns erst ein paar Cocktails bestellen?«, fragte Henriette. Wie aufs Stichwort war eine Kellnerin hinter Heidi aufgetaucht.

»Mai Tai für mich, bitte«, sagte Jette. Sie war dankbar für den Vorschlag. Wie sich der Rum mit ihrer frisch eingeworfenen Schmerztablette vertragen würde, konnte sie später bewerten. Sie brauchte etwas, das die Entspannung zurückbrachte, die sie seit gestern Abend an sich vermisste.

»Da schließe ich mich an«, sagte Heidi.

»Machen Sie drei draus!«

Die Kellnerin nickte und ging. Jette nahm das als eine Art Anpfiff auf, um ein paar Dinge klarzustellen. »Ich brauche eigentlich keinen Alkohol, um das Missverständnis um Florian zu korrigieren. Der Cocktail ist nur …«

»Fürs Setting, oder?« Heidi gluckste.

»Wer ist Florian?«, fragte Henriette.

Bevor sie den Mund öffnen konnte, grätschte Heidi dazwischen. »Die Liebe ihres Lebens und er ist gestern angereist, um ihr das zu sagen.« Sie steckte Jette die Zunge heraus, die nach Luft rang.

»Wie romantisch«, flötete Henriette. »Und das in der Karibik. Ich sollte den Inseln vielleicht auch eine Chance geben.« Sie verdrehte die Augen.

»Tu das, aber mit mir hat das nichts zu tun. Es ist alles ganz anders.« Jette ließ den Blick Richtung Bar schweifen und bemerkte voll Freude, dass ihre Cocktails soeben gemixt wurden. »Es stimmt schon. Ich habe mich lange nach Florian gesehnt. Bald zwei Jahre.« Sie erzählte Henriette von ihrem kleinen Zusammenbruch vor einigen Tagen.

»Also eine unglückliche Liebe. Das tut mir leid.«

»Schon gut. Ich war nicht in der Lage, meinen Fokus von ihm abzuziehen. Es gab quasi nie ...«

»... eine Alternative?«, fragte Henriette.

Jette blinzelte. »Nicht falsch verstehen. Ich will nicht verbittert klingen. Er kann nichts dafür, wenn seine Gefühle sich nicht mit meinen decken.«

»Das ist wahr.«

»Aber er hat es genossen. Du kannst sagen, was du willst. Er hat sich in deiner Anerkennung gesonnt und dich nie aufgeklärt«, sagte Heidi.

Jette zuckte mit den Schultern. »Jedenfalls tauchte er gestern hier auf. Hat mich besucht und mir gesagt, wie er mich vermisst hätte.«

»Einfach so?«, fragte Henriette. Sie hatte sich nach vorn gebeugt und ihren Sonnenhut ein Stück nach hinten geschoben.

»Einfach so.«

»Krank ist das, wenn ihr mich fragt.« Heidi blickte in die Runde.

»Klingt ein wenig überzogen, in meinen Ohren. Ich kann mir natürlich kein Urteil erlauben, weil ich ihn nicht kenne, aber hätte es ein Anruf nicht auch getan?«

Heidi klatschte in die Hände. »Mein Reden! Du wirst ihn kennenlernen. Er hat sich ja praktisch zu dieser Hochzeit eingeladen.«

»Ach, Heidi!«, sagte Jette.

»Na, so ist es doch!«

»Daran bin ich schuld«, sagte Jette mit einem Blick auf die Dritte in ihrem Bunde. »Ich habe Andeutungen gemacht, dass ich ihn mit in die Karibik nehmen würde. Damals ... na ja, so lange ist das gar nicht her ... habe ich mir nichts sehnlicher gewünscht. Doch dann hat er mich ziemlich enttäuscht, als ich krank war, weil es ihn nicht interessiert hat, und ich habe versucht, ihn zu vergessen.«

»Interessant«, sagte Henriette.

»Wart's ab. Jetzt kommen wir zu dem Grund, weshalb sie ihn vergessen hat.«

Jette funkelte sie böse an. »Nichts dergleichen. Mir ist nur klargeworden, dass ich ihn nicht mehr will, und nun stehe ich hier und er ist meine Begleitung zur Hochzeit. Er hat all das getan, was ich mir die letzten Monate gewünscht habe, und jetzt will ich es nicht mehr. Das ist zum Verrücktwerden. Bin ich überspannt?«

Sie sah die Ältere an, obwohl sie wusste, dass sie sich gerade erst kennengelernt hatten. Die Kellnerin stellte die Cocktails vor ihnen ab und verschwand wieder. Jette war die

Erste, die nach ihrem Glas grapschte und einen großen Schluck durch den Strohhalm zog.

»Meine Liebe, Gefühle kann man nicht erzwingen. Wenn es möglich ist, sich Hals über Kopf zu verlieben, warum soll das nicht umgekehrt gehen? Warum willst du das analysieren? In Herzensangelegenheiten bin ich der Meinung, gibt es weder Richtig noch Falsch. Du musst das tun, womit du leben möchtest.«

Das klang einleuchtend in Jettes Ohren. Sie musste nur herausfinden, was das war. »Es sieht alles eindeutig aus, aber wisst ihr, was mir im Kopf herumspukt? Nach Emmas Hochzeit fahre ich nach Hause. Was, wenn ich meine Entscheidung, Florian in die Wüste zu schicken, dann bereue?«

»Du willst ihn dir warmhalten?« Hinter Heidi drehte sich ein Pärchen um. Jette betete, dass die beiden kein Deutsch verstanden.

»Nein! Ich rede davon, dass die Dinge unter Palmen manchmal anders aussehen. Hier bin ich anders drauf.«

»Du bist eine starke, selbstbewusste Frau!«, sagte Heidi.

»Von mir aus. Aber in Deutschland könnte ich in den alten Trott verfallen.«

Henriette räusperte sich. »Aber willst du denn einen Mann haben, den du nur in deinen schwachen Zeiten attraktiv findest?«

So hatte Jette das gar nicht gesehen. »Du meinst, er triggert etwas bei mir? So etwas wie meine hilflose Seite?«

Henriette zuckte mit den Schultern. Eine Möwe flog über sie hinweg und stieß einen spitzen Schrei aus. »Ich denke, ich muss ihn loswerden«, sagte Jette, nachdem sie eine Weile auf den Pool gestarrt hatte.

Jetzt war es Heidi, die den schrillen Schrei ausstieß. »Ha! Henriette, du bist großartig. Ich weiß nicht, was du gemacht hast, auf mich hat sie nie gehört, wenn es um diesen Mann ging.«

»Womöglich liegt das nicht an uns beiden. Ich habe das Gefühl, etwas hat dir hier die Augen geöffnet. Habe ich recht?«

Jette stieg die Hitze ins Gesicht, noch bevor sie den Kopf schütteln konnte. Damit wurde das Vorhaben natürlich überflüssig. »Wie kommst du darauf?«

Henriette bemühte sich um eine steinerne Miene. »Ich habe meine Quellen.«

»Du bist doch eben erst angekommen. Die einzige Person, von der du etwas erfahren haben könntest, ist Emma!« Das war es! »Oder Terry!« Noch besser. Der saß an der Quelle und hatte möglicherweise mit Jack gesprochen. Jette schüttelte die Gänsehaut ab.

»Du bist ja rot geworden! Henriette hat ins Schwarze getroffen. Ich wusste, dass du etwas für ihn empfindest!« Heidi griff nach dem Arm ihrer Freundin und drückte ihn.

»Ihr macht mich nervös. Glaub mir, Heidi. Das ist kein Thema. Außerdem brauche ich keinen Mann. Ich werde meinen Blick jetzt einmal auf etwas anderes lenken als den Gedanken, dass mich ein Prinz rettet.«

»Guter Plan.«

»Wer hat dir von Jack erzählt?«, fragte Jette im Flüsterton. Sie sah sich dabei um und stellte sicher, dass keines ihrer Wörter an die falschen Ohren drang.

»Es war Emma«, sagte Henriette. »Sie hatte dich und Jack aus gutem Grund auf Mission geschickt, um bei den Vorbereitungen zu helfen.«

»Ja. Sie ist ... warte! Was heißt geschickt? Ich hatte schon die ganze Zeit so ein merkwürdiges Gefühl. Wieso sind die beiden so schnell genesen?«

Heidi presste die Lippen aufeinander.

»Du wusstest Bescheid? Soll das heißen, niemand war krank? Und Jack? War der eingeweiht?« Jette scherte sich mittlerweile keinen feuchten Kehricht um ihre Lautstärke.

»Natürlich nicht! Terry musste ihn förmlich zwingen, mit dir zusammenzuarbeiten.«

»Na, schönen Dank!«

»Ich bin unbeteiligt.« Henriette hob die Hände. »Ich weiß nur wenig von dem, was Emma mir im Taxi erzählt hat. Sie sagte, sie hätte eine Freundin, die sie gern aufmuntern würde und dass der Trauzeuge von Terry perfekt zu dir passen würde. Sie hätte sich krank gestellt, um euch beide zu überzeugen, Zeit miteinander zu verbringen. Ihr seid, wie sie sich ausdrückte: zwei Sturköpfe, die man zu ihrem Glück zwingen muss.«

Jette starrte sie an. »Und du steckst da mit drin, Heidi?«

Die angelte nach ihrem Cocktail und blieb stumm.

Das war zu viel. Sie nahm den letzten Schluck und stand auf.

»Was hast du vor? Jette! Du bist doch nicht böse, oder?«

»Ich muss Florian suchen.« Sie stellte das Glas auf den Tisch und verabschiedete sich von den beiden.

KAPITEL 29

Sie fand ihn am Strand, wo er einen Strawberry Daiquiri schlürfte. Auf seinen Oberschenkeln lag der Laptop. Der Schlafmodus war aktiviert.

»Du arbeitest?«

Florian drehte den Kopf nach hinten und ein Lächeln erhellte sein Gesicht. Sie musste schmunzeln. Da war er wieder, ihr alter Freund. An welcher Stelle hatte es begonnen, schiefzulaufen? Als sie sich mehr erhofft hatte von ihrer Verbindung? Als sie ihn in der Funktion ihres Retters gesehen hatte? Tatsächlich hatte er sich nie um sie bemüht, während sie alles für ihn getan hätte. Bis auf heute. Heute wollte er plötzlich eine Beziehung.

»Wir müssen reden«, sagte sie und setzte sich neben ihn in den Sand. Dass sie nach oben schauen musste, um mit ihm zu sprechen, störte sie nicht. Sie brauchte keine psychologischen Spielchen, um ihre Position zu unterstreichen. Sie wollte nur Klarheit. Er klappte den Laptop zu und drehte sich zu ihr.

»Auch einen?« Fragend hob er das Glas nach oben. In seinem Blick lag Hoffnung.

»Ich bin dir einen Mai Tai voraus. Danke, nein.«

»Du bist sicher enttäuscht, dass ich noch keine Zeit für dich hatte. Das werde ich ändern.« Er drehte sich zu ihr und setzte die Beine in den Sand.

Diese neue Seite an ihm gefiel ihr. Das konnte sie nicht leugnen.

»Das ist es nicht, aber lieb, dass du daran denkst.«

Ein wenig ängstlich hatte sie zu ihm aufgeschaut, weil sie nicht wusste, was sein Lächeln mit ihr anstellen würde. Doch nun war der Moment gekommen. Das Herzflattern blieb aus.

»Florian, ich will nicht undankbar erscheinen. Du hast keine Kosten und Mühen gescheut, um hier bei mir zu sein, und das ist das Romantischste, was bisher jemand für mich gemacht hat. Ehrlich.«

Zufriedener hätte er nicht aussehen können.

»Ich verstehe nur nicht, wieso.«

»Was verstehst du daran nicht?«

»Was hat sich geändert?«

»Wieso denn geändert? Wir kennen uns seit zwei Jahren, Biene. So lange sind wir schon befreundet. Was soll sich denn verändert haben?«

Dieser durchdringende Blick sollte sie davon überzeugen, dass sie auf dem Holzweg war, doch Jette hatte nicht vor, sich einschüchtern zu lassen. Seine nichtssagenden Erklärungen hatten nur einen Zweck: sie abzulenken.

»Eben. Wir sind seit zwei Jahren befreundet.«

»Und du bist in mich verliebt.«

Sie biss die Kiefer fest aufeinander und nahm einen tiefen Zug durch die Nase. »Exakt. Also wusstest du es.«

»Die ganze Zeit.«

Jette ballte eine Faust im Sand. »Na schön. Du wusstest, dass ich in dich verliebt war. Warum hast du mich so lange hängen lassen?«

»So würde ich das nicht bezeichnen.«

»Wie dann?«

»Huch, da ist wohl jemand mit dem falschen Fuß aufgestanden.« Er boxte sie gegen die Schulter und ging dann gespielt in Deckung.

Jette dachte an ein Erlebnis vor wenigen Monaten zurück.

Sommer. Im Garten ihrer Nachbarn gab es eine Grillparty. Florian hatte ein Date dabei. Rückblickend niemand, deren Namen sie sich hätte merken müssen. Sie waren nur zwei oder drei Mal ausgegangen. Doch sie war keine fünf Jahre mehr alt. Natürlich waren die beiden miteinander im Bett gelandet, auch wenn Florian ihr das im Gegensatz zu allem anderen nicht beiläufig am Telefon erzählt hatte.

Die Turteltäubchen hatten ihr gegenüber an dem großen Teakholztisch gesessen, und er hatte ihr fünf Mal gelochtes Ohrläppchen angeknabbert, immer wenn sie etwas Lustiges gesagt hatte. Damals hatte Jette Höllenqualen gelitten, erst bei der Party, dann später zu Hause vor dem Spiegel, wo sie ihre Hüften mit der zierlichen Figur der zarten Brünetten verglichen hatte.

Gedanken an Diäten waren ihr durch den Kopf geschossen. Paleo, Intervallfasten, Essigkapseln, Kohl-Diät, Low Carb, Mittelmeer-Diät, Trennkost, Schlank im Schlaf, Low Fat, Eier-Diät, High Carb oder sie konnte sich eines dieser Pulver kaufen, die eine Mahlzeit ersetzten. Vielleicht mehr Sport? Oder überhaupt Sport. Die Ernährung umstellen und mehr Sport. Das würde dazu führen, dass Florian sie bemerkte. Vielleicht reichten ja schon fünfzehn Minuten am Tag. Sie würde auch Stunden damit verbringen, wenn es ihr die Gewissheit verschaffte, dass der Mann sich in sie verlieben würde. Doch die gab es nicht. Der Zweifel nagte tief in ihrem Fleisch, weil sie sich gefragt hatte, ob es mehr als ihr Aussehen war, das ihn daran hinderte. Und wenn es nur ihr Aussehen war, wollte sie wirklich so einen oberflächlichen Mann? Sie wollte. Und doch ... insgeheim reichte des nicht, sich zu motivieren, um aus ihrer Komfortzone herauszukommen. Schließlich waren es höchstens fünf Kilo, die zur Diskussion standen.

Warum auch?, dachte sie jetzt. Ich hätte es für ihn getan, nicht für mich. In diesem Augenblick schüttelte sie ihre eigene Hand, schlug sich auf den Rücken und dachte: Gut gemacht. Er hat dich leiden lassen. Er wusste, wie es dir geht, und er hat nicht nur deine Gefühle nicht erwidert, sie waren ihm egal.

»Das ist Vergangenheit«, sagte sie und wischte Gesagtes mit einer Handbewegung beiseite. »Mich würde trotzdem interessieren, was sich verändert hat.«

»Muss sich denn unbedingt etwas verändert haben, Jette?«

Er stellte sein Glas in den Sand, wo es umfiel. Die rote Flüssigkeit versickerte und hinterließ einen feuchten Fleck. Jette fragte sich, ob er die Drinks aufs Zimmer schreiben ließ. Der geizige Florian, den sie kannte, hätte den letzten Tropfen nicht nur von der Unterseite des Strohhalmes geleckt, er hätte zusätzlich die Garnierung gegessen. Sie schüttelte den Gedanken ab und konzentrierte sich auf den Grund, weshalb sie hergekommen war.

»Lass mich das klarstellen. Deine Gefühle sind noch dieselben wie vor einigen Monaten.«

Keine Einwände von seiner Seite.

»Ich gehe davon aus, dass du nicht seit Monaten in mich verliebt bist. Also ... was soll das Ganze?«

Florian griff nach ihren Händen, führte eine zum Mund und gab ihr einen sanften Kuss. Jette wollte sie zurückziehen, zwang sich jedoch, fokussiert zu bleiben.

»Ich wäre es gern«, sagte er. Ganz schlicht. Als wäre damit alles klar.

»Geht es hier um diese Reise?« Ihre Stimme klang schrill.

»Quatsch! Aber wie ich gestern schon sagte, ich will dich nicht verlieren.«

Jette blieb in der erstarrten Position, die sie eingenommen hatte, als der Ärger über ihn drohte zu mächtig zu werden.

»Okay, ich sehe, dass du mehr Informationen benötigst.«

»Ja, bitte.«

»Ich habe mich am Tag zuvor mit Malte getroffen, meinem alten Schulfreund. Du weißt, dass er seit zehn Jahren verheiratet ist, mit Teelke.«

Jette nickte. Sie hatte den Mann erst ein einziges Mal getroffen. Florians bester Freund. Ein schmieriger Typ, der einen arroganten Berliner Dialekt imitierte, obwohl er aus Niedersachsen kam. Seine Frau, eine nette, aber stumme Person, die anscheinend noch weniger Selbstbewusstsein hatte als Jette und vom permanenten Glück beseelt schien, dass sie trotz des Mangels oberflächlicher Reize einen Fang wie Malte gemacht hatte. An dem Abend hatte Malte sie beiseitegenommen, ihr auf den Kopf zugesagt, dass ihm ihre Zuneigung zu Florian aufgefallen wäre und ihr Mut gemacht, nicht aufzugeben. Für sich gesehen ein sympathischer Zug, doch er hatte ihr Tipps in Bezug auf Haare und

Kleidung hinterhergeschoben. Jette in ihrer Verzweiflung hatte zugehört.

»Wir haben zusammengesessen und ein Bier getrunken oder zwei. Wer zählt das schon? Ich war down. Du kennst mich ja. Das Buch, unser gemeinsamer freudloser Versuch, ein Cover auf die Beine zu stellen, na ja. Die Sprache kam irgendwie auf dich. Vielleicht hat Malte sich auch nach dir erkundigt, meinem Liebesleben allgemein. Also er wollte wissen, ob wir beide vorankämen.«

Jette schüttelte sich innerlich.

»Ich habe ihm gesagt, dass wir gute Freunde sind, und da hat er mir die Augen geöffnet.«

»Was? Wie meinst du das?« Die Wendung, die das Gespräch nahm, gefiel ihr nicht.

»Er hat mich auf den Kopf zu gefragt, warum wir es noch nicht miteinander versucht haben.«

Eigentlich wollte sie nicht fragen, doch der Satz zog ihre nächste Frage wie ein Magnet aus ihr heraus: »Was hast du gesagt?«

»Ich habe ihm erklärt, dass ich nicht verliebt in dich bin.«

Sie hätte es kommen sehen müssen, dennoch traf sie der Schwinger von unten am Kinn. Jette spürte, wie sie zu Boden ging. Sie wollte keine Beziehung. Wenn ihr das vor dreißig Minuten nicht klar gewesen wäre, dann spätestens in dem Moment, als Florian bestätigt hatte, dass er über ihre Gefühle Bescheid wusste. Die ganze Zeit. Er hatte es eben quasi wieder erwähnt.

In dem Gespräch mit Malte hatte er ihre eigenen Empfindungen gar nicht zur Diskussion gestellt. Die waren allen Beteiligten bekannt. Jette hätte ihren Kopf gern unter dem verschütteten Daiquiri begraben. Sie tat es nicht. Stattdessen glättete ihr Gesicht sich mehr und mehr zu einer distanzierten Mimik, während Leere in ihre Augen trat.

»Und dann?«, brachte sie mühevoll heraus.

»Malte hat mir geraten, es dennoch zu versuchen. Wir haben ein langes, sehr schönes Gespräch geführt. Er ist ein wahrer Freund. Er hat mir von der Zeit erzählt, als sich Teelke in ihn verliebt hat und er nicht in der Lage war, die gleichen Gefühle für sie zu empfinden. Er sagte mir, er hätte es einfach ausprobiert und es hätte sich gelohnt. Sehr sogar. ›Manchmal dauert es bei einer Person ein wenig. Mit der Liebe‹, sagte Malte. Ich solle die Flinte nicht gleich ins Korn werfen. Er wollte, dass ich dir eine Chance gebe. Er war der Meinung, wir würden glücklich miteinander werden, eben weil du so verliebt in mich bist und ich mich nach einer Beziehung sehnte.«

Es dauerte einige Sekunden, bis Jette die Macht über ihre Stimme zurückerlangt hatte. Als Erstes entzog sie ihm ihre Finger, einen nach dem anderen. Dann stand sie auf. Distanz zwischen sich und Florian war angebracht. Sie war nie ein Fan von Gewalt gewesen. Das sollte sich heute nicht ändern müssen.

»Für mich ist das nichts«, sagte sie im Plauderton. »Und ich bin enttäuscht, dass du unsere Freundschaft aufs Spiel setzt für dieses Experiment.«

Der letzte Satz kam deutlich schärfer. »Mir wäre es lieb, wenn du prüfst, ob du deinen Flug zurück morgen antreten kannst. Ein bisschen Abstand täte uns jetzt gut und da ich dich nicht mit zu Emmas Hochzeit nehmen möchte, wäre es doch nur peinlich, zu bleiben, meinst du nicht?«

Das war das erste Mal in den letzten zwei Jahren, dass Florian Freitag sie nicht voller Selbstsicherheit anschaute.

Wirkte er peinlich berührt? Es sah beinahe so aus. Jette fragte sich, wo sie jetzt wäre, wenn sie den Spieß schon früher umgedreht hätte.

»Du willst, dass ich gehe.«

Keine Frage. Seine Stimme hatte jeden Firlefanz verloren. Er war ernst. Jette hatte beinahe Mitleid mit ihm, doch dann fiel ihr wieder ein, wie man sie beinahe einem Kamel gleich zum Handel angeboten hatte.

»Ist besser.«

Er nickte. »Was hast du vor?«, fragte er, als sie aufstand und sich den Sand von den Oberschenkeln klopfte.

»Erholen. Ich sollte langsam anfangen, mich ein bisschen zu erholen. Ich wünsche dir eine gute Reise. Wir sprechen, wenn ich wieder zu Hause bin«, sagte sie und wandte sich ab.

»Was wirst du den anderen sagen?«, rief er ihr hinterher.

Jette blieb stehen. Ihren Freundinnen würde sie natürlich die Wahrheit erzählen, was sonst? Auch wenn sie verstand, dass Florian gern sein Gesicht wahren würde. Terry käme automatisch an die Informationen, wie sollte sie das verhindern? Und Jack ... tja, in Bezug auf Jack beschäftigten sie andere Fragen.

»Ich lass mir was einfallen«, sagte sie. Auf mehr wollte sie sich nicht einlassen. Und es war auch nicht ihr Problem.

»Dann richte dem Brautpaar einen Gruß von mir aus und sag ihnen, dass es mir leidtut, dass ich nicht bei den Vorbereitungen helfen kann.«

Sie kam wieder auf ihn zu. »Wieso solltest du bei der Organisation helfen?«

»Was? Ach, na ja, nachdem der Trauzeuge abgereist ist, hat Terry mich gefragt, ob ich einspringen möchte. Er dachte, du würdest dich darüber freuen.«

Jette spürte, wie der Sand unter ihren Füßen nachgab.

KAPITEL 30

»Er ist weg?« Sie stand bei Terry und Emma vor dem Bungalow und sprach mit ihrer besten Freundin. Emmas Gesichtsausdruck ließ keinen Spielraum für Zweifel, dass es sich um ein Missverständnis handeln könnte. Sie hatte die Finger vor ihrem Gesicht verschränkt und die Daumen auf die Lippen gelegt.

»Aber wieso?« Jette war es egal, wie das aussehen musste.

Emma zuckte die Achseln. »Er hat sich vor einer Stunde verabschiedet und gesagt, dass er einen wichtigen Termin in New York City hätte. Zur Hochzeit wäre er rechtzeitig zurück. Mehr weiß ich leider nicht. Ist denn etwas vorgefallen?«

»Nein.«

»Ruf ihn doch an, wenn du mit ihm sprechen willst.«

Jette dachte über diesen Vorschlag nach. Zunächst einmal war sein Handy gestohlen worden. Also konnte ihn niemand unterwegs erreichen. Außerdem wusste sie nicht, was sie ihm sagen sollte.

»Jette?«

Sie blickte auf. Emma wirkte besorgt.

»Was ist los?«

»Das ist schwer zu erklären. Du sagst, er ist vor einer Stunde gefahren?«

»Ja, mit dem Taxi. Terry hat eine Weile auf ihn eingeredet, doch er meinte, es wäre wichtig, dass er zurück in die Staaten käme.«

Jette biss sich auf die Unterlippe. Eine Angewohnheit, für die ihre Mutter sie in ihrer Jugend immer wieder angezählt hatte. ›Mein Schatz, das ist fast so eklig, wie auf den Haaren zu kauen‹, hatte sie immer gesagt. Seitdem hörte Jette die Stimme ihrer Mutter jedes Mal, wenn sie nervös wurde. Den Tick hatte sie nicht abstellen können, nur war ein schlechtes Gewissen hinzugekommen.

»Weißt du, wann sein Flieger geht?«

»Leider nicht. Ich kann Terry fragen. Warte.« Sie lief nach drinnen. Stimmengemurmel. Wenig später trat Terry aus der Tür. Er trug nur eine Badehose und Wasser lief ihm von den Haaren über die gebräunten Bauchmuskeln. Mit einem kleinen weißen Handtuch trocknete er sein Gesicht.

»Tut mir leid. Ich hätte gedacht, dass er so viel Anstand besitzt, sich von dir zu verabschieden. Du musst wissen, dass er in der letzten Zeit nicht er selbst war. Ich entschuldige mich für ihn, wenn er dir irgendwie wehgetan hat.«

Jette winkte ab. »Nein, nein. Das ist es nicht. Weißt du, wann sein Flieger geht?«

»Nein. Aber wir können es googeln, wenn du willst.« Er dehnte eine Schulter.

»Nicht nötig. Das kostet mich nur Zeit«, sagte sie. »Bis später, danke euch!« Sie hob die Hand und machte auf dem Absatz kehrt. Der Weg zum Flughafen würde eine knappe Stunde dauern. Man musste mindestens eine weitere Stunde vorher da sein und vielleicht hatte er mehr Reserve eingeplant. Sie konnte ihn erwischen.

Jette fackelte nicht lange. Sie ging, so wie sie war, zur Rezeption und fragte nach einem Taxi. Der hochgewachsene, dünne Mann hinter dem Tresen versicherte ihr, dass es in zehn Minuten vorfahren würde. Zehn Minuten, in denen sie kaum in der Lage war, ihr Umfeld wahrzunehmen, weil sie ihre Unterlippe bearbeitete und darüber nachdachte, warum sie überhaupt zum Flughafen wollte. Fast hätte sie den Taxifahrer nicht gehört, der zwei Mal ihren Namen rief, bevor sie ihm aus dem tiefen geblümten Sessel zuwinkte und nach draußen folgte.

Im Taxi hatte sie wieder Zeit. Doch das brachte sie keinen Schritt weiter. Ihr ganzer Körper befand sich in einer Art Schwingung, als hätten sich alle Knochen zu einer Stimmgabel geformt und würden die Vibrationen an die Muskeln weitergeben. Sie fühlte sich verloren und abenteuerlich zugleich. Diese Fahrt glich einer Szene, die sie in einem Liebesfilm gesehen hatte. Ach, was für ein Blödsinn! In Hunderten. Immer wieder stürmten Zweifel ihre Gedankenwelt.

War sie sich sicher, was ihre Gefühle anbelangte? Die Erfahrung mit Florian hatte sie verunsichert in Bezug auf ihre Urteilsfähigkeit.

War die ganze Aktion überzogen? Zum Flughafen zu fahren und einem Mann nachzujagen, von dem sie nicht wusste, wie weit seine Zuneigung zu ihr ging?

Ja, sie hatte etwas gespürt. Natürlich hatte sie das! Da war eine Übereinkunft zwischen ihnen gewesen. Das Gefühl, dass mehr entstehen könnte, dass sie einen Spalt im Universum gefunden hatten, in den sie hineingeglitten waren und wo sich alles fügte. Die gleichen Bedürfnisse, Sehnsüchte, Leidenschaften, Verständnis, Ziele. Ohne dass sie es hatten aussprechen müssen. Es hatte diese Momente gegeben, einige waren Jette erst später zu Bewusstsein gekommen. Die ganze Realität stand auf der anderen Seite und hatte dafür gesorgt, dass sie nicht ihrem Instinkt gefolgt war: Florian, ihre eigenen Ängste, ihre Unsicherheit, die räumliche Distanz.

Sie vermutete, dass Jack dieselben Wahrheiten in die Quere gekommen waren, sonst hätte er den Mut besessen, den romantischen Start fortzusetzen, den sie beide in diesem Wasserfall gehabt hatten. Doch er war geflohen. Keine Sekunde glaubte Jette an ein wichtiges Meeting in der City. Die Tatsache, dass er sich nicht verabschiedet hatte, sprach Bände. Sie konnte es ihm nicht verübeln, so wie sie ihn vor Florian behandelt hatte. Und dies - so wurde ihr in diesem Fahrzeug bewusst, das sie immer näher in den Süden der Insel brachte – war der Grund, weshalb sie eine filmreife Szene am Flughafen hinlegen wollte. Sie fühlte sich in der Schuld, für seine Flucht, und nur sie konnte das wiedergutmachen. Sie hatte Terry aus einem bestimmten Grund nicht nach den Flugzeiten suchen lassen. Was passierte, wenn sie festgestellt hätten, dass es längst zu spät war, ihm nachzujagen? Sie hätte aufgegeben. So blieb ihr wenigstens noch eine Stunde Hoffnung. Eine ganze Stunde, in der sie sich ausmalen konnte, wie es weitergehen würde, sobald sie seinen Namen in der Abflughalle gerufen hätte und er sich am Schalter zu ihr umdrehen würde. Ein Gedanke, der ihr eine Riesen-Angst einjagte, jetzt, da sie ihn so plastisch vor Augen hatte.

Sie beruhigte sich damit, dass sich alles fügen würde, sofern er ihre Gefühle teilte. Wenn nicht ... das Risiko würde sie eingehen. Schlimmer als der Vorschlag, den Florian vorhin gemacht hatte, konnte es nicht werden. Allerdings hatte er sich nur vor ihr blamiert. Eine Liebeserklärung am Gate, woraufhin der andere in sein Flugzeug stieg, ohne sich noch einmal umzudrehen, konnte zu einer öffentlichen Demütigung führen. Andererseits würde sie keinen der Leute je wiedersehen. Nur Jack. Auf der Hochzeit. Aber womöglich kam er gar nicht zurück, wenn es schieflief.

Jette schüttelte den Kopf, als könnte sie damit die destruktiven Gedanken vertreiben und rieb sich einmal über das ganze Gesicht. Der Flughafen kam in ihr Blickfeld, ihr Herz galoppierte und das Kribbeln kehrte zurück. Der Fahrer fuhr zu einer beruhigten Stelle, an der er parken konnte, drehte sich um und nannte ihr den Preis. Fünfzig Dollar. Das wäre der Moment gewesen, um nach dem Portemonnaie zu greifen, doch Jette hatte keine Tasche dabei.

»Kann ich es nicht aufs Zimmer ...« Sie merkte schon beim Aussprechen, dass es Schwachsinn war. Das war ein öffentliches Taxi. Der Fahrer vom Hotel wäre doppelt so teuer gewesen. »Ich will nur jemanden abholen. Können Sie hier warten? Bitte. Sie sehen, ich habe kein Gepäck. Und ich wohne im Hotel. Ich muss wieder dorthin zurück. Bitte warten Sie hier auf mich. Ich zahle, wenn wir zurück sind.«

Er sah nicht begeistert aus. In seinem Blick lag die Erkenntnis, dass Touristen der Nagel zu seinem Sarg waren und er dieser Beschäftigung nur nachging, weil er musste, nicht weil er ein Menschenfreund war. Sie hatte seine ohnehin schon strapazierte Geduld überspannt und erwartete, dass er das Risiko einging, den doppelten Betrag zu verlieren.

»Erst zahlen. Dann aussteigen«, sagte er und warf ihr einen Blick zu, der an einem seidenen Faden zu hängen schien. Jette überlegte, ob er von vorn in der Lage war, ihre Tür zu verriegeln. Sie saß auf der Rücksitzbank. Menschen strömten aus dem Gebäude und die Panik erfasste sie, weil das bedeuten könnte, dass demnächst eine Maschine abheben würde.

»Bitte. Ich bin sofort zurück. Es dauert nur wenige Minuten.«

»Sie haben kein Geld!« Er spuckte die Worte sprichwörtlich nach hinten.

»Doch. Sie erhalten ein großzügiges Trinkgeld. Versprochen.« Die Zeit wurde knapp und dieses Gespräch führte zu nichts. Entgegen ihrer Art, die Menschen erst von ihrer Meinung überzeugen zu wollen, bevor sie handelte, riss sie die Tür auf.

»Stopp!« Schon hörte sie, wie er seine Tür öffnete. Jetzt aber schnell! Sie warf sich gegen ihre und sprang auf den Asphalt. Zum Umsehen blieb keine Zeit. Das Herz rutschte ihr in die Hose, als sie zwei bewaffnete Männer der Flughafenpolizei neben dem Eingang sah, die alles andere als freundlich wirkten. Der Taxifahrer konnte sie festnehmen lassen. Jette rannte los. Das Fluchen hinter ihr war verstummt. Sie war sich nicht mehr sicher, ob sie mit dem Mann wieder zurück zum Hotel fahren wollte. Ihm ging es vermutlich genauso.

Schluss mit dem Gedankenkarussell! Sie hatte eine Mission. Nachdem sie durch die Glastüren gesprintet war, erlaubte sie sich, über die Schulter zu schauen. Die Polizisten standen auf dem Bürgersteig. Sie warfen misstrauische Blicke in die Umgebung, eine Hand nahe am Holster. Zurück in die Abflughalle. Jette erkannte, dass nur ein Schalter besetzt war und das Logo von Caribbean Airlines auf dem

Monitor darüber leuchtete. Das war ein Anfang. Sie rannte auf die zierliche Dame am Gepäckband zu, das noch in Bewegung war, auch wenn es keine Koffer transportierte.

»Geht jetzt ein Flug nach New York«, fragte sie und rang nach Atem.

»Ja, Miss. Wie kann ich Ihnen helfen?«

Erleichtert schenkte Jette ihr ein Lächeln. »Ein Freund von mir ist an Bord. Gibt es irgendeine Möglichkeit, dass ich ihn am Gate aufsuchen kann? In den Filmen kaufen sie immer ein Ticket, aber ich habe kein Geld dabei und würde vermutlich auch nicht so viel ausgeben können.«

»Es tut mir leid.«

»Bitte! Ich will ihn nur kurz sprechen. Sie können mich durchleuchten oder mitkommen. Ich mache keinen Ärger. Aber ich muss ihn sehen, bevor er abreist.«

Ein Blick über ihre Schulter verriet Jette, dass einer der bewaffneten Männer in ihre Richtung schaute. »Was soll schon passieren? Sehen Sie? Ich trage ein hauchdünnes Kleid über einem Bikini. Sie sehen, dass ich keine Bombe dabeihabe.«

O Gott! War sie lebensmüde? Sie hatte das Wort ›Bombe‹ auf einem internationalen Flughafen ausgesprochen. Sie folgte dem Blick der Angestellten durch den Raum. Jeden Moment würde die einen der Polizisten herbeirufen. Jette wischte sich den Schweiß von den Schläfen.

»Ich kann Ihnen nicht helfen, leider.«

Wasser trat in Jettes Augen und trübte ihre Sicht.

»Es ist nicht so, dass ich nicht will. Bitte weinen Sie nicht. Aber die Maschine ist bereits auf dem Taxiway. Sie sind zu spät.«

KAPITEL 31

Es gab nichts weiter zu organisieren. Terry hatte Florian nur integrieren wollen, um Jette einen Gefallen zu tun. Tatsächlich waren alle Absprachen getätigt, die Profis im Hotel kannten die Wünsche ihrer Kunden und Jette musste akzeptieren, dass vor ihr eine Woche lag, in der es nichts gab, um sich vor der Hochzeit abzulenken. Sie konnte nur chillen. Allein der Gedanke daran bereitete ihr Magenschmerzen. Sieben Tage Grübelei, bis sie ihn wiedersah. Immerhin sah sie ihn wieder. Das war ein geringer Trost. Doch es war eine verschwendete Woche, da er nach der Hochzeit abreisen würde. Genauso wie sie.

»Mir war nicht klar, dass es dich so schwer erwischt hat«, sagte Heidi mit einem Blick auf ihre Freundin, als sie sich für das Dinner umzogen.

»Ich weiß nicht, was du meinst«, sagte Jette und zog mit zitternder Hand den Lidstrich am linken Auge zum zweiten Mal. Ihr Ohr pochte, doch sie versuchte, dieses Gefühl zu ignorieren.

Heidi verteilte etwas Rouge auf ihren Wangen, ließ sie aber keine Sekunde aus den Augen. »Emma hat erzählt, dass du dich nach ihm erkundigt hast.«

»Hat er sich bei dir verabschiedet?«

»Nein. Zu der Zeit saßen wir mit Henriette auf der Terrasse.«

Jette betrachtete ihr Werk, war aber alles andere als zufrieden. »Mir geht's gut. Mach dir keine Sorgen. Ich hab etwas übertrieben. Zum Flughafen zu fahren, um ... keine Ahnung, was das sollte. Er ist ja nächsten Samstag wieder da. Also, was soll's?«

»Und dann?« Heidi beobachtete sie im Spiegel.

Jette verspannte ihre Gesichtsmuskeln. »Dann ist gar nichts. Was soll schon sein? Wir fliegen ein paar Tage später nach Hause. Bisschen kurz für eine Romanze, die sowieso endet. Meinst du nicht?«

Sie sah das schockierte Gesicht ihrer Freundin. »Lass uns essen gehen.«

Emma und Terry saßen mit Henriette schon am Tisch, als die beiden im Restaurant eintrafen.

»Sollten wir Florian nicht zu uns bitten?«, fragte Emma hinter vorgehaltener Hand in die Runde. Alle drehten sich zeitgleich zu dem einsamen Mann neben dem Springbrunnen um.

Jette schüttelte den Kopf. »Er reist morgen ab und wir haben uns auf Abstand geeinigt. Erklär ich dir später.«

»Er hat Terry schon so etwas gesagt, nachdem du zum Flughafen aufgebrochen bist.«

»Aber er hat ihm bestimmt nicht alles erzählt.« Jette bedachte ihre Freundin mit einem Blick, der sie darauf vorbereiten sollte, dass das dicke Ende noch käme.

Der klappte die Kinnlade herunter und ein überraschter Ausdruck trat in ihre Augen.

»Na, so spannend ist es auch nicht«, sagte Jette. Doch plötzlich hatte sie das Gefühl, dass ihre Worte mit dem sanften Wind davongetragen wurden und niemand ihnen Beachtung schenkte.

»Darf ich mich zu euch setzen?« Die dunkle Stimme kam aus ihrem und Heidis Rücken. Sie kannte sie.

»Tom!« Das war nicht nur Überraschung, die da aus ihrer Freundin sprach. Jette hörte, wie sie kurz davor war in Tränen auszubrechen. »Was machst du hier?«

Tom war achtunddreißig Jahre alt und obwohl Jette wusste, dass Heidi stetig über seine mangelnde Motivation klagte, sich dem Anlass entsprechend zu kleiden, stand er in sandfarbenen Chinos, Loafern und einem lose hängenden, hellblauen Hemd von Palm Angels hinter ihnen.

Heidi stand auf und drehte sich zu ihm. Alle anderen Personen hielten den Blick gebannt auf das Paar gerichtet. Niemand räusperte sich oder blinzelte. Emmas Mund war leicht geöffnet. Jette hatte aus dem Augenwinkel gesehen, dass Terry aufspringen wollte, um den Neuankömmling zu begrüßen, doch seine Braut hatte ihn bei der ersten Zuckung gestoppt und festgehalten, um den Moment nicht kaputt zu machen. Jette musste schmunzeln.

»Ich wollte dich sehen.«

Jette spürte, wie ihr das Herz aufging.

Tom griff nach Heidis Händen und drei Frauen seufzten zeitgleich.

»Bitte, entschuldige, dass ich mich wie ein Arsch aufgeführt habe.«

Heidi warf einen unsicheren Blick zu Jette.

»Ich habe momentan keine Lösung, die ich dir präsentieren kann. Aber es muss eine geben. Es geht nicht nur darum, wie es sich angefühlt hat, als das Bett neben mir leer war. Oder die Stille im Haus in den letzten Tagen. Ich weiß, ich habe gesagt, ich brauche eine Pause und ich will wieder zu mir finden. Aber das war alles Blödsinn. Ich habe die Schuld an meinen Problemen bei dir gesucht. Das tut mir so leid. Dann warst du weg und hast den größten Teil von mir mitgenommen. Heidi, es gibt kein Ich ohne dich. Ich hatte es nur vergessen. Wir sind schon so lange verheiratet, dass ich ... unaufmerksam geworden bin.«

Er sah zum Himmel, als würde er dort die richtigen Worte finden. Dann schaute er mit einem Blick in die Runde. Niemand sagte etwas. »Ich habe im Flieger so lange darüber nachgedacht, was ich sagen will und plötzlich klingt alles leer und bedeutungslos in meinem Kopf.«

Er sah zurück zu Heidi. »Ich bin ein Idiot. Das Schönste in meinem Leben steht vor mir und ich hatte nichts Besseres zu tun, als dich anzugreifen und einen Kampf zu beginnen, der alles zerstört, was wir uns die letzten Jahre aufgebaut haben. Dabei hatte ich nur Angst. Und anstatt dir zu vertrauen und unserer Ehe, habe ich versucht, mich daraus zu befreien.«

Mit großen Augen sah ihn Heidi an. »Das ergibt keinen Sinn.«

Er schüttelte den Kopf. »Ich weiß. Ich glaube, ich habe unserer Ehe die Schuld an meiner Unzufriedenheit gegeben. Dabei sind es Probleme, die tief in mir verborgen sind. Ich werde das klären. Ich werde herausfinden, was mich immer wieder straucheln lässt. Bitte gib uns noch eine Chance! Ich hab's vermasselt. Ganz gründlich, aber ich will es wiedergutmachen.«

Jette sah, wie die Augen ihrer Freundin glitzerten.

»Würdet ihr uns einen Moment entschuldigen?«, fragte Heidi.

Jede Person am Tisch nickte – außer Terry, der sie nicht verstanden hatte, weil alles auf Deutsch gesprochen worden war. Heidi zog ihren Mann mit sich, über die Terrasse des Restaurants, die wenigen Stufen hinunter und ging mit ihm zum Strand.

»Wow! Das war romantisch. Ich weiß zwar nicht, was bei den beiden vorgefallen ist, aber ich gehe mal davon aus, das war ihr Mann«, sagte Henriette.

»Richtig. Seit fünfzehn Jahren verheiratet und jetzt kriselt es«, erwiderte Jette.

Henriette und Terry nickten, nachdem Jette diese Erklärung auf Englisch abgegeben hatte.

»Ich hoffe, sie kriegen es wieder hin«, sagte Jette.

»Ganz bestimmt.« Das kam von Henriette.

»Was macht dich so sicher?«

»Guck dir doch an, was er getan hat. Er ist hierhergeflogen. Einfach so. Das wird ihn Überwindung gekostet haben. Immerhin musste er davon ausgehen, dass er vor uns eine Erklärung abgeben würde. Er muss sich sicher sein. Oder sind solch romantischen Manöver seine Art?«

»Ich glaube nicht.« Jette beobachtete die beiden, die sich in der Entfernung in die Arme fielen. Sie konnte die Liebe bis ins Restaurant spüren und gleichzeitig fühlte sich ein großer Teil ihres Herzens leer und kalt an. Die Trauer, selbst etwas verloren zu haben, überwog, so gern wie sie sich ausschließlich für Heidi gefreut hätte.

»Na, Süße«, sagte Emma. »Du siehst heute gar nicht gut aus. Ich hoffe, du kriegst jetzt kein schlechtes Gewissen, weil du Florian in die Wüste geschickt hast, obwohl er den gleichen Aufwand betrieben hat wie Tom hier.« Ihr Tonfall machte deutlich, dass sie einen gewaltigen Unterschied zwischen beiden Liebesbekundungen sah.

Henriette schlug die Hand vor den Mund. »Ach, herrje. Hätte ich doch mal nichts gesagt.«

»Mach dir keine Sorgen. Florian liebt mich nicht. Er hielt es nur für eine gute Idee, in der Hoffnung, dass ich genügend Liebe für uns beide mitbringen würde. Unabhängig davon ist er mir egal. Das weiß ich inzwischen.« Jette entspannte sich, als sie den Kellner sah. Sie bestellte eine Margarita, nachdem die anderen sich für Wein entschieden hatten.

»Autsch«, sagte Henriette. »Dann habe ich nichts gesagt.«

Es wurde still am Tisch. Jette starrte für die nächsten Minuten ins Leere. Ein richtiges Gespräch kam nicht auf. Sie wollte nicht unhöflich sein, doch sie hoffte, ein anderer würde anfangen zu reden.

Gemeinsam mit dem Kellner traten Heidi und Tom zurück an den Tisch. Sie sahen glücklich und erleichtert aus. Die Gläser und Jettes Cocktail wurden abgestellt und Tom bestellte sich ein Weinglas. Woraufhin der Kellner die Flasche Weißwein abstellte und verschwand, um aus der Küche ein weiteres Glas zu holen.

»Bitte entschuldigt, ich habe mich nicht vorgestellt. Ich bin Tom und, wie ihr sicher erraten habt, Heidis Ehemann.« Er schüttelte Henriettes Hand, dann Emmas und als er zu Terry kam, der sich derweil mit einem Lächeln erhoben hatte, sagte er: »Du hast dir eine wundervolle Location für die Hochzeit ausgesucht. Herzlichen Glückwunsch euch beiden!«

Terry zog Tom dichter heran und umarmte ihn. Jette bewunderte ihn für diese herzliche, doch sehr amerikanische

Art, dem Gegenüber das Gefühl zu geben, als gehörte er zur Familie. »Schön, dich kennenzulernen. Lasst uns etwas essen und danach gehen wir zur Rezeption und besorgen euch ein neues Zimmer.«

»Nicht nötig«, sagte Tom. »Ich habe ein wunderschönes Zimmer bekommen, als ich vor einer halben Stunde eingecheckt habe.«

»Hast du ihnen gesagt, dass du zur Hochzeitsgesellschaft gehörst?«, fragte Terry.

»Ich bin gefragt worden und habe es natürlich bestätigt. Sie wollten daraufhin alle Kosten auf euch buchen, die anfallen würden, aber ...« Terry öffnete den Mund, um etwas zu sagen, doch Tom hob die Hand. »Ich weiß, eure Großzügigkeit zu schätzen, doch ich möchte das gern selbst übernehmen.«

Er gab keine weitere Erklärung ab und Terry fragte nicht danach. Er nickte einfach nur. Jette war bewusst, dass ein Doppelzimmer für Heidi und ihren Mann von Anfang an eingeplant gewesen war und keine unerwarteten Kosten verursachte. Doch Toms Beharren, die Rechnung selbst zu bezahlen, konnte nur heißen, dass er Heidi damit zeigen wollte, wie ernst ihm dieser Neuanfang war. Er würde nicht nur einen einfachen Weg gehen. Es sollte etwas bedeuten, sie musste sehen, dass er bereit war, Opfer zu bringen. Sie selbst konnte das nur unterstützen.

»Ich helfe euch nach dem Dinner, Heidis Sachen rüberzubringen«, sagte Jette. Ihre Freundin lehnte sich zu ihr rüber und drückte sie kräftig. »Ich beeile mich auch mit dem Essen«, flüsterte sie Heidi ins Ohr, als sie dicht bei ihr war. Die große, selbstbewusste Frau wurde rot. Ein seltener Anblick.

»Lasst uns anstoßen!«, sagte Terry und hob sein Glas. »Auf alte und neue Freunde und darauf, dass die Augen immer offen sind, der Verstand wach und die Liebe unseres Lebens an unserer Seite.«

Beim letzten Satz zog er Emma an sich heran und gab ihr einen Kuss auf die Haare. Jette spürte, wie ihr warm ums Herz wurde und sie vergaß bei diesem Anblick die eigenen Sorgen.

Wenige Augenblicke später, als die beperlten Gläser klirrten und von freudigen Cheers-Rufen begleitet zu den Mündern geführt wurden, kam die Einsamkeit zurück.

»Heute kein Mai Tai?«, hörte Jette eine tiefe Stimme hinter sich, als die kalte Margarita ihre Kehle hinabrann.

KAPITEL 32

Jette erstarrte. Sie spürte seine Hand auf ihrer Schulter. Warm, sanft und auf eine Art intim, die ihr die Hitze in den Kopf steigen ließ.

»Du hast es dir überlegt«, sagte Terry. Er war aufgestanden, um Jack mit einem kräftigen Handschlag über den Tisch hinweg zu begrüßen.

»Bin nach dem ersten Zwischenstopp auf Union Island umgedreht.«

Jette sah zu, wie die beiden die Hände schüttelten, Jacks Linke lag nach wie vor auf ihrer Schulter, sie hatte sich nicht zu ihm umgedreht, ihn nicht angesehen. Stattdessen atmete sie flach, war sich der verräterischen roten Flecken auf ihrer Haut bewusst und bewegte sich nicht. Die Blicke der Freunde ruhten auf ihr und ihm. Sie nahm sie wahr, doch war sie in einer Schleife gefangen, die es ihr nicht ermöglichte, den nächsten Schritt zu tun.

Er ist hier. – Ich trau mich nicht, herauszufinden, ob er etwas für mich empfindet.

Sie konnte sich nicht bewegen, während einer nach dem anderen Jack begrüßte und seine Freude darüber kundtat, dass er zurückgekommen war. Die Hand ruhte auf ihrer Schulter. Er zog sie nicht weg. Lange war der Punkt überschritten, bis zu dem man es als liebevolle Berührung hätte deuten können. Als Hinweis, dass mehr unter der Oberfläche lag, dass es eine Chance gab, auf eine unausgesprochene

Übereinkunft. Sie lag dort wie ein Statement und Jette fühlte, wie Sicherheit von ihr Besitz ergriff. Er stand bei ihr. Sie musste sich nicht länger fragen, ob er sie mochte – über das freundschaftliche Maß hinaus.

Heidi neben ihr war aufgesprungen und hatte einen Stuhl vom leeren Nachbartisch herangezogen, den sie zwischen sich und Jette bugsierte. Jette wandte den Kopf zu ihm, während er sich setzte, und schickte ihm ein zaghaftes Lächeln. Die Schmetterlinge in ihrem Bauch nahmen ihr die Luft zum Atmen, als sie in seine Augen sah. Ein Funkeln tanzte darin.

»Ich habe das Meeting verschoben«, sagte er an Terry gewandt. Der zwinkerte, was zu einem Blickwechsel unter den Frauen führte. Jette war es nicht möglich, sich zu entspannen. Jack hatte längst seine Hand von ihrer Schulter genommen, doch sie spürte sie nach wie vor.

»Es war eine dumme Idee gewesen und zu allem Überfluss haben sie mein Zimmer schon weggegeben. Nach dem Bettenwechsel heute sind sie ausgebucht für die nächste Woche. Die Dame am Empfang hat mir keine Hoffnungen gemacht, aber sie schauen, ob sie eine Lösung finden. Man ist bemüht, die Hochzeit nicht dadurch zu trüben, dass ein Gast bei den Liegen am Pool schlafen muss.« Jack lachte und zwinkerte Terry zu. »Ich bin ja selbst schuld.« Mit einer Geste bedeutete er ihm, dass er sich keine grauen Haare wachsen lassen sollte. »Wenn sie nichts finden, gehe ich in das Hotel im Nachbarort. Das sind ja nur die Nächte. Tagsüber werde ich mit euch hier an der Bar sitzen.« Jetzt zwinkerte er Jette zu.

Allgemeine Zustimmung und Stimmengemurmel.

»Du kannst zu mir kommen. Heidi zieht heute Nacht zu Tom ins Zimmer und ich habe ein Bett frei.« Sie hatte es kaum ausgesprochen, da kehrte Ruhe am Tisch ein. Die Gespräche verstummt, alle Augenpaare ruhten auf ihr, während ihr Kopf kochte und sie sich fragte, welcher Teufel sie eben geritten hatte. Zugleich wusste sie, dass genaueres Nachdenken sie davon abgehalten hätte, ihrem Herzen zu folgen. Wenn sie diese Chance nicht ergriffen hätte, wäre der Moment verstrichen. Wer wusste das besser als die alte Jette, die immer gewartet hatte, dass ihr etwas Romantisches widerfuhr. Einmal die Dinge in die Hand nehmen, einmal offenlegen – angstfrei –, wie es in ihrem Inneren aussah. Springen und darauf bauen, dass sie weich landen würde. Dieses Vertrauen warf sie jetzt in die Waagschale. Wenn er es wert war, würde er sie nicht enttäuschen. Ansonsten verlor sie nichts, da es ihr nie gehört hatte.

Jette klammerte sich an ihr Glas. Sie hätte es am liebsten an ihre glühenden Wangen gedrückt. Stattdessen nahm sie einen langen Zug über den Strohhalm, hoffte, dass sie der Drink abkühlen würde, musste aber feststellen, dass der Alkohol nur zu mehr Hitze führte. Zumindest entspannte er sie. Jack hatte sie währenddessen angesehen. Der Moment war unausweichlich, dass sie Augenkontakt herstellen musste, jetzt, da sie dieses Angebot gemacht hatte.

»Gern«, sagte er, als sich ihre Blicke trafen. Sie setzte ein freundschaftliches Lächeln auf, das ihr sofort leidtat. Doch so unsicher, wie sie sich fühlte, konnte sie nicht anders. Eine Kellnerin erlöste sie. Sie fragte nach den Wünschen fürs Dinner; die Unterhaltung kam langsam wieder in Gang, nachdem jeder bestellt hatte.

Jette ignorierte Emmas und Heidis gelegentlich tiefen Blicke während des Abends und konzentrierte sich auf ihr Curry. Sie konnte sich kaum am Tischgespräch beteiligen, auch wenn sie gern etwas zur Kontroverse beigetragen hätte, ob man in Zukunft verstärkt auf künstliche Intelligenz in kreativen Berufen zurückgreifen sollte. Ihre Gedanken bildeten ein Knäuel und kreisten um die Frage, was passieren würde, sobald das Dinner beendet war.

Und dann kam der Moment, als Heidi das Wort ergriff und Tom vorschlug, gemeinsam ihre Sachen zu holen. Sie waren beide aufgestanden und hatten allen eine gute Nacht gewünscht.

»Ich brauche nur eine halbe Stunde«, sagte Heidi zu Jette. Die schluckte, weil sie Angst bekam, dass Heidi ein Zwinkern hinterherschicken würde. Doch das geschah nicht.

Eine halbe Stunde.

Jette hatte das Gefühl, jemand hätte einen Countdown ausgelöst.

»Ich bin müde«, sagte Henriette plötzlich. »Bitte seid mir nicht böse, aber die letzten Tage waren anstrengend. In meinem Alter halte ich nicht mehr so lange durch.« Sie schickte einen Handkuss in die Runde und ging.

»Henriette war zwei Tage in Miami, bevor sie hierhergeflogen ist. Ich schätze, das hat nicht gereicht, um sich an die Zeitverschiebung zu gewöhnen«, erklärte Emma.

»Ich könnte auch eine Mütze voll Schlaf vertragen.« Terry reckte sich. Er winkte nach dem Ober und bedeutete ihm mit einer Geste, dass er die Rechnung wünsche. Jette wurde klar, dass der Countdown abgelaufen war.

KAPITEL 33

»Jetzt sind nur wir zwei übrig«, sagte Jack, als die beiden gegangen waren. Jette fummelte am Stiel ihres Glases herum. Es war leer und rettete sie kaum aus der Situation.
»Wollen wir deine Sachen holen?«, fragte sie. Sie musste aufstehen und sich bewegen. Der Moment, den sie herbeigesehnt hatte, war da, doch sie besaß nicht den Mut, sich ihm zu stellen.
»Warte.« Er griff nach ihrer Hand. »Was ist mit ihm?« Jack deutete mit dem Kopf auf Florian, der immer noch an einem Tisch wenige Meter entfernt von ihnen saß.
»Lass mich das unterwegs erklären«, flüsterte sie.
»Okay.« Er stand als Erster auf und reichte ihr die Hand. Sie ergriff sie. Sobald sie auf Augenhöhe waren, ließ er sie los, legte aber seinen Arm um ihre Schulter. Zu sagen, Jette stand von diesem Augenblick an unter Strom, wäre untertrieben gewesen. Tatsächlich raubte ihr die innere Erregung die Lust, über die Geschichte mit Florian zu reden. Doch sie hatte keine Wahl, wenn sie Jack nicht der Grübelei überlassen wollte. Er führte sie von der Terrasse, und als sie einen schwach erleuchteten Pfad erreichten, der zu ihrer Rechten vom Ozean und zu ihrer Linken von hüfthohen Büschen flankiert wurde, begann sie zu erzählen.
»Florian und ich sind kein Paar. Ich war lange verliebt in ihn, doch er hat mich immer wie eine Freundin behandelt. Ich habe mich von der Sehnsucht nach ihm schwer trennen

können, bis ich hierhergeflogen bin. Mittlerweile glaube ich, es war der Wunsch nach Liebe überhaupt.«

Jack hielt an und stellte sich vor sie.

»Als ich hier war, haben sich die Gedanken an ihn in Luft aufgelöst.«

»Weil du abgelenkt warst?«, fragte Jack. Hinter ihm rollte eine kräftige Welle an den Strand.

»Weil er nicht der Richtige für mich ist.« Jette wünschte so sehr, sie hätte den Mut nach seiner Hand zu greifen, doch sie blieb stocksteif stehen. »Ich weiß nicht, ob du das verstehen kannst, aber die Tatsache, dass er immer mit mir gespielt hat, mich angefüttert und dann doch wieder fallen gelassen hat, hat mich abhängig gemacht. Ich bin nie auf den Gedanken gekommen, dass ich was Besseres verdient hätte, dass wir nicht zusammenpassen und dass das Fehlen seiner Liebe nicht das einzige Zeichen dafür ist, dass wir nicht zusammengehören. Es gab schöne Momente, ganz selten, in denen ich glaubte, aus unserer Freundschaft würde sich mehr entwickeln und dann waren sie wieder weg. Inzwischen weiß ich, dass er gewusst hat, welche Hoffnungen ich mir gemacht habe und die Freundschaft dennoch zu seinem Vorteil genutzt hat.«

»Bist du enttäuscht, dass es sich so entwickelt hat«, fragte er.

»Sollte man meinen, oder? Tatsächlich ist da nichts. Kein Gefühl. Er ist mir egal und ich habe ihn aufgefordert, morgen zurückzufliegen und Terrys Großzügigkeit nicht weiter in Anspruch zu nehmen.«

Jack schwieg. Über ihm funkelten die Sterne und Jette wusste, dass es schöner nicht werden konnte.

»Du glaubst, er wäre die Liebe meines Lebens gewesen und ich hätte damit erst gebrochen, als ich dich kennenlernte?«

Er wiegte den Kopf hin und her, als würde er überlegen. »Das verstehe ich. Ich wünschte, ich könnte dir eine andere Erklärung liefern. Ich war in ihn verliebt. Du warst doch auch schon verliebt und hast geglaubt, dass du deine Seelenverwandte getroffen hast, oder?« Sein Mund bekam einen harten Zug. Jette beeilte sich, weiterzureden, und hoffte, dass sie ihn wieder einfangen konnte. Jetzt griff sie nach seiner Hand.

»Ich habe das hier nicht geplant.« Sie machte eine Pause und suchte nach den richtigen Worten. »Es wäre schmeichelhafter, wenn zwischen meiner Schwärmerei für Florian und ...« Jetzt hing sie fest. Würde sie es offen aussprechen können oder verdarb das die romantische Stimmung? Womöglich kühlten die Fakten die Situation ab. Alles nur das nicht!

»... und meinen Gefühlen für dich mehr Zeit gelegen hätte. Doch das ist nur eine Regel, die keinen Sinn ergibt. Ich habe keinen Einfluss auf die zeitliche Abfolge solcher Zufälle, und wenn ich mir Florian da hinten im Restaurant betrachte, kommt es mir vor, als wäre eine Ewigkeit vergangen, seit sich etwas in mir wegen ihm geregt hat. Vielleicht war ich nicht einmal richtig verliebt, sondern von einer Sehnsucht getrieben, dieses Gefühl mit einer anderen Person teilen zu wollen. Ich kann mich nicht mehr reinversetzen und das liegt daran, dass ...«

Er trat ein Stück dichter und das machte es Jette noch schwerer weiterzureden. »Dass ich nur noch an dich denken kann«, flüsterte sie.

Ein Wimpernschlag verging, bis er seinen Kopf senkte und seine Lippen die ihren berührten. Jette spürte das Feuerwerk, wie es die Schmetterlinge aufscheuchte und zeitgleich einen unstillbaren Hunger in ihr entfachte. Sie legte ihm die Hände um den Nacken. Er zog sie dichter. Seine Hände wanderten über ihren Rücken, pressten sie an seinen Oberkörper, ließen von ihr ab, nur um sie dann wieder bestimmt zurückzuziehen. Ein leiser Seufzer verließ ihre Kehle. Seine Lippen schmeckten nach Orangenblüten, Pink Grapefruit und Vanille. Sein Atem ging schnell und kam stoßweise.

Jette fiel. Sie hatte ihm die komplette Kontrolle überlassen, ließ sich von seinen starken Armen halten und sank in ein Meer aus Nähe und Geborgenheit. Sie konnte sich nicht daran erinnern, wann sie sich das letzte Mal so hatte fallen lassen können. Wann war ihr die Gegenwart so deutlich vor Augen geführt worden? Kein Raum für Gedanken an die Vergangenheit. Weder die noch die Zukunft existierten. Nur eine Einheit aus zwei Menschen, die sich im Jetzt so stark vertrauten, dass nichts zwischen ihnen stand, dass sie ihr Leben in die Hände des anderen legten und den Augenblick ausfüllten. Keine Vorbehalte, nur fester Glaube.

Sie hätte ihm sagen können, dass dieses Gefühl meilenweit von dem entfernt lag, was sie für Florian empfunden hatte. Nicht vergleichbar mit den Teenie-Schwärmereien ihrer Jugend war oder dem Verliebtsein in ihrer letzten Beziehung, die inzwischen fünf Jahre zurücklag und einen Mann betraf, der in Hamburg in der Wohnung gegenüber gelebt hatte und der beim Sex immer das T-Shirt anbehalten wollte. War sie in all den Jahren einem Plan gefolgt, den netten Mann zu finden, der ihr schmeichelte und das Gefühl gab, eine attraktive Frau zu sein. So entdeckte sie heute, wie es war, wenn die Liebe sie fand. Sie entdeckte, wie es sich anfühlte, wenn man sich nach der richtigen, der einen Person sehnte, deren Wünsche und Gefühle das Spiegelbild der eigenen waren. Sie wurde überwältigt von Jacks stürmischer Art, von seinen Küssen, seinen Berührungen, den Lauten, die er ausstieß, wenn sie ihn berührte. Sie würde Florian nicht ansprechen. Doch während sie auf dem Weg zwischen den Dünen standen und sich dem Drängen des anderen hingaben, wusste sie, dass die Gedanken an Florian in die Bedeutungslosigkeit abgedriftet waren. Und zwar genau von dem Moment, als Jack in ihr Leben getreten war. Jack – kein Mann, den sie sich herbeigesehnt hatte. In den sie nicht versucht hatte sich zu verlieben. Er hatte sie wie eine Naturgewalt überrollt und er tat es noch.

»Glaubst du, Heidi hat das Zimmer schon verlassen?«, stöhnte er in ihr Ohr. Sie wanderte mit den Lippen über sein Gesicht, spürte die ersten Bartstoppeln, streichelte mit ihrer Nase seine.

»Möglich.« Sie war hin- und hergerissen zwischen dem Wunsch, mit ihm in intimer Abgeschiedenheit zu verschwinden, und dem Bedürfnis, dieses wunderbare Erlebnis nahe dem Strand mit der Natur als Orchester nie enden zu lassen. Also zog sie ihn in den Sand aufs Meer zu. Die Lichter hinter ihnen entließen sie aus ihrem Dunstkreis. Es wurde dunkler um sie herum, doch die Sterne gewannen an Strahlkraft. Der Mond warf einen fahlen Schein auf die zarten Schaumkronen der Wellen. Jette wusste, dass sie sich richtig entschieden hatte. Sie würden aufs Zimmer gehen. Daran hatte sie keinen Zweifel. Sie wünschte sich nichts sehnlicher. Aber später. Keine Eile. Sie hatte das erste Mal in ihrem Leben das Gefühl, nicht getrieben zu sein, die große Welt, das große Ganze vergessen zu können und echte Zufriedenheit zu spüren: mit sich, ihrem Dasein und den Umständen, die sie hierhergeführt hatten - die sie zu dem gemacht hatten, was sie war. Eine ungekannte innere Ruhe füllte sie aus. Alles war da, wo es hingehörte. Alles an seinem Platz. Jack an ihrer Hand – diese Art von Liebe hatte sie noch nie gespürt.

Sie liefen vor zum Wasser, ihre Schuhe hatte sie am Ende des Weges stehen lassen. Jack hielt sie in seinem Arm. Sie spürte, dass er sie nicht loslassen wollte. Immer wieder küsste er sie aufs Haar, bis er stehen blieb, sie zu sich drehte und ihr tief in die Augen sah – die Hände an ihren Wangen.

»Ich habe es nicht ausgehalten, dich mit ihm zusammen zu sehen.«

Sie nickte. »Mir ging es so, als ich erfuhr, dass du abgereist warst.«

»Selbstschutz.«

»Es tut mir leid.«

»Nicht. So war das nicht gemeint.« Er senkte seinen Kopf und küsste sie. »Ich weiß nicht, wann ich das letzte Mal so glücklich gewesen bin. Das will ich nicht verderben.«

»Das wirst du nicht.« Sie zog ihn nach unten in den Sand, der warm von der Nachmittagssonne war. In der Ferne wurde Musik gespielt. Sie hörte Menschen lachen, leise, dann spülte die nächste Welle das Geräusch davon. Diese Nacht besaß das Potenzial, ewig zu dauern. Er streichelt ihre Wange, schob eine Haarsträhne aus ihrer Stirn und bedeckte ihr Gesicht mit sanften Küssen.

»Lass uns hierbleiben«, sagte er. Sie schmunzelte. »Nein, im Ernst. Bleib bei mir. Flieg nicht zurück!«

Jette stützte sich auf ihre Hände und drückte sich im Sand nach oben. »Wie meinst du das?«

»Genauso. Geh nicht!«

»Wo soll ich ...? Jack! Wie ...?«

Er legte einen Finger unter ihr Kinn und zog sie an sich.

»Du bleibst bei mir, in New York. Ich kann dich nicht einfach so gehen lassen«, flüsterte er und gab ihr einen sanften Kuss.

Jettes Herz wummerte. »Ich dachte, du bist ein eingefleischter Junggeselle.«

»Wie kommst du darauf?«

»Wegen dem, was Elroy gesagt hat.«

Jack sah verwirrt aus. Dann trat Erkenntnis in seine Augen. »Du meinst, als er über Estrella geredet hat?«

Jette zuckte die Achseln.

»Ich hätte dir von ihr erzählt, aber vielleicht nicht unbedingt heute.«

Sie hob die Augenbrauen.

»Na gut. Ich halte es übersichtlich. Wir waren verlobt, noch vor zwei Jahren. Dann sind wir zusammen klettern gegangen. Ich stürzte ab und das Ende kennst du ja.«

»Ist ihr was passiert?« Jette hatte die Hand vor den Mund geschlagen.

»Nein. Sie konnte Hilfe holen. Ich habe im Koma gelegen. Nachdem ich aufgewacht war, musste ich mit einigen Veränderungen in meinem Leben klarkommen. Der Verlust des Fußes, einem Teil des Schienbeines, die Einschränkungen durch die Prothese, aber auch mit dem Einschnitt, den das für meine Karriere bedeutete. Ich musste einen Weg finden, damit so umzugehen, dass die Marke keinen Schaden nahm, immerhin war ich das Aushängeschild für die Studios.«

Sie nickte.

»Ich befand mich in der Reha, als Estrella mich eines Tages besuchte und bat, die Verlobung zu lösen.«

»Was?«

»Zu dem Zeitpunkt hatte ich geglaubt, meinen Schicksalsschlag angenommen zu haben, und blickte optimistisch in die ungewisse Zukunft. Doch sie konnte das nicht. Sie wollte keinen Mann, der ... nicht vollständig war. Keinen Krüppel. Sie wollte Abenteuer erleben und auf dieser Reise nicht aufgehalten werden.«

Jette hielt die Luft an. Ein Puzzleteil nach dem nächsten rutschte an die richtige Stelle. Seine Empörung, als er geglaubt hatte, sie würde ihn bemitleiden – die Reaktion kam ihr nicht mehr überzogen vor.

»Was bedeutet das ... sie hat dich gebeten, die Verlobung zu lösen? Warum hat sie nicht einfach Schluss gemacht?«

Jack lachte auf und klang verbittert. »Sie hat Schluss gemacht, aber was ihr wichtig war – ich musste die Verlobung lösen, öffentlich und auf Social Media darüber reden.«

»Ich verstehe nicht.«

»Es sollte so aussehen, als könnte ich nicht mit dem Gedanken leben, sie in meinem Zustand, mit dem Handicap an mich zu binden. Es war ihr wichtig, dass der Schlussstrich von mir gezogen wurde. Nicht von ihr. Sie lebt von Social Media und wenn bekannt geworden wäre, dass sie mich abserviert hatte, nach diesem Unfall, wäre ihre Beliebtheit in den Keller gesunken. Das hätte ihre Marke nicht überstanden.«

Jette war geschockt. »Also hast du verständnisvoll reagiert und mitgespielt, damit niemand erfährt, dass sie ein Miststück ist.«

Jack schmunzelte. »So sieht's aus.«

Sie strich ihm die Haare aus der Stirn. Ihre Finger wanderten seine Schläfe hinab.

»Ich hoffe, du machst dir keine Gedanken. Die Frau ist Vergangenheit. Schon lange.«

Jette benetzte seine Lippen mit einem zarten Kuss. Vor ihnen spülte eine Welle kleine Muscheln an den Strand. Wenige Sekunden später nahm sie sie wieder mit und zog sie zurück in die Fluten. In dem feuchten, glatten Sand spiegelte sich das Mondlicht.

»Ich habe die Vergangenheit immer als einen wichtigen Teil von mir betrachtet«, sagte Jette. »Aber das war falsch. Sie existiert nicht in diesem Moment. Ich bin die Einzige, die sie am Leben erhält.« Sie drehte sich zu Jack und schaute ihm in die Augen.

»Erzähl mir was von deiner Familie.«

Er umfing sie fest mit seinen Armen.

»Was ist mit meiner Frage?«

Der Jackpot, dachte Jette und sagte: »Vor uns liegt eine Woche im Paradies. Was glaubst du, werde ich am Ende dieser Zeit sagen?«